U ウー

皆川博子

Hiroko Minagawa

塩鉱で祈りを捧げると、神はよく聞き届ける。
そう、ゲルマン人は信じていた。

——タキトゥス——

装画　秋屋蜻一
装丁　柳川貴代

ウー

𝔘

[主な登場人物]

𝔘nterground

十七世紀、オスマン帝国

ヤーノシュ・ファルカーシュ（ラマザン）……マジャール人。十三歳でオスマン帝国へ。途中で選別され、エディルネ宮殿に送り込まれる。

シュテファン・ヘルク（サリフ）……ドイツ人。ヤーノシュとともに、十三歳でオスマン帝国へ。

ミハイ・イリエ（イスマイル）……ルーマニア人。十一歳。シュテファンとともに、イェニチェリに所属する。

アフメト一世……オスマン帝国皇帝。一六一七年没。

ムスタファ一世……アフメト一世の二歳下の弟。

オスマン（二世）……アフメト一世の長子。ムスタファの退位により、十四歳で即位。

𝔘-Boot

一九一五年、ドイツ

アルフレート・フォン・ティルピッツ……海軍大臣。六十六歳。イギリス軍に鹵獲されたU13を自沈させる作戦の指揮を執る。

ヨハン・フリードホフ……王立図書館の司書。三十代にしか見えない容貌を持つ。U19に乗船。

ハンス・シャイデマン……ドイツ海軍、二等水兵。U13の乗組員。自沈作戦任務を志願し、実行する。

ミヒャエル・ローエ……ドイツ海軍、二等水兵。U19の乗組員。

I

1 U—Boot

一九一五年九月十二日。

ドイツ帝国海軍大臣アルフレート・フォン・ティルピッツのもとに、三通の封書と、それらに含まれた暗号を復号した書類一通が届けられた。

差出人、アダム・ロンベルク大尉。宛先、フラウ・クラーラ・ロンベルク。

差出人、ペーター・シュミット中尉。宛先、フラウ・マグダ・シュミット。

差出人、シメオン・マイヤー少尉。宛先、フロイライン・パメーラ・マイヤー。

三通ともリバプール近郊のドイツ軍捕虜収容所から郵送されたもので、開封し再封した痕があからさまに残っており、イギリス当局とドイツ軍事当局それぞれの検閲済み捺印がなされていた。

ロンベルク大尉はＵ15の艦長、シュミット中尉は同艦先任将校、マイヤー少尉は次席である。英軍の捕虜になったＵボート士官から家族に宛てた手紙はすべて、ただちに当局に提出すべく指令が行きわたっている。怠った者は厳罰に処せられる。

戦闘にあたり、捕虜になる者が生じるのは当然だ。収容所から家族への便りは、厳密な検閲を経てではあるが許可されている。

暗号が作成された。一読しただけでは家族の安否を問うものであったり、検閲にひっかからない程度の近況報告文であったりするが、その一語あるいは一フレーズが他の言葉に置換され得る。人名の頭文字を連ね、さらに一定の法則に従って変換すれば地名があらわれもする。捕虜の状態を利用しての、連絡と敵情報獲得の手段であった。

復号した文章は、ベルリンの海軍司令本部とＵボート司令部に提出される。

先々月、ティルピッツはロンベルク大尉が夫人に宛てた最初の書簡の復号書を読み、Ｕ15の自沈と乗組員が捕虜になった次第を詳細に知った。

五ヶ月ほど前――四月三日――、ロンベルク大尉を艦長とするＵ15が英駆逐艦の攻撃を受けた。潜航したが、横舵破損、電動機一個破損、電池室一部大破、ＬＩ（機関長）はバランスを回復できず、浮力タンクに空気を注入、かろうじて浮上した。乗組員は救命具を着けて艦を脱出し、ロンベルクは敵駆逐艦に「本艦は沈みつつあり。海中を漂流中の部下の救出を請う」と信号を送った後、艦を自沈させ、自らも脱出した。

Uボートは、一隻たりとも敵の手に渡してはならない。戦闘能力を失った艦は必ず自沈せよ。至上命令である。Uボートが敵の手に落ちたら、内部を調べられ建造上の極秘の特徴や暗号通信の復号に必要なキーが敵の手に渡り、以後の無線通信がすべて解読される。国の安危にかかわる。また英軍が修理の上で逆投入し自軍の戦力とするのは、断固防がねばならぬ。

指令に忠実にU15を自沈させた艦長ロンベルクと乗組員三十一名は、捕虜として収容所に送られた。

そうして、今度の書簡だ。

復号された文にまず目を通し、表情が厳しくなった。

手紙の末尾に記された日付を確認する。書かれたときからすでに半月の余、経っている。検閲に手間取り、さらに中立国を介しての郵送に時間がかかるのはやむを得まい。

艦長ロンベルク大尉と先任将校シュミット中尉、次席マイヤー少尉の報告をまとめると、次のようになる。

収容所に、新たに捕虜が送られてきた。U13の艦長ドゥム大尉以下二十九名である。

北海を哨戒中だったU13は囮船(おとり)——イギリスがQシップなる暗号名で呼んでいることは承知

だ――の罠にひっかかり、攻撃を受け、破損した。艦長ドゥム大尉は艦を浮上させ、白いシーツを白旗がわりに掲げ降伏の意を示し、乗員を救命ボートに乗せ、艦を自沈させることなく、自分もQシップに移乗した。

Uボートが敵に鹵獲(ろかく)されたのは、これが初めてである。

すでに収容されていたU15の艦長ロンベルク大尉をはじめ乗組員たちは激昂した。

名誉問題裁判の法廷を収容所内で開き、U13の艦長ドゥム大尉と先任ら士官を糾問した。なぜ、艦を自沈させなかったのだ。

『Qシップの敵が、点滅信号を送ってきた』そう、ドゥム大尉は弁明した。『〈Uボートが自沈すれば、貴官の部下が乗る救命ボートを砲撃する。全員命を失うことになる。〉敵はそう告げた。私は、同じく点滅信号で答えた。〈部下の救出を希望する。Uボートは貴官に委ねる。〉』

『鹵獲されることによって、艦の機密が敵の手に渡り、将来的に多数の我がUボート乗組員を死に至らしめることを考えなかったのか』

『部下を救わなくてはと、それだけしか考えられなかった』

我がほうの勝利、あるいは捕虜交換などによってドゥム大尉が本国に生還した場合は、と、U15からの怒りに満ちた暗号文は記している。ドゥム以下U13の士官らを峻厳な軍法会議にかけていただきたい。銃殺に値すると、小官は勘案する。

収容所内で閲覧を許可されている英新聞によれば、鹵獲されたU13はオームズ・ヘッドの水路のブイに繋留されているという。オームズ・ヘッドは捕虜収容所から南に三〇キロほど、アイルランドとグレイト・ブリテンを隔てるアイリッシュ海に突き出した岬だ。

『君が、自分の行為が如何に甚大な被害を我が海軍に、ひいては我が帝国に与えることになるか、その責任を自覚するなら、収容所を脱走しU13を沈めるべきだ』

『無謀だ。脱走など不可能だろう』

『我々は、ここに収容されたときから、脱走を計画している。トンネルを掘ったのだが、山羊が入り込んできたため発覚し、失敗した。だが、トンネルは一本ではない。さらにもう一つ、掘り進めている最中だ』

『脱出できたとして、繋留の場所までどうやって行くのだ』

『賄賂のきく収容所歩哨を通じ、身分証明書や平服などを入手すべく工作中だ。準備が完全にととのうには、まだ一ヶ月はかかるだろう。ととのったら、君はそれらを利用し責務を果たせ。君が脱走すれば我々は取り調べを受ける。我々の脱走計画は挫折する。だがU13を沈めることさえできれば、我々全員の自由の可能性が無になっても惜しくはない。それほど重要なことなのだ』

『自沈に成功したとして、その後は?』

『本国に逃げ帰りたければ、自分で工夫しろ』

読み進めるティルピッツの目に、一つの名前がとまった。

ハンス・シャイデマン。

おぼえがある……ような気がする。

ハンス・シャイデマン、とティルピッツは頭の中で繰り返した。おびただしい名前に、彼は執務中、触れざるを得ない。慣れ親しんだ名ばかりではない。報告書の中に一度登場し、それきり、という姓名のほうが多い。一、二度接触があっただけの者の名など、即座に忘却して当然だ。

そう思いながら、心にひっかかる。

なおも、読み続ける。

〈請願いたします。収容所を脱走し、U13を沈没させる偉業を成し遂げた勇気ある者を救助し本国に帰還させるべく、Uボート一隻をオームズ・ヘッドに派遣していただきたい。〉

目を走らせながら、ティルピッツはしばし迷った。

貴重なUボートを、そんな目的で使うべきではない。

しかし、成功すれば、〈国家は、ドイツ帝国は、勇者を見捨てない。〉そう国民に知れ渡り、士気を鼓舞し、ドイツ帝国海軍への信頼を確固たるものとするだろう。

失敗したら……。救出できなかったとしても、さして咎めるべきことではない。だが、救助艦まで攻撃を受けることは充分あり得る。一人を救うためにUボートをもう一隻犠牲にするなど、あってはならないことだ。

だが、救助の手段が皆無ではないのに、海軍司令部は英雄を見殺しにしたとなると、これは新聞などに洩れた場合、煽り方によっては糾弾の種になる。

イギリス周辺の交戦海域を航行する船舶に対し予告なく魚雷を撃ち込む無制限攻撃で、イギリス船籍の巨大な客船ルシタニア号をU20が撃沈したとき、ドイツ国内では戦果に歓声があがったが、ドイツの蛮行と罵倒するイギリスの宣伝が国際的に広まり、死者の中にアメリカの民間人もいたことからアメリカ国民の対独感情が急激に悪化し、参戦の声も高まっている。ルシタニア号に関しては、アメリカの新聞に同船の乗客募集広告が載った際、ワシントンD・Cのドイツ帝国大使館の名で、同サイズの広告を並べ、英仏とドイツ帝国は戦争状態であること、ブリテン島の周辺海域を航行する船舶はすべて攻撃の対象となること、その危険を認識していただきたいと、警告している。ルシタニア号は事前の警告を無視して航行した。

無制限攻撃を行うに至ったのは、英海軍がQシップ――囮船――を用いるようになったのが大きな理由だ。イギリスは商船や漁船に大砲を積載し、武装した海軍軍人が民間人の服装で乗船し、中立国の船旗を掲げ、Uボートが浮上して警告を始めると、英国旗を掲げ発砲する。海賊のようなやり方だ。

それまでUボートは、民間や中立国の船舶に対しては浮上して警告、検閲し、禁制品を積載している場合は乗船者が脱出する余裕を与えてから撃沈していた。だが、浮上しての検問はUボートを死地に陥れることになった。無制限攻撃は、狡猾悪辣なQシップへの対抗策だ。

無制限攻撃が国際的な非難を浴びている中で、我が皇帝陛下が作戦を中止せよと仰せ出され、軍部と対立している。皇帝陛下まで我々の足を引っ張ってどうする。

開戦当初は脆弱で故障ばかりしていたUボートが、敵に甚大な損害を与える強力な兵器にまで進化してきたのだ。

ティルピッツ自身、最初はUボートに信を置いていなかった。帝国海軍を育成したティルピッツは、近代的な大型戦艦の建造に全力を尽くし、艦隊の補助役であるUボートの任務は偵察と港湾防御程度にみなし、予算もろくに割かなかった。考えを一変したのは、乗組員二十数人の小さなU9が巨大な英装甲巡洋艦を立て続けに三隻撃沈した快挙による。ティルピッツは無制限攻撃にも積極的になった。しかるに、皇帝陛下は弱腰になり給うた。

かかる情勢にあるとき、英雄救助の成否は、Uボート全体の進退にまで関わってくる。いや、英雄と呼ぶほどのことでもないか。周囲の扱いや宣伝によって、英雄は作られる。英雄製造の材料として、きわめて上質だ。

読了するや、肘掛け椅子を立ち事務机の前に移り、ヴィルヘルムスハーフェンのUボート基地への電話を秘書に命じた。「司令官に」

電話口の向こうの司令官に、ティルピッツは告げた。「捕虜収容所のU15艦長ロンベルクと士官らから連絡がきた」

「復号書は私の元にも届きました。今、読んでいる最中です。読了したら参謀長らと作戦会議を開き、経過と結論を閣下にご報告するつもりでした。先に電話をいただき、恐縮です。Uボートが敵の手に落ちた。最悪です。何をおいてもまず、無線の暗号キーを変更せねばなりません。ドゥムが艦を敵に渡す前にキーを破棄したかどうか。たとえ破棄したとドゥムが言っても、責任を軽減するための嘘かも知れません」

「ただちに、指令を出したまえ。その間、待つ」

司令官が電話口から離れた時間は短かった。

「で、脱走者のためにUボートを派遣する事案について、君はどう思う」

「閣下のご意向は」

後に続いたやりとりは、ティルピッツが自問自答したのと同じ内容であった。

一方が利点を上げれば、他方がその危険性を語り、一方がそれに賛意を表すると、他方は、しかし、と逡巡する。

双方とも、利点と危険を十分に承知しているために、決断がつかないのであった。

英仏海峡は、英海軍が敷設した機雷、防潜網によって封鎖されている——このためにドイツは輸入路を断たれ、国民は餓えている——。

アイリッシュ海に入るためには、北海を北上しスコットランドの北端を廻って南下し、グレイト・ブリテン島とアイルランド島がもっとも接近するノース海峡を通り抜けねばならない。

北海から大西洋にかけての一帯は、Uボートの哨戒海域である。したがって、Qシップが出没し、敵駆逐艦と遭遇することも多い。

「収容所を脱出するだけでも難事ですが、成功し、艦を自沈させたとします。大事件です。実行者の捜索も大々的に行われるでしょう。実行者がその場で逮捕されず、救出まで隠れ果せるでしょうか」

「きわめて困難だ。不可能に近い」

〈救助艦が派遣されることを期待し、自沈後、実行者は、毎夜オームズ・ヘッド灯台の真下で、深夜午前二時に懐中電灯を点滅させ合図します。敵に発見され逮捕された時点で、救出作戦は失敗です。救助艦は、午前二時に合図を視認できなければ、彼は逮捕処刑されたとみなし、即刻、去ってください。〉復号書にはそう記されていた。

「U13の艦長ドゥムなり先任なりが、死を決して艦を沈める任に就くのは当然の責務です」司令官は声を強めた。「遂行後救出してほしいと望むなど、論外です」

「君はまだ、復号書を最後まで読んでおらんのか」

「途中で電話に呼ばれましたので」

「任務を志願したのは、U13の一水兵だ」

「水兵。責任感の強い男ですな」

「名前は、シャイデマンだ。ハンス・シャイデマン」

ティルピッツの中指の先が事務机を軽く叩いていた。

突然、ティルピッツは思い出した。誰がいつその名を口にしたのかを。

つづいて、もう一つの姓が浮かんだ。ローエ。確かにそう言った。名は何だったか。

「ハンス・シャイデマンに関して何か情報はあるか」

「艦長の名は把握していますが、平の水兵となると……」

「U13、U15の乗組員の中に、ローエという姓の者がいるか」

名簿を取り寄せ確認しているのだろう、少し間をおいてから、司令官は応えた。「いいえ、おりません」

言葉を継いだ。

「ハンス・シャイデマンについても、いま、調べました。二等水兵。志願兵です。三十一歳。家族なし」

「三十一とは、志願兵にしては年がいきすぎておるな」

そうですな、と相手はあいづちを打った。

「救出に向かうのであれば、我々に残された時間は、多くはない」

ティルピッツの言葉に、司令官は反射的に応じた。

「U19が、哨戒任務を終えて帰港し、点検整備を完了、次の出動命令に備え待機しております」

ティルピッツの指の机を叩く間隔が短くなった。

U19は、初めてディーゼル・エンジンを搭載した艦だ。八五〇馬力。その後、さらにエンジンは改良され、U27以降は二〇〇〇馬力と格段に進歩している。自沈したU15と鹵獲されたU13は、どちらもダイムラー社製のパラフィンを用いる旧式なケーテン・エンジンで三四〇馬力、性能は著しく劣る。ケーテン・エンジンは航行中、遠くからでも視認できるほど白煙をあげる上、艦内火災を起こしやすいという重大な欠陥を持つ。

その点を、司令官も考えたようだ。「しかし」と、言葉を継いだ。「U13を沈めるために、U19を犠牲にはできません」

「U19の艦長は、確か……バウマンか」

「はい。オイゲン・バウマン大尉。沈着で頼もしい男です」

打ち止めのように一つ大きく叩き、ティルピッツは言った。

「一つ訊ねるが、U19の乗組員の中に、ハンス・シャイデマンを見知っている者はおるのか」

「どうでしょうか……」

「おらぬ場合、U13の乗組員であるハンス・シャイデマンが、任務の遂行中に英軍にとらわれ、あるいは殺され、英スパイがシャイデマンに成り代わってもU19の乗組員は見抜くことができぬ」

スパイは、英軍が熱望しているであろうU19の内部構造や機密事項の情報を入手できる。その情報をどのようにして本国に伝えるかは、まだ推測できないが。

「シャイデマンの顔を知るものを、ヴィルヘルムスハーフェンに送る。U19に同船させよ」

いいのか、と、危惧する声が意識の奥にある。

「海軍軍人ですか」

「民間人だ」

「Uボートに乗った経験のある人物ですか」

「いや」

「船酔いは」

「そこまでは知らん」

「Uボート内の日々がどれほど苛酷であるか、閣下もご承知のとおりです。未経験の素人に耐えられるでしょうか」

「姓名はヨハン・フリードホフだ」

「墓場（フリードホフ）……ですか」

さして珍姓というわけでもない。U13の艦長は阿呆（ドウム）だ。よく似合う。珍姓といえば、屍体（ライヒエ）だの名無し（ウンベカント）だの。本人は改姓したいことだろう。

「先祖が墓掘りだったのだろう。私の自筆の紹介状を持たせる。内閣府の車で彼をヴィルヘルムスハーフェンに送り届ける」

「わかりました。それから、先ほどお訊ねのあったローエという名ですが、U19の乗員名簿中に載っていました。十九歳です」

ティルピッツの見事な口髭が、わずかにふるえた。

受話器を置いてから、秘書に命じた。

「王立図書館の司書、ヨハン・フリードホフをここに呼べ」

到着を待つ間に、ティルピッツは彼だけが用いる透かし入りの便箋に自筆で紹介状を認めた。

フランクフルト・アン・デア・オーデルで子供のころを過ごしたティルピッツは、一八六五年、十六歳でプロイセン海軍に入隊した。翌年、プロイセンとオーストリアの戦争が行われ、プロイセンの勝利に終わる。プロイセンはさらにフランスとも戦って勝利した。一八七一年、プロイセン王はドイツ諸邦を統一しドイツ帝国を建国、皇帝に即位する。六九年にキール海軍兵学校を卒業していたティルピッツは、ドイツ海軍創設と同時に水雷戦隊に所属、やがて同隊司令に就任……と帝国海軍内で出世し、大臣にまで上り詰め、功績を嘉されて貴族の称号フォンを使用することを許され、一九一五年現在、六十六歳となった。兵学校入学以来およそ半世紀だ。

兵学校の寄宿生になって三年目、一八六七年、十八歳のアルフレート・ティルピッツ少年は、長期休暇でベルリンに行ったとき、壮麗な王立図書館に足を踏み入れた。立ちすくんだ。床から闇に没する高い天井まで壁という壁を埋め尽くした書物に荘厳な印象を受けるのは、革の背表紙に刻された金箔の装飾と文字の連なりのせいか。

貴重な古書が多い。ドイツがまだ統一された帝国となる以前、ブランデンブルク公が設立した図書館である。

深い森の仄暗さの中を逍遥するように歩いているうちに、自分がどこにいるのかわからなくなった。どう辿ったら出口に行き着けるのか。訊ねようにも人影はない。通路が十字に交叉する地点で、左に曲がってみた、奥の方から歩いてくる男がいるのに気づき、「出口はそっちですか」と訊ねた。「その先は便所ですよ。出口なら」男は道を示し、ものやわらかい笑顔を見せた。二十代の終わりか三十ぐらいかと思われた。男が去った後、ふと床に落とした目に何かが小さく煌めいた。拾い上げた。金色の、細さは葦の茎ほどの管であった。

「落としましたよ」

書物の森の奥に消えかかる背に声をかけた。

戻ってきた男に金の細管を差し出した。そのときの男の表情が、アルフレート少年の記憶に刻み込まれた。奇妙な表情は一瞬で消えた。

ありがとう、と穏やかに男は言い、出口までの道案内をしてくれた。物慣れた様子なので、始終ここを利用しているのですか、学者ですか、と訊くと、「当館の司書です」答えが返った。そのとき気がついた。相手の左手は、小指と薬指の先端が欠けていた。利き手ではないから仕事に差し支えはないのだろう。武器を取って戦うには不向きだが。

格別読書好きというわけではなかったが、煩雑で騒々しい日常から離れたくなるとき、休暇に王立図書館を訪れた。訪れるたびにその司書に会い、名前をヨハン・フリードホフと知るほど親しくなったのだが、あるとき、ふと気づいた。いつと明確に憶えてはいないのだが、海軍軍令部長に就任していたから、彼は四十を過ぎていた。相手が自分より若く見えたのだ。最初会ったとき、二十代の終わりか三十代の始めぐらいかと思った、そのときの印象と変わらなかった。

ヨハン・フリードホフの話し方は、古風であった。時々、彼にはわからない単語や言い回しが混じった。

奇妙さがよりいっそう明らかになったのは、彼が東アジア巡洋艦隊司令官として遠洋航海に出立、帰国して海軍大臣に任命されたころだ。おめでとうございます、と、昼でも黄昏の中にあるような館内で挨拶したのは、相変わらず三十前後の青年であった。図書館の司書は、すでにほとんど入れ替わっていた。老いて退職し、新しい者が職に就く。

「不死者ではありませんよ」ヨハン・フリードホフは言った。その声音は微笑のようにやわらかかった。「服毒すれば、死ぬでしょう。致命傷を受けても、死にます。病で死ぬかも知れません」

「だが、君は年をとらない。私より少なくとも十五、六は上であるはずだ」

「私は書物なのです」フリードホフは言った。

「書物は古びる」ティルピッツは言葉を返した。

「外装は。しかし、書物の内容は、千年を経ても、歳月と共に老いることはありません」

「新しい学説だ」

「歳月が人間の肉体に与える変化は、個人差があるのです」

「年より若く見える人間はたしかにいる。だが、君は度を過ぎている」

「書物から私は生命を与えられているのです」

「それなら、他の司書たちも歳月の影響を受けないはずだ」

「書物の生命を吸収できない体質なのでしょう」

夥しい書物は、たしかに、何らかの力を発している。手に取り頁を捲ることすらせずとも、不可視の〈知〉が、乾いた砂に注がれる蜜の溶けた液体のように皮膚の奥に浸透する。

だが、一足館の外に出れば消失する感覚であった。

フリードホフの言葉は冗談だと聞き流した。まあ、人はいろいろなのだ。老けやすい者も若々しい者もいる。

五十を過ぎても三十前後の肉体的若さを保つ。例のないことではあるまい。髭を生やしていないことも、若く見える原因の一つかも知れない、毛穴などないように滑らかな顎であった。男装した女性と見間違えることはないが、体つきは男性の逞しさがいささか不足していた。

「誰しも、歳月と共に老いるものだ」

「人それぞれですね」フリードホフははぐらかした。

奇妙ではあるが不気味な印象は持たなかった。

「私の肉体も、時間の経過によって次第に老います。その速度が普通より遅いだけです」フリードホフは言った。「二十一歳までは、他と同様でした。今の私は、若く見えるといっても、二十一歳の若者ではないでしょう。その程度の速度で老いています」

　ハンス・シャイデマンの名をフリードホフが口にしたのは、そのときではなかったか、と思い返す。ローエの名も、そのとき耳にしたのではなかったか。

　大臣職に就いてからは多忙を極め、奇妙な司書について深く考える暇もなかった。

〈偶然〉は、あり得る。一度なら。だが二度、三度と重なると、何らかの意味が生じざるを得ない。重なる偶然は、神の摂理……とは、ティルピッツは思わない。国と国が興亡を賭して食い千切りあい、若者たちの骸の山によって歴史は作られる。今も、若い者たちの命と多量の血あらずして勝利は得られない。どこに、神はおわすのか。

　重なる偶然は、宿命……。だれが宿命をさだめるのか。この場合にかぎって言えば、私だ。私が、彼らを結びつけようとしている。

　司令官宛の紹介状を書き上げ、封筒におさめ、封じ目に赤い蠟を垂らし、シグネットリングを強く捺した。

　やがて、秘書に伴われ王立図書館司書が来訪した。

　ティルピッツの頭髪は頂点の辺りまで生えぎわが後退し、口髭と顎髭は灰色になっているが、ヨハン・フリードホフの容貌はほとんど変化していなかった。

久闊を叙する間も惜しく、「君は、ハンス・シャイデマンを知っているな」ティルピッツは問いかけた。

はい。明瞭にフリードホフはうなずいた。「私の半身です」

2 U—Boot

いきなり、躰がふっ飛んだのだ。吊床がひっくりかえった。斜めに飛んで、対舷下段のベッドに放り込まれるところを、吊床の編み目に指を引っかけぶら下がることで避けた。逆方向に躰は揺れた。浮上航行中の艦が大波をくらっただけだ。

目の前には天井から吊り下げられた人参の束が大揺れしている。下では、両側に三台ずつ上下二段に並んだ荷物棚みたいなベッドの間の極端に狭い空間で、三等魚雷整備兵曹が整備兵たちを指揮し、発射管から引き出した魚雷を点検中だ。その頭をミヒャエル・ローエの足は蹴飛ばさざるを得なかった。当然、悪魔に食われろ！　馬鹿野郎！　罵声を浴びた。申し訳ありません。後で殴られるのを覚悟しながら、両脚を持ち上げ、半回転して吊床に戻った。網袋に詰め込まれたキャベツが天井のフックからはずれて落ち、吊床の中を転げまわっていた。

この前部発射管室に限らず、極度に狭い艦内の隙間という隙間に——便所にまで——肉だの野菜だの果物だのが詰まっている。まだ、腐敗臭を放つに至っていない。けれど昨日。船影を発見、警報。折悪しく便所に入っていた阿呆が「潜航！」の声を聴きながら中断はできず、「ベント開け！」なのに、最後までやりやがった。流すな、馬鹿。習慣で、つい。深度二七。水圧のために汚物は逆流し、烹炊所（ほうすいじょ）や士官室にも流れこんだ。一番遠い前部発射管室まで悪臭は漂い、まだ消えない。

　スペインの歌曲が中央部の士官室のほうから流れてくる。非番の先任ジングフォーゲル中尉がレコードをかけている。耳に快い曲だ。

　眠らなくては、とミヒャエルは思う。吹き曝しの艦橋での四時間直を終えたところだ。夜の八時。この後の八時間を睡眠にあて、その後また、午前四時から四時間の艦橋直、二時間の朝食と休憩。甲板磨きやジャガイモの皮むきなどの雑用で四時間、二時間の休憩、再び四時間の艦橋直と続く。今眠らなかったら、と思うが、尿意を催した。洋上航行中だ。便所を使うのに差し障りはない。上甲板から放出することもできる。

　しかし、どちらにしても、三人の魚雷整備兵を督励して全長五・一メートル、直径四五センチの気難しいやつを点検している整備兵曹の上に、吊床から飛び降りねばならない。

　今度でミヒャエルの乗艦は二度目だが、最初は沿岸警備だった。航洋任務に就くのは初めてという新米の二等水兵だ。どいてくださいなどと、頭を蹴飛ばしたばかりの兵曹殿に言えたものじゃない。

奇跡が起きて兵曹が頼みを聞いてくれたとする。が、飛び降り地点に鎮座しているのは魚雷だ。四、五日ごとに一本ずつ発射管から引き出して、点検、注油、再充電と世話を焼き、また発射管に戻す、と、こまめに世話をしないと肝心の時に誤作動する駄々っ子だ。

まだ就寝には早い時刻だが、二段ベッドはどれも鼾でみたされ、眠りながらでも巧みにどこかにしがみつき、転げ落ちる者はいない。

キャベツ袋はフックに掛けなおしたが、またも揺れて落ちたら、頭を直撃される。

対舷の上段ベッドを占めた者が瞼を開けているのに気がついた。

〈客人〉だ。

士官室のベッドが提供されてしかるべきなのだろうが、客人が自ら進んで、もっとも窮屈で居心地最悪な前部発射管室のベッド、しかもまともに起き直ることもできない上段に居を占めた。客人が割り込まなければ、あのベッドを自分が使えたのではないかと、ミヒャエルは思う。折りたたみ式であり梯子の上り下りも面倒だが、それでも不安定な吊床よりは数等ましだ。

ベッドは一台を交替で二人が使う。吊床も、もう一人の二等水兵と共用だ。客人は当直がないから、昼夜一人で占めている。ぎりぎりの人数で仕事を回している艦内で、客人の存在をうっとうしく思う者もいないではない。

「我々が救出するハンス・シャイデマン二等水兵を確認するため、海軍大臣ティルピッツ閣下の特命によって乗艦した大切な客、ヨハン・フリードホフ氏」と艦長が乗組員に紹介した、そのフリードホフ氏はミヒャエルに、久しぶりだな、と声をかけたのだった。

見たことのある顔だと思った。記憶の下のほうの層から、浮かび上がった。

ハンスの友人だ。

何年前になるか。ハンスを訪ねてきた。そのときもミヒャエルに「久しぶりだな」といったのだが、それ以前いつ会ったのか、ミヒャエルはおぼえていなかった。

吊床から手を伸ばし、上段ベッドから垂れている梯子を摑んだ。身軽に、ほとんど一息に下り、床の狭い空間に足を着けた。

Uボートの内部は魔魚の体内のようだ。大小無数のハンドルが気まぐれに取り付けたんじゃないかと思うほど重なり合って壁を埋め、鉄のパイプが臓物みたいにのたうち、レバーがずらりと並び、数字が何を示すのかミヒャエルには見当もつかない幾多の計器が犇(ひし)めき、それらが一斉にのしかかってくる。この臓物の機能を機関長は全部心得ているのだろうか。

全長およそ七〇メートル、幅ときたら六メートルもない艦内に、これら鉄の臓物と六本の魚雷、士官四人、兵三十人——おまけに客人一人——、その人数を賄うに足る食糧その他が詰め込まれている。発令所から後部にかけて、烹炊所、機関室、後部発射管室へのごったがえす通路は、ライプツィヒ通りと呼ばれる。

耐圧隔壁の穴を、上端に両手をかけ、両脚を持ち上げ下端の縁を飛び越えて抜ける。

レコードの曲が明瞭になる。

上級下士官室との間の左舷中間にある便所は使用中だった。やむを得ず、食事中の一等兵曹殿二人に折り畳みテーブルの通路に突き出した部分を下ろしてもらい――そのためにはテーブル上の皿を手前に寄せ、一人は立ち上がらねばならないのだ――通り抜け、艦長室と無線室の間の狭い通路――と言えるかどうか、単なる隙間だ――をすり抜け、艦長バウマン大尉と機関長が頭を寄せ合って何か話し込んでいる発令所を抜け、烹炊所の天井に設けられたハッチに続く垂直の梯子を上り、甲板に出た。

見上げる艦橋には、風に震える当直の頭が見える。あと二、三十分もすれば太陽は沈みきる。

ミヒャエルには何も見えないのだが、双眼鏡を当てた当直が叫んだ。溜まっているやつを快く海に放出した。

「左舷四ポイントに船影！」

警報！

急遽ハッチから下りる。休息時間はなくなった。艦内は動きが慌ただしい。がっしりした鼻梁がひしゃげるほど潜望鏡に顔を押しつけた艦長が、指令を下す。

「潜航、深度一〇」

ベント弁を開き、注水する。艦首潜舵が下降角度をとる。艦尾横舵上角。エンジンをディーゼルから電動モーターに切り替える。艦首が下を向き、斜めになった床を、滑り落ちそうになりながらミヒャエルは前部発射管室に戻る。整備兵たちが魚雷を吊り上げ発射管に戻している。

ベッドはすでに折りたたまれ、ミヒャエルの吊床も片づけられていた。

敵がこちらを視認したかどうか不明だ。本来なら獲物に魚雷をぶちかます好機なのだが、今回の目的は、割り当てられた哨戒海域の商船拿捕爆破や掃敵ではない。海中にひそみ静かに敵をやり過ごす。

海面には気泡と油が浮いて潜航場所を示している。早く、陽よ、沈み切れ。夕闇よ、航跡を隠せ。

影のように隅に身を寄せている客人フリードホフが視線をミヒャエルに向けた。ハンス・シャイデマンがごくまれにミヒャエルに見せる埋み火ほどの仄かな変容と、共通したものを感じた。ハンスのそれは、石像の一部に細い亀裂が入り、生身の人肌がのぞいたような感覚であり、ミヒャエルが見直す前に亀裂はふさがるのだったが。

幸い、敵はこちらに気づかず、深度一〇メートルを保ったまま静かに潜航し危険区域を離れた。

浮上する。長時間の潜航は、電動モーターのバッテリー切れ、そうして艦内の酸欠を生じる。危険のないかぎり、ディーゼルによって海上を航行し、その間にバッテリーを充電する。

ミヒャエルは掛けなおした吊床に休むことができた。

が、熟睡したとたん。午前四時。たたき起こされた。第二直、配置。四時間にわたる艦橋での当直が始まる。走れ、のろま！

非番で眠る上級下士官らのベッドの間を走りながら、ミヒャエルは背に視線を感じた。客人フリードホフの目に、いつも追われているような気がする。見守られていると言うべきなのか。気のせいだ。そうだ。気のせいだ。

艦長室の前にはカーテンがひかれていた。エンジンの音が絶え間ない。発令所の上の開け放されたハッチから、冷え冷えとした風が吹き込んでくる。急げ。後ろから急きたてられる。垂直の梯子を艦橋に上る。

夜明けにはまだ間がある。数知れぬ星が天蓋を作る下に、一瞬、ミヒャエルはただ一人立つような錯覚を持った。嗅覚も肌の触覚も異様に鋭くなり、太古からの波音を彼の耳は聴いた。始めもなく終わりもない永遠の中に、その瞬間、ミヒャエルは、在(あ)った。

Untergrund

1

一六一三年。

荷台を木の枠で囲った荷車に、男の子や少年が十数人乗っている。

駄馬に牽かれた二台の荷車は西に向かっている。オスマン帝国の軍隊が踏みにじった跡の残る道を、左右に大きく揺れながら進む。荷馬車の一台は、大鍋や天幕や食糧を積み込んでいる。彼らを見送るかのような教会の鐘の音が、かすかになる。その最後の一雫を、荷台の後部枠によりかかったシュテファンは、聞き逃すまいと上体をねじまげ振り向いた。市壁はすでに遠い。市の東部南部を背後から抱く黄金色の森とカルパティア山脈が空の裾に連なる。

子供たちはほとんど喋らない。普段なら騒ぎまわる年頃だ。

このように、過ぎた時間を、第三者が見る情景のように記すこともできる。

あのときの、心の内に滾る怒りは、長い――長すぎる――時を経ても、薄らぎはしない。

シュテファン・ヘルクは、心の内に滾る怒りをもてあます。と第三者をよそおって記すこともできる。

俺は今、多くを知っている。

なぜ、多くを知り得たか。あのころはまだ生まれてもいなかった人々が語り、書き記し、評することによってだ。当事者でもなく、それどころか生まれてさえいなかった人々は、その渦中にあった者以上によく知り、よく語り、すべてを弁えているかのように断じる。

あのときは、シュテファン・ヘルクは何も知らなかった。家族は彼が強制徴募の対象になるのに抵抗しなかった。抵抗などできるものではなかった、と、今、多くを知る俺は言えるが、だからといって過去の何が変わるわけでもない。

荷車は進む。シュテファン・ヘルクが怒りをぶつける対象は、差しあたっては荷車の前後を取り囲んで進む護送兵たちとその指揮を執る数人のこれも軍人である担当官だが、彼らに逆らったら殺される。彼らの服装は見るからに異様だ。白い筒形の帽子は、天辺で後ろに折れ曲がって垂れ、長方形の袋みたいな白布が首筋を覆っている。顎髭は剃っているが、口髭を長くのばした者が多かった。

夏が終わってほどないのに、風は枯れ葉とともに氷の塊を投げつけてくるようだ。車輪に潰された野花が青い汁を滲ませる。野茨の深紅の実が視野に点在する。小枝から小枝に張りわたされた蜘蛛の糸が風に揺れる。

幼い頃に見た古いパンフレットが、まだ柔らかかったシュテファンの心にオスマンへの恐怖を刻み込んだ。何十年も前にニュルンベルクで印刷発行されたパンフレットが、どういういきさつで遠く離れたクロンシュタット市の我が家にあったのか。旅の交易商人からゆずり受けたか。版画の挿絵は、素裸のキリスト教徒たちをオスマンの兵士どもが串刺しにしている図柄であった。先端を尖らせ地に垂直に立てた棒が、股間から喉まで貫通していた。もう一枚の絵では、これも裸に剝かれたキリスト教徒が、オスマンの奴隷市場で売られていた。オスマンの大軍がハンガリーを蹂躙しウィーンを包囲した年より十年ほど後に出版されたものだ。〈圧倒的な軍勢でブダを襲ったオスマンがどのような残虐行為をなしたか、筆舌に尽くしがたい。幼い子供たちは生きたまま柵の上に串刺しにされた。〉そうドイツ語の註記がついていた。

シュテファンの左側に、同い年——十三歳——ぐらいの飛び抜けて身なりのよい子供がいる。

マジャールだとシュテファンは察する。荷車に詰め込まれているのは貧しげなルーマニア人の子がほとんどで、マジャール人やシュテファンのようなザクセン人はほかにいないようだ。数百年の昔にザクセンが築いた市の内に住むことを許されず、牧羊と密売と畑作で暮らしを立てているルーマニアの連中と等し並(ひとなみ)に扱われていることも、シュテファンを不快にする。

疾駆する蹄の音が近づき、ザクセンの用いるドイツ語で、「待て」と乗り手が怒鳴った。市の役人だ。前鞍にルーマニア農民の子を一人乗せている。

「こいつもだ」

抱き上げて、後ろから荷台に放り入れ、役人は馬首を返し市の方に去った。

シュテファンの肩にぶつかりながら頭から落ちかけるのを、思わず手を出してささえた。隣のマジャール人らしい子供も、同じ行動を取った。期せずして、二人で息を合わせた。二人の間に腰を落とした子供は、自分の身に何が起きたのか理解できない顔つきだが、年上の二人が墜落の衝撃をやわらげてくれたことは感じたようで、二人に等分に笑顔を向け、小さい声で言った。ムルツメスク。

「ありがとう(ダンケ・シェーン)と言ってる」マジャール人と思った子供が教えた。

「ドイツ語が話せるのか。君はザクセンか」

「マジャールだ。ファルカーシュ・ヤーノシュ。君たちの言い方なら、ヤーノシュ・ファルカーシュ。姓と名を逆にすると自分の名ではないみたいだな」

「シュテファン・ヘルク」

どちらからともなく右手をのべ、握手を交わした。頭越しに交わされる会話が名前を告げ合っているのだと察した農民の子が自分の胸を指し、「ミハイ・イリエ」と何だか嬉しそうな顔で言った。

シュテファンにはわからない言葉——たぶんルーマニア語——で二人は何か話し合い、ヤーノシュがドイツ語で伝えた。「ミハイは十一だって。ぼくは十三だと教えた」

「マジャールはドイツ語もルーマニア語も解するのか」シュテファンはドイツ語で訊いた。

「ラテン語で話してもいいよ」

シュテファンは肩をすくめた。民間ではマジャール語、ドイツ語、ルーマニア語、そうしてユダヤ人のイーディッシュが入り交じる公国の、公用語はラテン語だが、シュテファンは苦手だ。

途中の街で、子供たちを乗せた荷馬車がもう一台増えた。

太陽の動きに沿って、強制的に徴募された子供たちを積み荷にした荷馬車は高原を進み、毛穴から夕闇が肌の奥に染みとおりはじめ、それとともに寂寥感がシュテファンの憤懣をさらにかき立てるころ、天幕を張って野営になった。

幾つもの焚き火にそれぞれ、五、六歳の子供ならまるまる一人煮込めるくらいの大鍋がかけられた。行く手は巨大な鳥の翼のような雲が、残陽(ざんよう)の朱を先端から滴らせていた。挽き割り小麦と羊の肉を煮込んだ粥が鍋から鉢に配り入れられ、黒い苦い飲み物とともに給された。

黙々と子供たちは食べ、その後は寝についた。

毛織りの布で躰をくるんでいるとはいえ、そうして天幕で囲われているとはいえ、貧しい宿無しのように地べたに寝るのは、シュテファンは初めてであった。地の冷気が毛布ごしに肌に伝わる。

祖父母、父母、姉、二人の兄、弟。彼らは、これまでと変わりなく、清潔な寝台で眠るのだろう。姉と祖母と母が丹念に施した刺繡で飾られた覆い布は、二度と見ることはないのだろう。思い出すまいとシュテファンはつとめたが、困難であった。息子としては三人目である彼への、父や母の関心は薄かった——少なくとも彼はそう感じていた——が、姉はやさしかった。五つ六つの頃悪戯をして父に臀を鞭打たれた後、林檎を手渡してくれたのは姉だった。一つの林檎を、二人で交互に齧った。シュテファンの涙顔は笑顔に変わった。十を過ぎてからは、姉に泣き顔を見せることはしなくなった。何かあったらラウラを護る。騎士のように。そう思い決めていた。

シュテファンとヤーノシュの間に、ミハイが横になっている。手荒く放り込まれたとき手を差しのべてやったこと、名前を告げあったこと、食事のときも並びあっていたことで、懐かれてしまったようだ。

ミハイがルーマニア語で何か呟いたのを、ヤーノシュがドイツ語でシュテファンに伝えた。

「オスマンの都に行くなら道は逆なのに。おれたち、どこに行くんだろう」

天幕の外から怒鳴りつけられた。オスマンの言葉らしいが、黙れ、あるいは静かにしろ、という意味は察しがついた。

かつてはローマン・カトリックであったマジャール人とザクセン人は、宗教改革後、前者はカルヴァン派、後者はルター派が主流になった。ルーマニア人は公認されていない東方正教を護り続けている。三様にわかれてはいるけれど、キリスト教徒だ。

オスマンの強制徴募（デウシルメ）はキリスト教徒の子供を奴隷とするのが目的だ、と、誰が言ったのだったか。オスマン帝国にこんな制度があることを、自分が対象になって、シュテファンは初めて知った。生まれてからこの年まで、クロンシュタット市では行われたことがなかったのだ。

西に勢力を伸ばし、トラキア、マケドニア、ブルガリア、アルバニア、ボスニア、セルビア、ワラキア、モルドヴァと、バルカン全土をほとんど征服し巨大になったオスマン帝国がハンガリーをも制圧したのは、シュテファンが生まれるより六十年も昔のことであった。

ハンガリーは三分され、中央部と南部はオスマン帝国領ハンガリーとなり、西部と北部はハプスブルク家を王と認めハプスブルク領ハンガリー王国となり、東部は一応独立した公国ではあるが、オスマンに従属した。トランシルヴァニア公国だ。

トランシルヴァニア――ザクセン人はジーベンビュルゲンと呼び、マジャール人はエルデーイと呼ぶ――は、ハプスブルクとオスマン、二大帝国のせめぎ合う場となった。シュテファンが生まれた年——一六〇〇年——、ワラキア公がトランシルヴァニアを、そうしてモルドヴァを制し三公国を統一したのだが、公位にあったのはわずか一年だった。ハプスブルクから派遣され公を援助していた将軍が、部下に命じ公を暗殺させたと、シュテファンは聞いている。その後は、トランシルヴァニアの支配者は、大貴族のセケリーだのボチカイだのラーコシだの、ほとんど一、二年おきに目まぐるしく替わった。オスマンとハプスブルクは、それぞれ自国に都合のよい公を立てようと介入し、戦闘に戦闘が続いた。五年前にラーコシを追い落として公位についたバートリは、ハプスブルクの神聖ローマ皇帝の強力な援護を受けていた。その代償にトランシルヴァニアはハプスブルクが強制するローマン・カトリックを受け入れねばならなかった。

　かつてバートリを支持していたマジャール貴族ベトレン公は、その俊傑ぶりをバートリに疎まれ、オスマン帝国に逃れた。そうしてこの年、トランシルヴァニアの支配権をもぎ取るべく、オスマンの大軍を率い、進軍してきた。バートリは配下に殺され、トランシルヴァニアはベトレンの手に落ちた。

　新たな支配者となったベトレンは、オスマン帝国皇帝の意を受け、強制徴募（デウシルメ）を実施すべく指令を発した。

　クロンシュタット市庁舎前の広場に、十代の子供、少年が呼び集められたのだった。市壁の中に居住することを許されないルーマニア人の子供が、このときは市門をくぐってぞろぞろ集まってきた。付き添ってきた家族は広場の中央に整列する子供たちから引き離された。

一人息子と身寄りのない孤児が、まず外された。一人息子は当然だが、孤児が外されたのは、自立心が強いから絶対服従を必須とするオスマン帝国の特別な軍隊——イェニチェリ——には向かないと見なされたのだ。市場で吟味する奴隷商人のように、オスマンから派遣された担官らは、素裸で立つ一人一人の躰を撫でまわし、歯茎が露わになるほど唇を引っ張り上げて歯を調べ、強壮な者——あるいは将来頑強になると期待できる者——を選抜した。パンフレットの版画のとおりだ。あれは嘘じゃなかったんだ。ならば、串刺しも……。

シュテファンの長兄と次兄は上限の年齢以上だし弟は十歳に満たないので、最初から対象になっていない。一家から一人だ。少しも名誉なことではなかった。

シュテファン・ヘルクの遠祖は、ハンガリー王に招聘され移住したドイツ騎士団——正式な名称は〈ドイツ人の聖母マリア騎士修道会〉——の一員であった。騎士団の急速な勢力発展を警戒した王は、十数年で彼らを追放したが、とどまった者もいた。その一世紀も前からハンガリー王の招きで植民し防壁を築いたザクセン・ドイツ人の街は七つあり、ヘルク家の祖は、その一つクロンシュタットに居を定めた。祖のもちいた甲冑と武器が、今も接客の間に飾られている。交易で財をなし、父の代から、この地ではまだ珍しかった印刷業も営むようになった。祖父と父は、市の参事会員をつとめている。

翌日も、起伏の緩やかな高原を西に進む旅は続いた。風がおさまっただけ昨日よりましだ。

白く散るのは羊たちだ。

　年上の二人のあいだに居場所を決めたミハイは、屈託のない顔つきで同じ年頃のルーマニア人の子供たちと喋りあい、時折、ヤーノシュに何か話しかけ、ヤーノシュはあまり興味なさそうな様子で短く答えている。わからない言葉が行き交い、シュテファンは異国にいるような気分だ。

　ヤーノシュが、ミハイたちの言葉を要約してシュテファンに話した。

「出世できると、彼らは思っている」

「奴隷が出世できるのか」

「聞いてないか」

　オスマン帝国は強力に組織された軍隊を常備している、とヤーノシュは言った。感情をまじえず、書かれた文書を淡々と読み上げるような、ひどく大人びた冷静な口調であった。寄せ集めの傭兵に頼るヨーロッパ諸国の軍隊とは比較にならないほど訓練を積み、統率がゆきわたっている。ゆえに、強い。強制徴募(デウシルメ)で集められたキリスト教徒の子供たちの大半はこの歩兵軍団(イェニチェリ)に投じられる。能力次第で、どのようにも出世できるそうだ。

「出世……。オスマンの軍隊で」

　シュテファンが思わず唇の端を歪めると、ヤーノシュが同じ表情を返した。

　カトリックのハプスブルクに従う方がましか。だが、ハプスブルクはプロテスタントを容認しない。オスマンのほうが宗教に関しては寛容で、征服された国々が税を払い朝貢すればイスラム教への改宗を強制はしないと聞いている。

だが。オスマンの。異教徒の。奴隷兵士。まるで物品みたいに集められ……。屈辱以外の何ものでも……。

脱走。ふと心に浮かんだ。不可能だ、と理性が言う。奇妙な帽子の護送兵たち。彼らもかつて強制徴募（デウシルメ）で集められたオスマン属国のキリスト教徒の……なれの果てか？

脱出に成功したところで、行き場がない。脱走者を出したということで、家族は処刑されるだろう。ラウラも……。新しい統治者であるベトレンは、オスマン帝国の皇帝に服従し、オスマン軍の力を借りてバートリを倒し公位についたのだ。強制徴募（デウシルメ）の脱走者を、誰が匿（かくま）う。

ヤーノシュと視線が合った。

「脱走」

シュテファンはつい口にした。

「岩塩鉱」応じるようにヤーノシュが言った。

「心当たりの場所があるのか」

「父の領内に岩塩鉱がある」

「領地持ち？　貴族（ボイエリ）？」

——貴族の子でも、奴隷兵士にさせられるんだ……。

「バートリやベトレンのような大貴族じゃない」素っ気なくヤーノシュは言った。

トランシルヴァニアには岩塩の産出地が多い。岩石状の塩の層が地上に露出した箇所さえある。その一帯を掘り下げ横に掘り進んだ坑道はトランシルヴァニアの地下に迷路を張り巡らしている、という程度の漠然とした知識はシュテファンも持っていた。トランシルヴァニアのみならず、ワラキア、モルドヴァ、西はオーストリアにまで、地下の塩の層は連なっており、坑道が続き、そこには小人が棲んでいる。幼いとき乳母からきいた話だ。彼らが小さくて萎びているのは、塩に生命(いのち)を吸い取られるからだ。本当に乳母がそう言ったのか、塩漬け鰊などからの連想が偽の記憶になったのか。

「とっくにさびれて廃鉱になっている」ヤーノシュは言った。「採掘と製塩には莫大な費用がかかるから、維持しきれなくなったんだろう」

「入ったこと、ある?」

ヤーノシュはうなずいた。

「壁を掘り窪めて、聖母マリア様の祭壇が作られていた。鉱夫たちがお祈りしていたんだね」

宗教改革以前に作られた祭壇だ。

「その廃坑に逃げ込めたら、助かる?」

「と、ぼくもちょっと思ってしまった。冷静に考えたら不可能だ」ヤーノシュは言った。「絶望的な状況がさらに悪くなるだけだ。廃坑には食べ物も飲み物もない。外に出たら逮捕される」

そうして、串刺しの刑だ。パンフレットの版画が鮮烈に浮かんだ。

脱走者を出したというだけでも、家族は……姉も……。呻き声が、意思にかかわりなくシュテファンの喉を突き上げた。

広がる牧草地に小さい集落が散在する。強い風が吹いたら倒れそうな草葺き板葺きの家々の前の陽溜まりに女たちが屯し、賑やかに喋りながら棒に巻き付けた夏の雲みたいな羊毛を紡錘に巻き取っていた。

ミハイが手を振ると、女たちは笑顔を返した。

野営。

シュテファンの胸に鉛が沈む。脱走。不可能か。岩塩鉱。脱走。不可能だ。希望のかけらはないか。ない。いつか眠り、塩の迷路をさまよった。

――今の俺は、知識を持っている。地底の塩。それは、その地が、何百億年か、何千億年か、想像もつかぬ太古、海であった証だ……。

旅の三日目。トランシルヴァニアの首都ジュラフェヘールヴァールの城壁が遠く視野に入ってきた。

羊の群れがのんびりとこちらに向かって移動中だ。白かるべき脚の毛が赤く濡れていた。

羊たちは血溜まりを踏みにじってきたのだ。このあたりは、オスマン勢を率いたベトレンと砦を兼ねた城にこもって迎撃するバートリ軍との激戦が行われた地だと、シュテファンはあらためて思った。クロンシュタット市は防備を固めた上で抵抗せずベトレン軍を通過させたので、戦火には遭わずにすんだのだった。ベトレンの目的はバートリを倒しトランシルヴァニアの支配者となることだから、無駄な戦闘を避けられるのはこの上なく好ましい。クロンシュタット市としては、危険な賭けであった。バートリが勝利すれば、市は利敵行為を咎められ、税の取り立てなどで苛酷な目に遭うところだ。市長は処刑されたかも知れない。

三本の龍の歯の紋章を持つバートリ家の旗が地に伏し、ベトレン・ガーボルが公位についた。無抵抗で通過させたとはいえ、積極的に支援したわけではない。勝利者ベトレン公に取り入るために、市は強制徴募（デウシルメ）に「喜んで」という態度で応じねばならなかった。

そう、ことわけて説明する大人はいなかったが、シュテファンは気づいていた。荷車の子供たちは、贄（にえ）だ。ことに、ヤーノシュとぼくは、わざわざ選ばれたんだ。恭順の証（あかし）として、農民の子ばかりでなく、身分のある者、地位のある者の子息まで差し出したとベトレンに示すために——俺の勘は当たっていた。強制徴募（デウシルメ）は通常、農民の子だけを対象にすると、後に知ったのだ——。

砲撃の跡の残る城壁の裾の平地に数多い天幕が張られていた。オスマン軍がまだ居残っている。

城門をくぐり広場で荷車を降りたときは、草臥（くたび）れはてた子供たちは年寄りのように背をかがめてしゃがみ込んだ。

怒鳴りつけられ整列した子供たちの周囲をオスマンの兵士が固め、ベトレンが姿を見せた。馬上なので、顔かたちがよく見える。

——こいつが、おれたちをオスマンに献じた……。今、自分の手に武器がないことが、シュテファンは苛立たしい。あったところで、使えるか。命と引き換えだ。

護送官が書類を手渡し、ベトレンは一瞥してうなずいた。人数や名前を記したものだろう。ベトレンはオスマン皇帝への献上品である子供たちを見渡し、短い演説をしたが、シュテファンにはまったく意味がわからない。ルーマニア人の子供たちもきょとんとしているところを見ると、マジャール語なのだろう。後でヤーノシュに訊いてみたが、上の空で聞き流していた、とヤーノシュは言った。「出世の緒(いとぐち)である、とか言っていたみたいだ」

自分の意志の及ばない途方もなく大きな力にさらわれた。その夜は広場に張られた天幕で過ごした。横になったシュテファンとヤーノシュの間に、あいかわらずミハイがいる。何の不安も怒りもないように寝息を立てている。天幕の外で焚かれる篝火が内部をわずかに明るませ、ヤーノシュの顔が仄かに見分けられた。小さい光の粒が目尻から耳のほうにつたい流れるのを見た。ヤーノシュは指先でぬぐい、その手を無造作に投げ出した。シュテファンの頬にあたった。シュテファンの知らない言葉で何か言い、薄く瞼を開いて、ドイツ語で言い直した。「ごめん」

二人の指がおのずと絡みあった。すぐに放した。

「こいつ、何か楽しい夢を見ているんだ」シュテファンはミハイを指さした。
「気楽な奴だな」ヤーノシュは応じた。

古代ローマ帝国の時代に造られた三本の街道を、バルカン半島を征服したオスマン帝国は整備した。平時は隊商の往還、戦時となれば軍用道路として使われる。一五二九年、ウィーン包囲においてオスマンの大軍が攻め上り、この年、ベトレンがバートリ攻撃のオスマン軍を率いた道を、ベトレンの閲見を終えた強制徴募(デウシルメ)の子供の群れは、逆にオスマンの都をめざす。往路の無蓋の荷車よりは、幌があるだけましな乗り物が与えられた。ジュラフェヘールヴァールには、クロンシュタット以外の都市や村々からも多くの子供が集められおよそ百人ほどになり、天幕や食糧も増えたから列は長く延びた。

揃いの赤い服に赤いズボン、赤い帽子——頭巾というべきか——を着せられていた。これでは、脱走しても目立ってすぐに捕まえられてしまう。着慣れたぼくの服。袖口と胸元にラウラが繊細な刺繍をほどこしてくれた服。どうなったのか。捨てられたのか。

クロンシュタットが近づく。市に近いルーマニア人の村落は、無人のようにひっそりしていた。女たちが羊毛を紡ぐ姿も見られない。家人は家の奥で声を殺しているのだと、シュテファンは思う。おそらく、騒動が起きないよう禁足令が出ているのだ。

子供たちの間から「ママ」「タタ」と声が漏れた。泣き声になった。ミハイも泣きじゃくりながら叫んだ。「ママァ」護送兵が馬を寄せ、怒鳴りつけた。子供たちは声をのんだが、しゃくりあげるのを止めきれない。

　市壁の前を通り過ぎるとき、「ラウラ」シュテファンは呼ばずにはいられなかった。

「アニャーム」吐息のような言葉が、ヤーノシュのくちびるからこぼれた。

「君も、姉さんがいるの？」

「ムッター」

　ひどくぶっきらぼうに、ヤーノシュは言った。

「マジャール語を一つ憶えた」慟哭しそうになるのを紛らすために、シュテファンは強いて軽く応じた。「母さん(ムッター)はアニャーム」

「ムッターはアニャ」ヤーノシュは訂正した。「アニャームは、ぼくの母さま(マインムッター)」

「〈姉さん〉は」

「ネーヴェール。〈ぼくの姉さん〉はネーヴェレム」

　ヤーノシュの声も表情も、感情をあらわしていなかった。

　農民の子供たちには、〈出世〉という希望がある。歩兵軍団(イエニチエリ)の何らかの長になれたら、本来なら生まれてから死ぬまで最下位の身分に縛りつけられる宿命にある彼らにとっては、大いなる出世だ。

　ぼくは、違う。シュテファンは思う。家業の交易には興味がないが、印刷はおもしろかった。

父は印刷の親方ではない。住居に隣接した建物を仕事場にし、熟練した親方(マイスター)をドイツから招聘し、親方が連れてきた弟子四人を住み込ませていた。つまり父は経営者であって職人ではなかった。聖書、ルターの著作などの需要が多い。輸入するよりは、いくらか安く供給できる。

仕事場に据えられた拷問台みたいにがっしりした木製の印刷機は、ヴェネツィアからの輸入品だ。鋳造機で大量に造られた鉛合金の活字――これはニュルンベルクの製造所から輸入した貴重なものだ――が、浅い木の箱に詰まっている。ハンガリーのオーフェンやペストには活字の製作場があるが、父はニュルンベルク製のごつごつした髭文字(フラクトゥール)を好んでいた。

仕事場に入っても叱られはしないが、活字箱には決して触るなと、親方に厳しく言い渡されていた。植字工たちは、左手に持った植字棒に、原稿にあわせて右手で拾った活字を詰めていく。右から左へ。印刷されると、逆に左から右へ読み進むようになる。文字の形も活字は左右逆転している。bとdは混乱を招く。pとqもだ。

数行分溜まると、組版に置く。一ページ分の植字が終わる都度、活字の上にインクを塗って、試し刷りをする。間違った活字は抜いて、正しいのを差し込む。その動作に、シュテファンは見とれる。正確に組み上げたら印刷機――拷問台のような――におさめ、インクを万遍なく塗り、湿らせた紙をおく。親方が万力の取っ手を回す。紙は板に押し潰される。――やはり拷問だ……。

くっきりと活字の痕が刻された紙を、張り渡した紐に吊り下げて乾かす。

その一連の作業は、シュテファンの目には、すばらしく神秘的かつ先進的な秘儀のように映った。

自分で作った詩——らしき稚拙な言葉の連なり——を、印刷してほしいと親方に頼んだのは、ちょうど一年前だった。祖父や父は最初(はな)から子供の詩作などまともに目を向けていなかったし、兄たちにはからかいの種になるだけだから言えなかった。姉は唯一の理解者であった。

活字を組むのは大変な作業なのだと親方は言い捨てたが、姉が口添えし十分すぎるほどの手間賃を渡すと態度を変えた。

紙に印刷されると、たいそう格調のあるものに感じられた。ただ一枚の紙におさまってしまう詩篇——らしきもの——だ。二十枚ほど刷ってもらい、姉に頼んで一端を糸で縫い綴じてもらった。書物どころかパンフレットにも及ばない代物だし、どのページも同じ詩が印刷されているにすぎないのだが、しばらくの間シュテファンは宝物にしていた。

いつか、本物の書物を造るようになりたい。それが、自分が著者になることなのか、印刷所を経営することなのか、製本をすることなのか、そうして〈いつか〉は遠い未来なのか、すぐ目の前なのか、混沌としていた。

〈いつか〉は、ない。〈いつか〉に続く〈時〉は断ち切られ、思いもしなかった方角に流れる新たな〈時〉の中に強制されて生きることになった。

戦士となることを嫌ってはいない。祖がその一員であったドイツ騎士団に憧憬を持ってもいる。実態は知らず、単純に名称と服装、武器に魅力をおぼえただけだが、いかにも勇壮な印象を受けていた。――オスマンの歩兵なんて、まっぴらだ……。

これからの生は、絶望を起点とする。そんな言葉が浮かび、躰から力が抜けそうになったとき、ヤーノシュが小さく呻いて前屈みになり、両手に顔を埋めた。

ヤーノシュもおそらく、同じ絶望を感じているのだ、とシュテファンは思った。小なりとはいえ、ヤーノシュは貴族（ボイエリ）の子だ。

共感と慰めをどうあらわしたらいいかわからず、シュテファンは上体を寄せ、触れた肩を肩で小突いた。相手も同じことを返した。それだけで、ほんの少し気持ちが通じ合ったようにシュテファンは思った。

登り坂になった、馭者は馬の臀を鞭で叩き叱咤する。強制徴募（デウシルメ）の一行は、カルパティアの山並みを越えてオスマン領ワラキアに入ろうとしていた。

U―Boot

3

関節の軟骨が磨滅したように疲労した躰を、海軍大臣フォン・ティルピッツは肘掛け椅子に沈めた。

参謀長とともに皇帝陛下のもとに呼ばれ、Uボートの無制限潜水艦作戦を中止するか続行するか、半日がかりで論議した後だ。結論は出ていない。

戦争が始まったからには勝利せねばならぬ、ということを、陛下はどこまで理解しておられるのか。国際的な評価が落ちるのを極度に恐れておられるが、最終的に戦勝国となれば、いかなる悪逆な手段も不問に付される。指弾されるのは敗戦国だ。Qシップこそ、非難されるべきだ。

帝国海軍はせっかく大艦隊を擁しながら、陛下のご下命がなければ出動不可であるため活用できない。南米のコロネル沖では我が巡洋艦隊が英艦隊を撃破したが、フォークランドで敗退した。それ以来、陛下は慎重になられた。大艦隊は無為にヴェーザー河口に停泊させられている。Uボートの活躍まで制限されるのか。だが、無差別攻撃がアメリカの参戦を招くとなったら……。

事務机の上の分厚い紙の束に、目をやった。

先日、Uボート基地ヴィルヘルムスハーフェンに向かうべく身支度を整えたヨハン・フリードホフが、挨拶に再訪し、そのときティルピッツに渡したものである。

ハンス・シャイデマンを知っているか、というご下問に、私の半身です、と応えました。閣下は、半身とはどういう意味だとお訊ねになりましたが、一言でご説明できることではありません。そのご質問への答えが、これです、とヨハン・フリードホフは言い、ご興味がなければ

お読みいただかなくて結構なのです、と言い添え、続けた。私、あるいはシュテファンが、無事に帰国できましたら、

誰だ、それは、と訊ねる前に、今名乗っている名前は、とヨハン・フリードホフは言った。

シュテファン？　とティルピッツは遮(さえぎ)ったのだった。

そうです、おそらく閣下がすぐに推察されるであろうように、ハンス・シャイデマンです。二人のどちらかが帰国しましたら——それはどちらか一人の死を意味しますが——返却していただきます。それまで、保管をお願いします。私たちのどちらもが帰還できませんでしたら——それは私たち二人ともの死を意味しますが——そのときは、きわめて厚かましいお願いですが、少部数でかまいません、印刷して書物にし、王立図書館、その他主要な図書館に寄贈していただけませんでしょうか。印刷製本に必要な資金はあります。金地金(きんじがね)にして、私の名前でライヒスバンクの保管庫に預託してあります。私の署名した委任状と鍵を閣下にお渡しします。私は紙幣を信用しませんが、閣下を私は信頼します。

金地金？　ティルピッツはふたたび遮ったのだった。君の信頼に背く場合も生じる。戦争は金を食う。国庫の財が欠乏し、国の存亡を賭けたこの戦争の継続が困難となったら、私は簡単に君を裏切る。

かまいません、とヨハン・フリードホフは言った。

閣下はそのようなことはなさいません、私は閣下を信頼します、というような言葉が続くこ

とを予期し、断言しよう、後に断罪されようと、私はドイツ帝国のために君の私財を没収する、と強く言い張るつもりであったティルピッツは、肩すかしをくらった。

　これは、シュテファン・ヘルクと私が綴りました。二人の共同執筆です。

　ティルピッツはざっと頁をくってみた。

　正確に言えば、シュテファンと私、二人が書いたものを、閣下にお渡しする前に私が再読し、手を入れてまとめ、清書しました。私が書き加えたり書き換えたりした部分もあります。時間が足りず、文章が完結していなかったり、インクで黒く抹消したり、行間に加筆したりで、補筆や清書が間に合わず、不整合なまま訂正してない部分や、シュテファンの筆跡がそのまま残っている部分もあります。シュテファンと私は、言い交わしました。どちらか一人が生を終えたら、その時点で、生き残った者が、印刷物にしよう。書物にしよう。そう取り決めたのは、私がこの図書館に居所を得てからでした。キールで港湾労働者として働くようになっていたシュテファンに、時折、私は会いに行きました。そうして、彼が書きためた分を持ち帰りました。水兵の募集に応じると彼が伝えてきたとき、私は危惧したのですが、ミヒャエルがUボートに乗るのではシュテファンも同じ仕事につくほかはないと、私も理解していました。お互いの行動に干渉はしない。彼と私の不文律でした。君の訃報が入ったら、私の分とあわせて書物にする。そう彼に言いました。

「しかし、閣下」と、ヨハン・フリードホフは言った。「閣下がドイツ帝国のために資金を流用なさるのであれば、それはそれでかまいません。草稿を王立図書館の、私の私室に戻しておいてください。誰の目にも触れぬまま、いつか失せるかも知れませんが、どのみちシュテファンも私もそのときはすでに非在なのですから」

印刷された書物にしたいというのは、シュテファンのほうが、私より強く望んでいるのです。

後の言葉は独り言のようだったと思い返しながら、立ち上がり事務机の前に移り、老眼鏡をかけた。

レンズ越しの文字は、紙の端の方がわずかながら歪む。度が合わなくなってきたようだ。眼鏡を外し、目頭を揉んでからかけ直し、視線を手書きの文字が並ぶ紙の束に戻した。しかし〈一六一三年。荷台を木の枠で囲った荷車は西に向かっている。〉その冒頭部分を一瞥しただけで興味が半減した。二十世紀の苛烈な戦争のただなかにいる。十七世紀の物語など読む暇はない。お読みいただかなくて結構なのです。フリードホフもそう言っていた。読まねばならぬという束縛はない。

ハンス・シャイデマンを知っているな。はい。私の半身です。

次いで、ティルピッツはミヒャエル・ローエについて質（ただ）したのだった。

どうして、彼をご存じなのですか。

君が口にしたのだ。だいぶ以前だが。

私が申しましたか。

名前を聞いたおぼえがあるだけだ。このたび、確認した。君は、ミヒャエル・ローエがU19に乗っていることは承知しているな。

いいえ、知りませんでした。ひどく驚いたようにフリードホフは言った。

U19。君が使命を持って乗り込む艦だ。ミヒャエル・ローエは、ハンス・シャイデマンを知っているか。

キールで、二人は一緒に暮らしていました。

フリードホフの答に、ティルピッツは思わず苦笑した。それなら、フリードホフを艦に乗せる必要はない。余計なことをしてしまった。

家族か？

血のつながりはありません。ミヒャエル・ローエは、父親が事故で死に、次いで母親が情夫と出奔したので——港町では珍しくないことです——、シュテファンが……つまりハンス・シャイデマンが、引き取りました。

君はシャイデマンのみならず、ローエとも親しいのか？

いいえ、会ったのは数度です。

君の任務を解こう。ミヒャエル・ローエが、ハンス・シャイデマンの真贋を識別できる。

ティルピッツの言葉に、

ぜひ、このまま私を行かせてください。フリードホフは言った。口調は静かだが、ティルピッツは背筋に一瞬悪寒が走るのを感じた。

君は、神の計らいを信じるか。

いいえ。

即答が返った。

何か人智を超えた力の存在は感じます。しかし、それは、個々の人間のために何かをなすということはありません。

躊躇(ためら)いのない口調であった。

運命の絆は？

そんなものは、ありません。

紙の束を押しやり老眼鏡をはずし、肘掛け椅子に戻った。目に入る場所にあると、どうも落ち着かない。従卒に命じ棚にしまわせた。

図書館司書を意識から排除した。U13に関してはU19に任せ、これも排除した。

Uボートを存分に活躍させつつアメリカの参戦を阻止せねばならぬ。これこそが焦眉の問題だ。戦争は、必ず、ドイツ帝国の勝利、イギリスの敗北で終わらせねばならぬ。戦争はまだ緒についたばかりだ。上着の袖、肘下から袖口近くまで埋める数多い金の袖章がいささか重く感じられた。これまでにない疲労感であった。

2 Untergrund

　私も書くと、シュテファンに言った。だが、私はいったい何から書けばいいのだろう。ただ一つのことが、私の鵞ペンを滞（とどこお）らせる。

　書いて一冊の書物にしよう。そう、切り出したのは私であった。シュテファンの心の深奥にある願望を、私のほうが先に察知していた。シュテファンは印刷された書物というものに惹かれている。憧憬している、とさえ言える。

　黄金の細い管。私の長い――長すぎる――生は、これに凝縮される。

　シュテファンは過去を冷静に綴っている。奴隷兵士にされたときの痛憤は、すでに消えているからだ。私は肉も魂も陵辱されたまま凝固している。

　強制徴募（デウシルメ）の対象とされた私たちは、オスマン帝国の首都に運ばれた。

　書き始めると、混乱する。あまりにも多くのことが一度に湧き上がる。

　旅は一月（ひとつき）を超えた。季節は早（はや）、冬だが、南に向かっているので故郷の冬ほど峻烈ではなく、でも頭上は濁った冬空で鬱陶（うっとう）しく寒かった。早い時期からオスマン領になっているブルガリアをさらに南に進むと、一日の行程を終えるあたりにはたいがい隊商宿があり、天幕の野営はしなくてすむようになったのだった。

オスマン帝国の都。その一々を書きとどめる必要はあるまい。壮麗な都と言うべきだろうが、この形容詞は私が受けた印象にはそぐわない。ありきたりな言葉だ。〈壮麗〉。私が受けた最初の印象を言葉であらわせば、〈異様〉で〈乱雑〉だ。

こう書いて、心もとなくなる。遠い記憶だ。思いこみや後から得た知識によって、歪(ゆが)んでいるかも知れない。

私たちは少人数の集団にわけられ、それぞれ別のハマームと呼ばれる石造りの建物に連れ込まれたのだが、そこに至る道筋は坂が多く、細い路地が入り組み、木造の平屋、あるいはせいぜい二階建てがひしめいていた。無造作に置き並べられた箱が勝手に増殖したというふうだ。それらが市民の住まいであった。うろつく野良犬どもは道に捨てられた厨芥の処理係だ。市場を通った。数多い店が品数を競い、故国では見たことのない鮮やかな色彩の透き通るほど薄い布が翻っていた。他人にぶつからずには歩けない。背中の背負子(しょいこ)に堆(うずたか)く荷を積み上げた男に誰かがぶつかり、荷は崩れ落ち、素早いのが一つ二つかっさらって逃げ、そこら中の店で売り手と買い手が喧嘩腰で何か言い争い、様子から値段の交渉をしているのだと察した。金細工や銅細工を店先で作りながら売りさばくものもいる。そのあたりの路地には小さい天幕が並び、穀物だの豆類だの果物や野菜が山積みになっている。真昼間の雑踏のなかを、鼠どもが恐れげもなく走り回る。漂う香料のにおいは強すぎて、嗅覚が正常な働きを失うほどだ。奴隷を売り買いする一郭を通り過ぎた。人垣にさえぎられ、その中でどんなことが行われているのか、よくわからなかった。

屋根に覆われた、名称を後にベデスタンと知る場所は、両替商や貴金属商、香料、薬種、高級織物など高価な品を、それぞれ専門に扱う店が集まっていた。ここの顧客は身なりからして金持ちらしい者ばかりだが、値引き交渉のかしましさは他と変わらない。

後に得た知識をさらに付け加える。ローマ人の入浴の風習を浴場（ハマーム）は受け継いでいた。ヨーロッパでは、かつて全土を蹂躙した黒死病のせいで、入浴の習慣はほぼとだえた。湯に浸かると毛穴から水がしみこんで皮膚が弱り、病毒におかされると信じられていたからだが、私の子供の頃は、入浴しないのが当然で、その理由をことさら説き聞かせる者もいなかった。

建物の最初の部屋には、高いところに綱が張られ、青い布が何枚も下がっていた。それらはまだ濡れていた。

乾いて折りたたまれている青い布が一人一人に配られ、それを腰に巻きつけただけの裸で熱い湯気の立ちこめる浴室に入った。

壁に窓はなく、ドーム形の天井に規則正しく配置された幾つかの丸い小さい穴から、厚いガラスをとおして差し込む外光が中を明るませていた。

一般の市民のための浴場なのだが、このときは貸し切りにしたらしい。他の浴客はいなかった。

壁も床も大理石のような石造りで濡れた床は滑りやすく、転んで泣き出す者が続出した。浴場の男が木のサンダルを貸してくれた。甲にまわした革の帯を両側に鋲で留めつけてある。歩きやすくなったし、背が高くなるので、子供たちははしゃいだ。壁にはこれも大理石のような石の水盤が幾つも取り付けられ、湯が湛えられていた。子供たちは互いの頭に湯をかけあって、じゃれた。

エルデーイ――トランシルヴァニア――からオスマン帝国の都までの長い――長すぎる――旅の間にむさ苦しくなった躰の垢を汗と共に流し落とした。

旅の間、シュテファンとドイツ語で話しあえる相手は私だけだった。マジャールの言葉を話せるものは一人もいない。シュテファンは、ミハイに少しずつドイツ語を教え、ルーマニア語をおぼえようとしていた。ルーマニアの言葉もドイツ語も知る私が、必然的に二人の会話にまじることになる。シュテファンはミハイ以外のルーマニアの子とつきあう気はないようであり、私もまた、シュテファンとミハイ以外の者との交流はほとんどなかった。ミハイは誰とでも嬉しそうに喋っていたが。

中央におかれた円盤形の石の台の上に私たちはうつぶせになり、垢すり男が背を揉み擦(こす)るのにまかせた。シュテファンとミハイと私は円盤の中心に頭を寄せ合い、放射状に脚をのばしていた。石の台は下から暖められており、肌は快くぬくもった。ミハイはくすぐったいのだろう、ときどき笑い声を立てた。あまりに無邪気な、愛らしくさえある笑い声に、シュテファンと私もつられて忍び笑いした。

笑うどころではない事態が続いた。別の場所に連れて行かれ、素裸にされ、板の台に仰向けにされた。両腿をひろげ膝から下を垂らす姿勢で、ムスリムとして必要な屈辱的な処置を施された。強制徴募された者たちは、ムスリムに改宗することをも強制されたのだ。怯えて泣く子もいた。

シュテファンと私の間に、いつものようにミハイがいた。ミハイの手が私のほうにのびた。私も腕をのばし、ミハイの手を握ってやった。反対側の手は、シュテファンと結びあわせているのだろう。ミハイのまだ華奢な手は冷たく、私の手に彼の慄(ふる)えが伝わった。ミハイを仲立ちに、私はシュテファンと手を握り合っていた。耐えた。シュテファンの前では決して泣くまい。同い年なのだ。私だけ取り乱すさまは見せられない。少し頭を持ち上げて、ミハイの頭越しにシュテファンに目をやった。シュテファンは目を見開き、空(くう)を睨みつけていた。施術者の助手が私の顔の上に大きい手を置き、抑えつけた。そいつの手はすぐにどいたが、私は目を閉じ、片腕を瞼の上に横たえた。施術者どもの面(つら)を記憶に残したくなかったのだ。皮膚を引っ張られる痛みより、金属のふれあう音や、施術者たち、助手たちがかわす意味のわからない言葉、それらがもたらす不安のほうが大きかった。

施術された箇所に何かどろりとしたものがまぶされた。引き延ばした皮膚を切られる痛みより、この血止め処置の痛みのほうが堪えがたかった。出血はさほどのものではなく、じきに止まると、血止めを洗い落とした後に脂を塗られ、薬草の葉でくるまれた。仰向いたまま、さらにしばらく過ごした。一夜明けると、施術者と助手たちが葉を取り替え、その上から布でくるんだ。先端は包み込んでないので、用を足すのに困ることはなかった。――後に私がもう一度受けた施術に比べれば、ほんの引っ掻き傷だ……。

　オスマン帝国は宗教には寛容だといわれているが、強制徴募(デウシルメ)の対象者は改宗せねばならないのであった。寛容。たしかに、帝国の領内では――属国でも――それぞれの宗教を奉じることを許されている。異教徒であるからといって、迫害を受けはしない。しかし、すべての上に立つのは常にムスリムだ。非ムスリムに課せられる税の取り立ては厳しかった。強制徴募(デウシルメ)も、不定期に徴収される一種の税だ。

　新たな下着と揃いの服を支給された。このズボンが実に見た目が悪い。股上(またがみ)が膝あたりまでくるほど長い。両脚の間のその部分は布がたっぷりだぶついている――両脚を一杯にひろげてもまだあまるほど――から、身動きに不自由はないけれど脚が短く見え、ずり落ちているようで無様(ぶざま)この上ない。躰が三つ四つ入りそうなズボンの上端に通した紐を細腰で絞り、結ぶ。踝(くるぶし)にとどきそうな長い上着を着け、柔らかい布の帯を巻く。

　珍しがり面白がっている者もいたが、シュテファンと私は、不愉快だなと表情で心中を語り合った。先端のとがった山羊革の新しい靴を履いたミハイは笑顔になった。

　私たちは、トルコ人の名をそれぞれつけられた。シュテファンはサリフ、ミハイはイスマイル、私は――思い出したくない――ラマザン。捨てた。その名前は。トルコ人は姓は持たないのだった。

　奇妙な言葉を唱えさせられた。

　ラーイラーハイッララー。

　ムハンマドゥンラスールッラー。

今は意味を知っているから、書き添えよう。

　アッラーのほかに神はなし。

　ムハンマドはアッラーの使徒である。

こう唱えることによって、私たちはムスリムになった。

擦(こす)れないよう股を開き気味に歩きながら、近くの隊商宿に戻り、翌一日は休養にあてられた。激烈ではないが不愉快な痛みにじくじくと蝕まれ、そうかといって寝込むほどのこともなく、中途半端な気分で過ごし、もう一夜明けたときは、痛みはだいぶ薄れていた。露出された先端が敏感になっているので擦れると痛んだ。

　さらに一日経ると、痛みはほぼ治まり歩行も楽になった。だが、私たちの躰は刻印を持ったのだ。

　痛みは薄れても処置の不快感は残っていた。礼拝の作法を教え込まれた後、ムスリムの礼拝堂(モスク)に連れて行かれた。外観は、小高い山をそのまま建物にしたかのようであり、天空に向かって飛び立ちそうな尖塔が幾つか聳えていた。

青や金で模様を描いた彩色陶板が内部の壁をも半球形の天井をも埋め尽くし、夥しい蠟燭があたりを照らしていた。民家は粗末だが、モスクはまさに壮麗であった。

教えられたとおり、うずくまり、両の掌と額を床につけ、踵を立ててひれ伏した。冷たさが全身に伝わった。屈辱と冷気はぶり返した痛みと一つのものになって私を凍らせた。凍らなければ、私は圧殺されていただろう。礼拝室の空間に詰まった不可視のものは、それほど密に重かった。十三の子供だったファルカーシュ・ヤーノシュはそう感じたのだ。今、もしトルコのモスクを訪れることがあっても、あの異様な圧迫感をおぼえることはないだろう。

ひれ伏したまま、目は開けていた。磨かれた床の糸屑ほどのわずかな傷をみつめていた。羽毛がそよぐように傷は揺れ、頭の上では何やら意味のまったくとれぬ言葉をつらねる声が単調に響いていた。

重大なことであるはずの改宗が、私の意思は無視したまま淡々と手際よくすすんだ。産まれたときから皮膚のようになっていたキリスト教が剝ぎ取られ、思ってもいなかった皮膚をまとわされた。皮膚と肉の間に隙間が生じ、そこに膿が溜まるのも当然だ。

整列させられ、市内を行進した。揃いの赤い長衣をまとったイェニチェリの軍楽隊が楽器を奏しながら先導した。オスマンの大軍を率いたベトレンが通過するときも軍楽隊を伴っていたから初めての光景ではないが、共に歩むのは拷問にかけられるようなものであった。彼らはオーボエのような笛を吹き鳴らし、大太鼓、小太鼓を打ち叩き、両手に持ったシンバルを上下に打ち合わせ、頭の芯にけたたましく響く音を発しながら進んだ。胴長の大太鼓は紐で首にかけ、右手の撥と左手の小枝のような棒で交互に叩く。右の音は強く左は弱く、自ずと強弱をなす。碗形の小太鼓は腹の前に二つ、革を張った側を上に取りつけてある。規則正しい二拍子に、いやでも足並みを揃えざるを得ない。

道の両側には市民であろう男たちが群がり、見物していた。マジャールやザクセンと外観は変わらない者。眉や髭が異様に濃い者。漆黒の肌をした者を初めて目にして、私たちは思わず声を上げたが、二拍子の音楽は容赦なく行進を促した。私は感情の動きを殺す。呼吸を楽にするために。抑制がはずれたら、私は喚(わめ)き、護送兵らに打ち殺される。シンバルの縁が合するたびに発せられる甲高い金属音は、私の悲鳴だ。ミハイを間に挟んで、シュテファンと私は並んでいる。

人の背丈の数倍はあろう高さの石壁が延々と聳え、その門をくぐった先に広大な庭園があった。

はてしなく広がる庭園に並んだ私たちは、ほんの一握りの砂粒のようであった。

ここは誰でも出入り自由なので、市民がくつろいでいた。大勢いるのに、虫の羽音が聞こえるほどに静かだ。スルタンの御殿に近い。白い奇妙な帽子の先端を長く背に垂らしたイェニチェリたちが、厳重に警備している。静寂を乱すものがいたら、追い出されるのだろう。

中央よりやや左寄りに聳える篠懸の巨木の枝々には、茶褐色に枯れた葉がまだしがみついていた。枯れ落ちた葉が、傍らにある馬の水飲み場の噴水に翻弄されている。

奥正面の門の近くに、大石が二つ据えられ、その傍らの水盤も、水晶の柱のような噴水を吹き上げていた。後に知る。この石は、切り落とした罪人の首の晒し場であり、噴水は処刑人が血刀を洗うためのものであった。

さらに、後に得た知識を加えて言えば、左手の武器庫はかつて東ローマ帝国の聖堂であった建物であり、ほかに小さいモスク、宝石細工の工房、造幣局、パン焼き場、その他大小の建物が散在していた。壁の向こうの宮殿部分は、門のある石壁によって三つの区域に分けられる。外廷、内廷、後宮。外廷は執政の場であり、内廷は男性の居住区域、後宮はスルタンの女たちの居所だ。

私たちはイェニチェリが守備する奥正面の門から外廷の中庭に導かれた。幅は二百歩ほど、奥行きはおよそ七百から八百歩ほどはあろうかという広々とした場所だ。

丈の高い木が影を投げる下に噴水が高々と水を噴き上げ、枯れた芝草の間に名を知らぬ花々の残骸が散り乱れ、これも初めて見る首と脚のむやみに長い奇妙な鳥が歩きまわっていた。小さい子供なら背に乗れるほど大きい。鳥でありながら飛べないらしく、人が近づくと地を走って遠ざかった。

中庭の右側は、三分の一ほどは壁でその先は一連なりの建物が長くのび、規則正しい間隔を置いて煙出しが突き出ている。後に知る。千人の食事を作る厨房であった。

これも後に知ったことを、ここに書いておこう。厨房棟と向かい合った壁を、私は外との仕切(しきり)だと思ったのだが、裏の空間に、スルタン用の馬三十頭ほどを飼育する厩舎と馬具倉庫、そうして槍斧兵(バルタジ)の兵舎が設けられているのだった。大厩舎は大宮殿(セラーリオ)の外、丘を南に下った海際にあった。

奥正面の館は政務を執り行う国政庁で、その前に多数のイェニチェリが居並び警護にあたっていた。

おそらく軍団長格であろう男と、花模様の服の上に毛皮で縁取った袖無しの長い外衣をまとった身なりから宮廷の廷臣とみえる男が、書類と照らし合わせながら、私たち一人一人の前に立ち、吟味した。強制徴募(デウシルメ)の検査官と同じ目つきであった。素裸にはされなかったが。

七、八人が廷臣の指示で列の外に出され、少し離れた所に並ばされた。

私たちの前に二人はきた。

シュテファンの前で廷臣は足を止めた。軍団長が、ハユル、と言いながら舌打ちする。廷臣がシュテファンを列の外に出そうとし、軍団長が止めている。そう私には思えた。

廷臣の視線は小さいミハイを素通りし、私に向けられた。私は目を伏せていた。視線が合ったら引き出されて別の列に入れられそうな懼(おそ)れをどうして持ったのか。

そのとき、奥正面の鉄の門扉が開かれた。イェニチェリたちは表情を引き締め、直立した。

家臣らしい男たちを従えた若い男が現れた。金糸銀糸の縫い取りがひときわ豪奢な長い上着を着けたこの男がオスマン帝国皇帝(スルタン)アフメト一世であると、ほどなく知ることになる。

別にされた七、八人をスルタンは眺め、廷臣はスルタンの表情を窺(うかが)った。スルタンは私たちのほうにきて、一人一人に目をやりながら歩きまわった。私の前でスルタンは立ち止まり、見つめた。私は目をそらせそこなった。スルタンの口もとに、私はかすかな微笑を見た。小さくうなずいたようにも見えた。私はひどくどぎまぎしてしまった。奴隷——それも献上品——がじきじきにスルタンと顔を合わせるのか。こちらも立ったままで。

目の前の若い男を、存在しないものとし、私はその向こうを見つめた。私の視線の先にあるのは、彼が出てきた建物だが、それも存在しないものとし、その先を見つめた。何もない、その〈無〉を見つめた。

彼に取り込まれまい。私は彼とは別の空間にいる。

すぐに私は現実に引き戻された。スルタンのかすかな合図を機敏に受け止めた廷臣が私に、あそこに行け、と別にされた者たちの群れを顎で示した。

隣に立ったミハイの手を握るのが、私にできたわずかな抵抗であった。イェニチェリが二人、私の両脇に立った。私はミハイの手を強く握ってから、放した。手と手の鎖は断ち切られた。イェニチェリに逆らえばどのような目に遭うか、旅の間に思い知らされている。奴隷に意思表示の自由はない。売り買いされる牛馬と同じだ。シュテファン・ヘルク——貴方たちの命名に従えばサリフ――と別れさせないでください。そのような言葉は喉の奥に呑み込む他はない。

スルタンは国政庁の扉の前に移っていた。

二人のイェニチェリに挟まれ歩きながら、振り返りシュテファンに視線を投げた。シュテファンは私を見つめていた。

多くのものと別れてきた。大きい深い屋根がかぶさった領主館――ぼくの住まい――。ゴシック様式の周壁を持つ教会。あの鐘楼。そして、ぼくの母（アニャーム）、ぼくの父（アパーム）。兄たち。ぼくの犬。ぼくの明日。

多くのものを失った。

長い――長すぎる――旅で、新しく得た。シュテファン。そうしてシュテファンと分かち難くなっているミハイ。長い旅は、思い返せば、短かった。

別れの握手も抱擁も、できなかった。二つの群れ――一つは私を含む少数、もう一つは残りのすべて。シュテファンとミハイを含む――は、引き離された。

Untergrund

3

ハッサンのやり方を見習って、根本から掌の幅ぐらい上の部分を一摑みにし、三日月形に湾曲した鎌の鋭い刃で刈り取る。何の抵抗も受けないようにハッサンはすぱっと切っては次に進んでいくのだが、シュテファンの鎌は摑んだ束の半ばで動かなくなる。鋸を扱うように前後に動かしてみるが、用をなさない。握りしめた左の掌に痛みをおぼえる。熟れた麦の穂先に眼を突かれそうになる。

刈り穂がある程度たまると一束にして結わえ、空き地に運ぶ。これがシュテファンには難関であった。反抗的な麦どもは彼に嚙みつく。

筒型の布の上端を絞って碗のようにした帽子をかぶらされている。村人たちと同じ帽子だ。その下から汗が顎のほうにつたい流れる。

平地はさほど広くない。低い丘陵の裾にある集落は五十戸ほどの農家からなっていた。半農半牧羊の暮らしだ。

ハッサンはずいぶん先に進んでいる。ミハイがほとんど遅れず後に続いているのは、農家の子であった彼には慣れた作業であるからだ。

集落の男たちが全員、ハッサンの麦畑で刈り取り作業にあたっている。輪番で、それぞれの畑を全員でやる。シュテファンとミハイもハッサンに連れられ二、三の畑ですでに作業しているのだが、シュテファンはなかなか上達しない。

滴る汗を二の腕でぬぐう。ハッサンが振り向いた。笑いながら戻ってきて、シュテファンの隣に中腰になり、手に手を添えて、一気に刈り取った。手本を示して、ハッサンはシュテファンの肩をばんばん叩き、何か言った。デヴァメと聞こえる。正確な意味はわからないが、励ましてくれていることは確かだ。

首都と細い海峡を隔てた対岸の地に、強制徴募（デウシルメ）の少年、子供たちは運ばれた。と、他人事のように書く。今の俺は地誌も歴史も知っているのだから、もっと明瞭にイスタンブールからボスポラス海峡を渡り、アナトリアに、と書いてもいいのだ。そうして、かつてトルコ人の一部族であったオスマン家が、如何にしてアナトリア西部に建国し、東ローマ帝国の首都コンスタンティノープルを陥落させてオスマン帝国の首都とし、バルカン南部——彼らの言葉で言えばルメリア——を征服していったかを記すこともできる。

船に、初めて乗った。海を、初めて見た。恐ろしく、かつ、恍惚感を誘った。

大海に乗り出したのではない。水路のような狭い海峡を渡っただけだが、大冒険をするような気分になったのだった。

このころのオスマン帝国は、地中海を制する大海軍を持っていた、と、俺は後の知識によって記そう。

水は、生きていた。アナトリアに向かう船の右手に広がるマルマラ海は、馬の皮膚がちりちりとわななくように、たえず揺れていた。嵐の後の空よりも碧（あお）く、舳先（へさき）に切り裂かれて叫ぶように飛沫（しぶき）をあげ、舳先に近く立つシュテファンとミハイの髪を濡らした。碧い水の雫は透明であり、塩を溶かした味がした。カルパティア山脈の山裾からきた強制徴募（デウシルメ）の子供たちは皆、揺れる水を茫然と眺め、大概の者は気分が悪くなり嘔吐し、病気に取り憑かれたと怯え、護送のイェニチェリに怒鳴りつけられた。言葉はわからなくても、身振りと状況から、甲板を汚すな、海に吐け、と言っているのだと察しはついた。船酔いという言葉さえ知らなかった。いま、俺は書く。キールの海沿いに暮らす俺、ハンス・シャイデマンは、シュテファンとミハイが海の動きに沿って揺れる船で酔わなかったのは生まれつきの体質によるのだと記すことができる。

何の知識もなく渡った海峡は、黒海とマルマラ海をつなぐ地点、さらに言えばヨーロッパとオリエントの接点であったのだけれど、俺は旅行案内記を書くつもりはない。ヤーノシュ、そうだよな。俺にそんなものを期してはいないだろう。

あの時、ミハイと俺も、他の者たちも、いったいどこへ連れて行かれるのか、目的は何なのか、まったくわからなかった。アナトリアの港に着くと、一人あるいは二人ずつ、ばらばらに、ムスリムであるトルコ人の農家に連れて行かれ、そこに住み込むことになった。

軍団に入れられるのではなかったか。イェニチェリになるはずが、農家の労働力にされるのか。それでは出世はできない。

シュテファンは、と書こう。

ヤーノシュがいないと、ミハイとシュテファンは言葉が通じにくい。旅の間、互いにドイツ語とルーマニア語を教えあってきたし、身振り手振りをまじえて何とか七、八割はわかるようになっていたが。

少年たちをアナトリアに護送したイェニチェリの中にセルビア出身の者がいて、隣接するルーマニアの言葉をいくらか解した。この男がミハイに事情を説明した。ミハイは片言のドイツ語をまじえてそれをシュテファンに伝えた。

強制徴募(デウシルメ)で集められたものは、皆、アナトリアに運ばれ、ムスリムのトルコ人――主に農民――のもとで数年働き、そのあいだにトルコ語を習得しムスリムの生活様式を身につけイスラム教を己の信仰とし、その後再び集められて新兵軍団に入れられ、ついで、いよいよイェニチェリの一員となる。

ヤーノシュたち一部が首都に残された。彼らはどうなるのか。シュテファンの疑問を、ミハイは護送兵に伝えた。

特別に選ばれた者たちは、エンデルンでスルタンに仕える。

〈エンデルン〉の意味がわからなかった。ミハイが重ねて訊ね、シュテファンに伝えた。ルーマニア語にはない言葉だ、とイェニチェリは言った。王宮は三つの部分に分かれている。ビルンと、エンデルンと、ハレムだ。

ハレムと口にしたとき、護送兵は意味ありげな表情を見せた。スルタンの女奴隷たちが住むところだ。スルタンと黒人のシャーフ・アーラルのほかは、男は入れない。シャーフ・アーラル？　と聞き返さなかった。どうせルーマニア語にない言葉なのだろう。エンデルンでは、アク・アーラルたちとイチュ・オウランたちがスルタンに仕えている、と続けた意味不明な言葉も聞き流したが、選ばれた者はイチュ・オウランになるのだ、と言われ、ヤーノシュはそれになるのか、とシュテファンは思った。アク・アーラルになれば大出世だぞ。その名詞の意味を、俺は知るべきであった……。アク・アーラルとは、何なのか。

シュテファンとミハイが預けられた農家は、中年の夫婦――ハッサンとファトゥマ――とハッサンの父親である老爺ヒュセインの三人家族で、ヒュセインは足腰が立たないわけではないのにまるで働かず、日がな一日、水煙草を楽しんでいる。藺草（いぐさ）を編んだ敷物は、ヒュセインの座っている場所だけ臀の形に円く擦り切れている。ファトゥマは食事作りだの洗濯だのの合間に、平織の絨緞を織る。仕上がったものは、仲買人が買い取る。値段の交渉はヒュセインとハッサンの役目だ。この国では、女は家族以外の者とはほとんど顔を合わせない。どうしても他人と話を交わさねばならないときは、家族を介する。ファトゥマがハッサンの耳に囁き、それをハッサンが声に出して取り次ぐ。ムスリムの決まりだそうだ。奇妙な掟だ。シュテファンとミハイは家族として扱われている。

仲買人とハッサン、ヒュセインとの交渉はなかなかに凄まじく、三人の飛ばす唾がゆきかう。仲買人は何倍もの値で小売り商人に売り、小売りは市場でとほうもない値をつける。

後に、シュテファンとミハイがトルコ語に馴染んでから、水煙草をふかす合間にヒュセイン爺さんは言った。俺が達者で女房も元気でハッサンがまだ独り身だったころ、ルメリアから強制徴募されてきた子供を二年間預かったことがある。俺が鍛え上げてやったから、立派なイェニチェリになったぞ。

ファトゥマは子供を三人産んだが三人とも幼いうちに病死したと、これも後に知った。

近頃は、村の若い男は野良仕事を嫌って、首都やエディルネに出稼ぎに行ってしまう、と、ヒュセインとハッサンは嘆いている。外国からの移住者を厚遇しすぎるのがよくない。むやみに物の値段があがるのは、どうしてだ。村の男たちは、寄り集まるとそんな不平や愚痴をこぼしあう。

シュテファンが一畝(ひとうね)の麦をようやく刈り終えたとき、畑に残っているのは切り株ばかりであった。

この一帯の家々はどれも似た造りで、木造の二階家だ。一階は家畜小屋で、中庭の隅が秣置(まぐさお)き場になっている。刈り穂を中庭に運び入れ、枷にかけた。

外付けの階段で上る二階に家人は住む。窓から小さいモスクの丸屋根と二本の尖塔が見える。その近くに浴場(ハマーム)がある。

一日に五回、尖塔の天辺から声が響く。礼拝の時を告げているのだと、次第にわかった。声が響くたびに、家の隅に設けられた洗い場で躰を浄め、蹲(うずくま)って頭を床につける。金曜日には、浴場(ハマーム)で一週間の汚れを洗い流し、モスクの床に蹲る。

この暮らしにおいてまったく欠如しているのは、知への欲求をみたすものだ。書物がない。ラテン語の学習は苦手であったけれど、ドイツ語で印刷された書物は家に揃っていた。『ローランの歌』や『ニーベルンゲンの歌』を幾たび繰り返して読んだことか。革表紙の手触りがどれほど好ましかったことか。

イェニチェリに必要なのは、体力だけなのか。別れ別れになったヤーノシュはどのような日を送っているのか。シュテファンは思うが、想像がつかない。ヤーノシュも、想像がつかないだろうな、シュテファンとミハイがどんな日を過ごしているか。肉刺(まめ)が潰れ、さらに肉刺ができ、硬くなった手のひらにシュテファンは目をやる。ラウラも想像していないだろうな。弟が畑を鋤いたり麦を刈り取ったりしていることは。僕だって考えもしなかったよ、ラウラ。すぐに兵隊にされるのだと思っていた。ミハイは楽しそうだ。ここでの野良仕事は郷里より楽だよ。郷里(ハイマート)とミハイはドイツ語で言った。シュテファンが教えた言葉だ。しかし、他の言葉は、ルーマニア語とトルコ語が混じっていた。トルコ語は少しずつ、シュテファンとミハイの共通の知識となりつつあった。

さらに次の日。牛を小屋から牽き出し、後ろに石を結びつけた。鞭に追われ、中庭にひろげた刈り穂の上を、牛は石を引きずってのっそり歩き、石に踏みつぶされて穂は殻と実に分かれる。おれたちは槌で叩いて分けていた、とミハイはルーマニア語でシュテファンに言った。トルコ語で話せ。咎めたハッサンが、振り向いた。

中庭に入ってきた来訪者は、在郷騎士(スィパーヒー)ファイサル殿であった。自領の収穫の検分にきたのだ。スィパーヒーは領主だが、ヨーロッパの貴族のように土地を私有しているわけではない。スルタンから封土(ほうど)の徴税権を与えられ、そのかわりに戦争となれば騎士として自前の馬を駆り戦う義務を負わされている。封土の広さは大小さまざまだが、おおよそ、税収で騎士が自分とその家族を養うに足る程度だそうだ。ヨーロッパとはまったく異なるこの国の組織や制度を理解するだけでもシュテファンには一苦労だ。ミハイはことさら理解しようなどとはしていない。目先楽しければいいというふうだ。

上体をかがめ麦粒を拾って出来を見るファイサル殿に、ハッサンは気遣わしげな目を投げる。ファイサル殿はシュテファンとミハイを指し、ハッサンに何か言った。イェニチェリという言葉をシュテファンは聞き取った。ハッサンがうなずいて何か応じると、ファイサル殿は笑顔を二人に向け、拳を握った右の上腕を左の手で叩き、力自慢のような仕草を見せ、ギュレシュがどうとか言った。

入り口の前に繋いであった馬にうち跨りファイサル殿が去った後に、馬糞の山が残った。

Untergrund 4

エディルネ。首都イスタンブールから西に一日行程ほどのこの街は、首都に向かう旅の最後の夜を過ごした場所だが、そのときは隊商宿に泊まっただけであった。

私を含む選別された者たちは、さらにばらばらにされた。

エディルネ宮殿に送り込まれたのは、私一人であった。

かつて、ローマ帝国のハドリアヌス皇帝が建設したハドリアノポリスが、オスマン帝国に征服され、エディルネとなった。イスタンブールに遷都するまでオスマン帝国の首都になっていたという。

外観はさほど豪華ではないが、内部の壁は青と金を主調とした鮮やかな彩色陶板で隙間なく埋められ、ドーム形の天井も反復模様で飾られ、これを美しいと感じる感覚は私には欠如していた。思索を誘う静寂とはほど遠く、眩暈と違和感のみをおぼえ、素朴な漆喰壁が恋しくなる。

宮殿からほど近いモスクに付設された学院（メドレセ）で、先に送り込まれていた者たちと共に私は学ぶ。

ここも、彩色陶板だらけだ。

私は、学んだ。この国の言葉をきわめねば、私の身に何が起きているのか、これから何が起きるのか、わからない。

語彙が少ないと、口にする言葉の内容も貧しいものになる。多くを知り多くを表現するために、私はこの国の言葉を――吐息と共に――学ばねばならない。

以前から学んでいる者たち――強制徴募（デウシルメ）で集められた――は、とうにこの国の言葉を何不自由なく聞き取り、この国の言葉で語り合っている。何よりも、まず、言葉。習慣や作法を身につける前に、言葉。まったく未知の異国の言葉。

まわりの者が交わす言葉を頭の中で繰り返す。表情や身振りから言葉の意味を推察する。

母は言った。私は幼時、なかなか言葉を喋らなかったそうだ。ある夕暮れ、不意に、雲が破れた、血を流してると言い、猫が喋ったみたいに母は驚いた。たぶん、耳から入ってきた言葉が身体の中にため込まれていたのだろう。許容量いっぱいになってあふれ出る。

エディルネ宮殿で。学院（メドレセ）で。私は異国の言葉を溜め込み、マジャールの言葉を当てはめる。少しずつ溜まる異国語で、頭の中で文章を組み立てる。単純な、幼稚な文にしかならない。

まったく意味不明のクルアーンなるものを暗記、暗誦させられる。

奇妙な文字を習得することも要求される。私たちは写字に励む。新米の私は読めないのだけれど、先端を削ってとがらせた葦の茎のペンにアラビア・ゴムを煤に混ぜた墨をつけ、書物の文字を書き写す。とにかく、手本を真似て書く。細い糸がのたうったり丸まったり伸び上がったりするような記号がこの国の文字だ。意味がわからず書き写すのだから、クルアーンの暗誦と同様、この上ない苦行であった。毎週一度、教師が写字を点検し、見事に書けた者は褒められる。

——私が、強制的に奴隷にされた身でなかったら、自由の身でこの不思議な文字を眺めたのであったら、美しいと思ったかも知れない。見慣れて、美しいと思うようには、なりたくなかった。美しいと感じることを拒否していた……。

食事は午前と午後にそれぞれ一度。

スープを満たした大鍋が置かれた円卓のまわりに、十二人ずつ座る。円卓ごとに一人ずついるリーダーが、まず、たっぷり自分の碗に取り、他の者はその残りを銘々の碗に盛り分ける。

切り分けられた肉も、リーダーがまず大きいのを取り、残りを他の者が早い者勝ちで取る。新入りの私は時々、汁だけで空腹を満たさねばならなかった。濃厚なのでそれでも満ち足りはした。スープは変化に富んでいた。米のスープ、レンズ豆のスープ、蜂蜜とサフラン、干し葡萄とサフラン……。

隣の者が私に言葉をかけた。突然、私は理解できた。どこからきたのか？　そう訊いている。エルデーイ。私が応えると、ハユル、ハユル、相手は舌打ちし、それは、ここだ、と言った。ハユルは否定、肯定はエヴェット。舌打ちに侮蔑の意味はなく、この国の単なる習慣だとわかってきていた。相手は、私がエディルネをエルデーイと言い間違えたと思ったらしい。トランシルヴァニア、とルーマニア語の呼び名を言ったら、うなずいた。それに続いて、自分はツァラ・ロムネアスカからきた、とルーマニア語で言った。小声であった。ここでは、トルコ語だけを使わないと叱責される。ツァラ・ロムネアスカ。他国の者——私も含め——はワラキアと呼ぶ。エルデーイ——トランシルヴァニア——の南に接した、ルーマニア人が大多数の地だ。

言葉が通じる！　慟哭が胸を突き上げた。歯を食いしばったが、胸の奥から噴き上がる力のほうが強かった。止めようとするために、声は奇妙な呻きになった。相手は私の碗に肉切れを入れた。慰めのつもりだったのだろう。

監督者や教師たちの目のない時、目のない場所で、彼は私に何かと教えてくれるようになった。名前はユスフ。本名は？　生まれたとき親がつけてくれた、ワラキアでの本名は？　ユスフは首を振った。私の名はユスフ。ほかの名は、ない。そう言ってユスフは目を閉じ、拳で自分の胸を軽く叩いた。波立つ感情を鎮めているように見えた。ぼくはマジャール人だ。私は言った。名前はヤーノシュ。やめろ。ヤーノシュと呼んでくれ。だめだ。ラマザン。お前の名前は、ラマザンだ。お前はムスリムのラマザンだ。

　ユスフは私よりだいぶ年上、十六か七ぐらいであった。体つきは風の中で寒そうに揺れる育ちの悪い楊（やなぎ）を思わせた。

　翌日、水場で下着を洗いながら、「強制徴募（デウシルメ）の中からさらに選ばれた者は、このエディルネ宮殿と、ガラタのペラ宮殿、首都の中のイブラヒム・パシャ宮殿に振り分けられ、勉学に励み、身体を鍛え、さらに選び抜かれた者が、大宮殿（セラーリオ）の内廷（エンデルン）でイチュ・オウランとしてスルタンにお仕えする」そうユスフはルーマニア語で教え、大きいくしゃみをした。風が冷たかった。

「イチュ・オウランに選ばれたら、自分で洗濯などしなくていいんだ」

「イチュ・オウラン？」

　内の少年たち、つまり、〈内廷の小姓〉という意味であった。

「選別の基準を教えてやろう」ユスフはいっそう声をひそめた。ルーマニア語で喋っていることが上の者に知られたら、鞭打ち刑だ。

「まず、見目麗（みめうるわ）しいことだ」

私は自分が見目麗しいと思ったことはなかったが、ユスフもまた、容姿が優れているとはとても思えなかった。オスマンの美は、何を基準にしているのか。

「さらに、頭脳明晰、そうして武技が優秀なことだ」

ユスフは当てはまらない。私も。

条件を満たすのは、シュテファンではないか。首都の大宮殿（セラーリオ）で選別が行われたとき、シュテファンを廷臣が選び出そうとしたら軍団長が止め、言い争っていた。両方ともシュテファンに目をつけ、欲しがったらしい。スルタンが私を指名したので、シュテファンはイェニチェリになるべく残された。軍団長の希望どおりになったわけだ。

スルタンはシュテファンは無視し私を選んだ。なぜだ。シュテファンのほうがはるかに条件に合っている。容姿の点でも武術上達の可能性においても。

私がラテン語をこなすというだけで、シュテファンは私に一目置いてしまったようだ。買いかぶられた。知識というものに、シュテファンは過剰な敬意を抱いているらしい。あの頃から今に至るまで。

「スルタンの身近に仕える小姓は、その中からさらに、美貌なのを選ぶんだ。後宮（ハレム）は美女だらけ、内廷（エンデルン）は美少年だらけ。昔から代々、オスマン帝国の皇帝は男も女も選り取り見取りでやってきたらしい」

ユスフの口調は、悪(あ)しざまに罵ると言うより、何だか少し淋しそうに感じられた。

「内廷(イチュ・オウラン)の小姓に選ばれなかったら？」

「外に出され、常備騎兵軍団に入れられる」

そのほうがいい、と私は思った。

騎兵なら、イェニチェリと一緒に戦場に出るかもしれない。シュテファンとミハイに会える。

ユスフは濯ぎ洗いして絞った下着をひろげ、ばん、と打ち振ってから綱にかけた。

私が洗い上げて絞ったのをひろげていると、手を出して受け取り、並べて干した。

「部屋に戻ろう。寒い」

空の籠をかかえ、ユスフは誘った。

暖炉は燃えさかり、室内は十分に暖かくなっていた。学院での授業は休みの日で、同室の者たちが思い思いにセディルに寝そべったり座り込んで話をかわしたりしていた。繕い物をする者もいる。週に一度、室長による衣服の点検がある。その室長は、セディルで昼寝していた。

セディルは故国の言葉で言えば長椅子とでも訳すか。持ち運びのできる家具ではない。入り口と戸棚のある部分をのぞいた三方の壁に作りつけられている。高さが膝より低く、幅は普通のベッドぐらいある。暖炉の両側で切れている。戸棚は入り口側の壁一面を埋めるほどあるが、家具は中央に置かれた浅い盆に足をつけたようなテーブルの他はほとんどなかった。オスマンは祖を辿(たど)れば天幕生活の遊牧民族だ。

暖炉の前でユスフは絨緞に腰を落とし片膝を立て、いかにもオリエント風にくつろいだ。私もその姿勢に倣(なら)うほかはなかった。

学問の他に、剣技、弓矢、槍、馬術、格闘技(ギュレシュ)の訓練も受けているのは、武技優秀の条件を満たすためか。

「イェニチェリになる者も、武術や格闘技(ギュレシュ)を学ぶんだろうか」シュテファンとミハイを思い浮かべながら訊いた。

「君の仲間の消息か？　彼らは先ず、野良仕事だ」

トルコ語を身につけ、ムスリムの暮らしに慣れるために、アナトリアの農家に預けられるのだ、とユスフは教えた。

「いつまで」

「何年とはっきり決められてはいない。進歩が早ければ、修業期間は短くて終わるだろう。ここもそうだ。優秀なら、早く次の段階に移れる」

ユスフがここにきて何年になるのか、訊ねなかった。彼にあまり興味を持てなかったからだ。

この国での暮らしに慣れさせるために、農家に住み込ませるというのは、不合理ではないかと私は思った。エディルネ宮殿での訓育は、シュテファンが受けてこそふさわしい。体力をつけ、武術を学ばせるなら、野良仕事よりここでの鍛錬のほうがよほど効果的だ。

古のスパルタの闘士のように鍛えられる。

「内廷の小姓というのは、兵士のように戦闘にも従事するのか」

「内廷でもさらに学術武術を学ぶ。もう一度選別があって、選ばれた者は内廷に残るが、その他の者はカプクルに入れられる」

「カピクル？」

耳慣れない言葉に、私はまたも聞き返さねばならなかった。

「カプクル」とユスフは訂正した。「イェニチェリも騎馬軍団も砲兵隊も含めたスルタン直属の軍団をそう呼ぶんだ」

内廷小姓となるすべての選抜から外されたいと、私は願った。しかし、私は課せられる訓練を意図的に怠けることができないのだった。出来の悪い奴と見下されても平然としている図太さが、私には欠けていた。

オスマンが用いる短弓は動物の骨と木を組み合わせたもので、恐ろしく硬い。私の力では、撓むどころか、まったく動かない弓を、長年鍛錬を経た者は軽々と引き絞り、遠い的に中てる。腕と手首が超人的に強靱なのだ。私はまず、石を入れた袋を滑車の力を借りながら片手で引き上げることから始めさせられた。滑車を用いても、尋常ならざる力が要る。筋肉を発達させるためだという。石は日ごとに少しずつ増やされる。右手の上に重い鉄の塊を載せる。これも徐々に重量を増やす。産まれてほどない仔牛を肩に担ぐ。仔牛は日々に成長し重くなる。人間の成長のほうが追いつかない。

槍投げ。鉄の杭を投げることから始める。これも、訓練のたびごとに重く長くなる。

エディルネの宮殿から川をへだてて目と鼻の場所に、格闘技場（ギュレシュ）がある。オスマン伝統の格闘技（ギュレシュ）を学ばされる。

全身にオリーブの油を浴びせられ、両方共に魚のようにぬめぬめした躰で格闘する。意味のわからないクルアーンを暗誦したりこれも意味不明の文字を書き写したりするより、身体を酷使するほうが、何も考える余裕のない時間を持てるだけましだ。これが強制された鍛錬ではなく、シュテファンやミハイとの戯れであったら、どんなに楽しいことか。終わってから宮廷の中庭に設置された浴場（ハマーム）に行き、垢すり男に全身を心地よく揉みしだかれるのが何よりの楽しみになっている。情けないことだ。初めてのとき、ムスリムにさせられるための屈辱の施術がその後に続いたのを、思い出さないようにつとめる。

馬術。そうだ、馬について書こう。

首都の大宮殿（セラーリオ）から派遣されてきている馬術の教師がやって見せた手本は、人間業（わざ）とは思えなかった。投げられた槍を馬を走らせながら摑み取る。標的に向かって投擲。騎手の姿が鞍から消えた、と思うと馬の脇腹に躰を横に密着させており、次の瞬間、また鞍に跨っている。二頭の馬の鞍にそれぞれ左足と右足をおいて立ち、操る。これには度肝を抜かれ、そうして憧憬した、いつか、やり果（おお）せてみせる、とひそかに気負った。

持ち馬ではないが、私の乗る馬は決まっていた。

I

私の名前は空（エーグ）、と馬は告げた——笑え。私が名付けたのだ。マジャールの言葉で。オスマンの言葉なら空（ギヨキユ）というだろう——。眼に、空と雲が映っていた。

馬は敏感に乗り手を選ぶ。私はエーグを選び、エーグも私を選んだ。——後に、私はアフメトに選ばれることになる。エーグと私の共同行動は、あまりにうまく行きすぎた……。

幼いときから、私は馬に馴染んでいた。我が家の厩舎に三頭いた。乗り回していたから、教官が課す初歩の技術はすでに身についていた。

他の者に先んじて、私は高等馬術の修練に進んだ。騎兵になれるかもしれない。イェニチェリと戦場を共にするかもしれない。シュテファンとミハイに、再会できる……かもしれない。

馬は決して賢くはない、と私の祖父は言った。たいそう懐（なつ）き、命令どおりに動くが、それは記憶力によるものだ。思考力ではない。記憶力において、馬は人間に勝る。

私は、馬は賢いと思っている。

騎乗しながら強弓で矢を放ち的に中（あ）てる、その技術は格段に上達した。

躰を横倒しにして、馬の腹に躰を密着させることも、走らせながら飛び降り、飛び乗ることも、こなせるようになった。空（エーグ）は賢い。祖父の言は間違っている。

教科に熱意を持ち、しかも成果を上げる生徒に教師が目を掛けるのは当然で、二頭を同時に乗りこなせるようになりたいという私の願いを叶えようと、ラメス——馬術教師の名だ——は特別に時間を割いてくれた。

空（エーグ）のほかにもう一頭。太陽（ナプ）と私は名付けた。マジャール語の命名を、ラメスは寛大に許した。特訓を自ら希望する弟子など滅多にいないらしい。ことに、戦闘には不要な曲芸みたいな騎乗法を学び取りたいと申し出たのは、私だけだったようだ。目をかけられる代償に他の仲間から小意地の悪い仕打ちを受けるのは、これも当然であった。

肌の浅黒いラメスは、オスマンの属領となっているカイロの太守（パシャ）が、スルタンに献上したエジプト人であった。カイロにあるとき、すでに馬術の奥義をきわめていたという。齢は五十を半ばは過ぎているか、六十に近いのかも知れない。帽子の下からのぞく髪は半白で、口髭も白髪が交じっていた。鞍に跨ると、地上にあるときより十ぐらい若くなる。

もともとムスリムだから、私たちのように生来の名前を変えさせられることはない。私たちが受けた屈辱の割礼を、ムスリムの常として幼いときに施術されている。彼らにとっては、割礼は盛大に祝すべき慶事であった。

ムスリムがキリストを偽預言者と言い、ムハンマドのみが神の言葉を直接聞いたのだと主張していることは、いつからとなく、私も知っていた。

幼いときから主イエスを崇めるよう教えられてきた。突然、キリストは偽預言者だ、救世主は僭称だ、ムハンマドの律するところにのみ従えと言われてもまったく受け入れられず、しかし受け入れている振りをせねば生き延びられなかった。

およそ三世紀にわたる生を経た今、私は思う。モーゼも主イエスもムハンマドも、荒れ地の民を率いていた。荒れ地の民のために、掟をさだめねばならなかった。キリストの教えは、荒れ地とは暮らしが異なるヨーロッパにひろまり、矛盾が生じた。それを有理とするため神学が生まれ、単純なことが難解になった。イスラムでは、荒れ地の民を律するのに必要であったムハンマドの掟が一かけらの改変も許されず続いている。

何にしても、今の私――ヨハン・フリードホフ――は、キリスト教徒でもムスリムでもない。何者でも、ない。金の細管を必要とする者。それだけだ。

頭にはクルアーンを詰め込まれ、躰は鍛錬で酷使され、十三歳の私は、自分が異様なものに変わってゆくような気がしていた。故国で得た知識がここでは何の役にも立たない。

馬術の成果はあがった。不可能と思っていたことが、可能になるのは嬉しかった。……が。

夜、分厚い毛布を床に敷き長枕を置き、小さい毛布を躰にかけて寝に就くとき、母語であるマジャール語を、そうしてせっかく身につけたドイツ語やルーマニア語、ラテン語を、忘れないように心の中で繰り返す。疲れ果てた脳と躰は、記憶を反復する暇もなく睡りに落ちる。

Untergrund 5

草むらは陽に焙られ汗ばんでいる。

上半身は素裸で、雄山羊の皮で作ったズボン一丁の男が二人、角を突き合わせる牛のように頭を突き合わせ、互いに相手の後頭部を押さえつけようと、ぬめぬめした腕を絡みあわせる。普段は足首までくるだぶだぶの長いズボンなのに、この格闘技（ギュレシュ）で穿くのは、皮膚の一部みたいに隙間なく躰に貼りついた七分丈（しちぶたけ）だ。その上、頭から全身にたっぷりオリーブ油を浴びている。摑めば滑る。

総出でまわりを取り囲み嗾（けしか）け声援する村の男たちの間に、シュテファンとミハイもいる。いつも動こうとしないヒュセイン爺さんまで水煙草の器具一式持参で見物の輪に加わっている。在郷騎士（スイパーヒー）ファイサル殿が腕を組み、見物している。ファイサル殿の身なりは、農夫とあまり変わらない。帽子が少しましな程度だ。三つほどの村の徴税権を持っているのだが、どれも小さい村だから収穫量は——従って税収も——たいしたことはないようだ。

収入を増やすためには、戦闘でめざましく働き、スルタンの目にとまって新たな土地の徴税権を得る以外にないのだが、このところ、在郷騎士（スイパーヒー）がスルタンに召集されるような大きい戦争がない。

麦の収穫が一段落した村の男たちにとって格闘技（ギュレシュ）に興じるのは最大の娯楽だ。

相手を仰向けにし背中を地に着けさせる。俯（うつぶ）せにして組み伏せる。あるいは全身を持ち上げて掲げ数歩歩く。そのどれかに成功したら、勝利だ。

上半身裸で全身油まみれという状態だから、相手を摑むだけでも難しい。腕だの肩だのを摑んでもすぐ滑る。ズボンも肌に貼りつき油でぬるぬるしている。相手のズボンに後ろから手を突っ込み、股の間に腕を差し込む以外に躰を確実に摑まえることができない。急所への攻撃は厳禁されている。

幾つかの取り組みの後に、ハッサンの従弟が出場した。下腹に贅肉がつきすぎ競技ズボンの腰回りが腹に食い込んでいる。相手は同年配だが、従弟ほど贅肉がついてはいない。

相手が従弟の背にのしかかり、従弟は下に潜り込む形になった。相手は従弟のズボンに手を突っ込もうとする。従弟は下から持ち上げようとしたが、力を込めたはずみに、下腹に食い込んだズボンがはち切れて裂けた。相手は従弟のズボンを半ばひっぺがし、臀がむき出しになって狼狽える従弟の躰をひっくり返し、抑えつけた。

審判が相手の勝利を宣し、従弟は落ちかかるズボンを引き上げながら、半泣きの顔でハッサンの傍に戻ってきた。

だらしないぞ、とヒュセイン爺さんは甥を叱りつけた。

勝ち誇る若い男に、別の者が挑戦すべく進み出ようとしたとき、ファイサル殿が手を挙げて制し、シュテファンに目を向け、やれ、と命じた。強制徴募の少年サリフ、挑戦せよ。わかった言葉はデウシルメとサリフだけだが、意味は通じた。シュテファンはいまだにサリフというトルコ名に馴染んでいなかったが。

七、八ヶ月にわたり肉体労働を重ね、鍛えられはしたけれど、相手に比べれば骨格が細いのを自覚している。相手が、こい、と、仕草でうながす。

そのチビと二人がかりでもいいぞ。ミハイをさして、たぶん、そう言っている。

「やろう」この言葉を、ミハイはトルコ語で言った。「否(ハユル)」無意識に、シュテファンはトルコ語で応じていた。「おれが一人でやる。見物していろ」こんな長い言葉になると、ドイツ語だ。ルーマニア語で言い直し、ミハイの両肩を軽く押さえてから、進み出た。

世話役が油の壺を抱えて歩み寄った。

——これがあった！……。

油をかぶるということを失念して、挑戦に応じてしまったのだ。

頭から浴びせられた。うつむいていれば顔にはかからないですんだのだが、その用心をする暇もなくて、まともにかぶった。

睫毛に溜まった油を指で払おうとしたが、その指も油まみれなのだ。

向かい合い、腰を引いてかまえた。相手の動きは素早く、前屈みになりシュテファンの頭を抱え込もうとした。相手より背が低いのが幸いした。潜り込んで相手のみぞおちに頭をつけ、両手の親指を相手のズボンの両脇に突っ込み、端を握りしめ、両脚を後ろに蹴り上げた。相手の胸に背を密着させて逆立ちする恰好になり、両足を相手の首に回し交叉させ、締め上げた。相手は正規のやり方にはない、思いっきりでたらめな戦法だ。地を蹴った力が圧力となって、相手はのけぞり、シュテファンを腹の上に載せたまま、腰が砕けた。相手の首に回した足を敏捷に動かし、腹に跨っておさえつけた。

相手はぐいと身を起こしシュテファンを払い落としたが、その前に審判がシュテファンの勝利を宣言していた。

あんなやり方は反則だ、判定無効にしろ——たぶん、そう言っている——、と相手は騒ぎ立てたが、無視された。

ハッサンとヒュセインは有頂天になって預かり子の勝利を祝った。

競技はまだ続いているのだが、ファイサル殿は愛馬の鐙に足をかけ、鞍に跨ってシュテファンを手招いた。

「来い」

このトルコ語はわかった。ハッサンに始終言われている。

主を乗せて、馬はとことこ歩む。シュテファンはミハイの手をとり、後に従おうとした。

ハッサンが追いかけてきて、脱ぎ捨ててあったシュテファンの服を渡した。油だらけの肌に着ける気にならず、畳んだままのを肩にかけ、ミハイと並んで、半身裸のまま歩いた。

ミハイを保護する立場に自分を置くことで、シュテファンは自己を保っていた。保護しながら、年下の者に頼っている。心の隅でそう自覚していた。

馬の速度に合わせるのは、小さいミハイには難しく、小走りになる。ファイサル殿が手綱を絞って馬の足を止め、身をかがめ左手を伸ばした。ミハイを前鞍に乗せてやろうというのだ。

シュテファンはミハイの両脇に手をやり、抱え上げようとつとめた。ミハイは両手でファイサル殿の左手を摑んだ。ぐいと肘を曲げて、ファイサル殿はミハイを吊り上げた。

この瞬間、シュテファンの目に、ファイサル殿は耀きを放った。

外貌はむしろ貧相なのだ。シュテファンは内心小馬鹿にしていた。その反動で、一気に尊敬してしまった。この人に目をかけられるのは嬉しい。

モスクの傍まできたとき、ファイサル殿は浴場(ハマーム)の前で馬を止めた。洗い流していこう。行き届いた心配りは、シュテファンをしてますますファイサル殿を敬愛させるに至った。シュテファンの躰は油まみれだ。

畏敬する対象を、シュテファンは無意識のうちに求めていたらしい。この年ごろの少年にありがちなことだが、シュテファンはことさらその性向が強かった。今、顧みて俺はそう感じる。

三人とも素裸になって腰に布を巻き、汗を――シュテファンは油も――洗い流し、垢すり男に身を任せた。

騎士ファイサルの住まいはモスクの先にあった。一階は農家と同様、馬小屋と納屋だ。馬丁か下男とおぼしい男が、馬を小屋に牽き入れた。馬丁の部屋は馬小屋と並んでいる。

三歳ぐらいの男の子が少し危なっかしい足取りで走り寄り、精一杯仰向いてファイサルを見上げた。我が息子。たぶん、そう言う意味のことを言い、タネルと名前を教え、ファイサルは軽々と片手で抱き上げ肩に乗せ、外付けの階段に二人を導いた。

上りきった所は広々とした板敷きのヴェランダで、それぞれの部屋に通じる扉と窓が交互に三つずつ並んでいる。左端の部屋にファイサルは二人を招き入れた。

隣室との境は壁一面戸棚で、扉はない。隣室に行くには一々ヴェランダに出なくてはならない造りだ。三方の壁に沿って、丈の低い長椅子が造り付けてあり、戸棚と反対側の中央に青い布が下がって暖炉を覆っていた。

後に知った。セディルと呼ばれる長椅子を壁面に造り付けるのはトルコの室内の一般的な構造で、ハッサンの家で床にじかに座るのは、セディルを設ける金がなかったからだ。

小さいタネルは、子犬のようにミハイにじゃれつき、ミハイは嬉しがって一緒にじゃれた。

奥方はたぶん、右端の部屋にいるのだろうとシュテファンは思った。女性は他人の前にめったに姿を見せない。

将来のイェニチェリを歓迎する気持ちを伝えたいのだろう、ファイサルは、戸棚から甲冑を取り出して見せた。

鎖帷子(かたびら)はシュテファンに彼の家に残っているドイツ騎士団の軍装を思い出させた。追憶は胸を刺した。痛みを怺(こら)えた。

胸と背に円盤状の金属の防具が取り付けられ、腕も腕甲や籠手(こて)に護られ、恐ろしく重い。ノーズガードのついた兜にタネルが手を出し、父親がかぶせたら、重みに潰れた。

武具に心躍りもするのだが、これらの甲冑を身につけ、在郷騎士(スィパーヒー)は誰と戦うのか……とシュテファンは思う。ブルガリア、トラキア、マケドニア、ワラキア、セルビア、ボスニア、クロアチア、そうしてジーベンビュルゲン――トランシルヴァニア――、ハンガリーの一部、すべてオスマン領、あるいは属国となった。在郷騎士（スィパーヒー）もイェニチェリも、オスマンの侵攻の先鋒だ。ミハイはルーマニア人の土地がオスマンに蹂躙されたことまで考えはしないようで、「イェニチェリもこういうのを着るのかな」ルーマニア語でシュテファンに話しかけた。

強制徴募（デウシルメ）の子供たちを護送したイェニチェリは、こんな武装はしていなかった。大宮殿（セラーリオ）の護衛兵も。戦闘のときは着るのだろうか。「騎士だけだろう、重い鎖帷子を着けるのは。歩兵はもっと身軽だろう」当てずっぽうに応じた。

次いでファイサルが見せたのは、短い弓であった。小型なので気軽に手に取り、弦を引いてみて驚いた。まったく撓（たわ）まない。金属より硬い。

愉快そうな笑顔でファイサルは左手に弓を持ち、右手の指を矢を番える形で弦にあてがい、肘を張って引いた。強固な弓が撓み、バネを用いた弩（いしゆみ）のように弦は引き絞られた。右手を離したとき、鋭く空を切る幻の矢を視た。

勇壮な凜々しい騎士像とはほど遠い、貧相なファイサル殿だが、強弓を楽々と扱う様はヘラクレスだ。

いっそう驚いたことに、ファイサルはその弓をシュテファンにくれた。

まず、引き絞れるようになれ。矢を扱うのはその先だ。身振りで、ファイサルはそう告げた。

辞そうとすると、タネルがミハイの足にしがみつき、行かないでよ、と言っているのだろう、何か言葉を繰り返した。

またこい。武術を教え込んでやる。ファイサルの言葉と身振りから、そういう意味を、シュテファンは汲み取った。

不思議な好意であった。

たぶん、とシュテファンは思った。騎士と歩兵の違いはあるけれど、いずれ、共に戦う同志になるから、親近感を持ったのだろう。武術を仕込んでくれるつもりなのだろう。

帰る途中で、尖塔の上から礼拝をうながす声が響くのを聞いた。モスクと浴場(ハマーム)の近くにきていた。声を聞き流して歩み去ろうとしたが、ミハイが足を止め、浴場(ハマーム)を指さした。礼拝の前には水で躰を浄めねばならない。

「サリフ、ほら」

反射的に俺の——シュテファンと書くと決めたではないか——シュテファンの左手はミハイの横っ面に平手打ちを喰わせていた。

「否(ナイン)!」

躰の形はムスリムにされても、心は変わらない。そう、声には出さなかったが、

「シュテファン」

ミハイは小さい声で言い直した。

騎馬民族の裔(すえ)が使用する短弓を握っている自分の右手に、シュテファンは目を落とした。
赤くなったミハイの頬に唇をつけ、ルーマニア語でシュテファンは言った。「ごめん(ウミ・パレ・ラウ)」

6 Untergrund

エディルネでの私の日々を幸せにしてくれたのは、学院(メドレセ)が付設されているモスクに近接した図書館であった。何万とも何十万ともしれぬ書物が蔵され、そのほとんどが、誰でも手にして読むことを許されていた。オスマン帝国は、コンスタンティノープルを制圧することによって、東ローマ帝国を吸収した。それはコンスタンティノープルの、書物・図書館・古代の学問、文化のすべてを吸収することであったのだと、私は知った。

この国の奇妙な文字が記された書物は、ほとんど手書きの写本であった。イスラムの人々は印刷機械で複製されたものより優美な写本に超越的な価値を見出しているからだという。印刷機も、この国はあまり備えていないようだ。私たちが学ぶ学院でも写字が重視されている。美しい字が書ける者は出世が早い。写本はアラビア語、ペルシア語の書も多い。

しかし、ラテン語やドイツ語、ヴェネツィア語、フランス語の印刷本も少なからず備えられ、マジャール語の書物もあった。

ワクフというイスラムの伝統的な制度の賜物（たまもの）だ。

富裕な者は公共の利益のために財産の一部を提供する。イスタンブールやエディルネなど大きい都市には、モスクを中心に、学院や競技場、浴場（ハマーム）、市場、救貧院、病院（トウマルハーネ）などが集中した一区画がある。それらの施設はこの寄付を基金として成り立っている。

イスタンブールはオリエントとヨーロッパの交易の中心地でもある。富豪には交易商が多い。彼らが寄付する蔵書には、ヴェネツィア経由でヨーロッパから入ってきたものも多いのだった。

まず、マジャール語の書物を読み尽くした。興味を持てない内容でも、とにかく読んだ。ついで、ドイツ語の書物を漁った。

はるか後年、十九世紀も半ばを過ぎてからだから、私の感覚ではついこの間だ、ドイツの哲学者の書を読んだら、〈多読に走ると精神のしなやかさが奪われる。〉のフレーズがあった。〈読書は自分で考えることの代わりにしかならない。……自発的に考える者は、正しき道を見出す羅針盤を持っている。〉考えたからといって、正しい道が指し示されるとは限らないだろう。誰が正邪を決めるのか。

武術の鍛錬によって肉体は否応なしに強靭になる。図書館のおかげで、私の内側はゆたかになった。図書館は、司書の補佐をする者や製本者などを有給で抱えていた。内廷の小姓に選ばれるより、ここに残って司書の仕事に就きたいとさえ、私は思った。

そう洩らしたら、司書が私に教えた。首都には、もっと立派な図書館がある。

強制されるあらゆる訓練、教育の中で、もっとも好んだのが、乗馬であった。嫌々ながら学ぶ写字やクルアーンの暗誦、どれも、教師を満足させる程度の成果は得ていた。クルアーンはアラビア語だ。預言者ムハンマドがアラビア人であり、その文言を一字一句変えてはならないと、後に決められたからだそうだ。

書き進めようとして、私は言葉に詰まる。

さまざまな感情が一度に押し寄せて、整理がつかなくなるのだ。そもそも、この手記を書き始めたときからして、私は混乱したのだった。いったい、何から書けばいいのか。あまりに混沌としていた。シュテファンの願望を察知したから、と書いたけれど、私自身、この混沌をもてあましていた。形にして外に投げ出したかったのだろう。書き始めると、混乱する。いや、混乱から抜け出すために書く。書くという行為は、整理し、自分から切り離すことだ。軛（くびき）を断ち切る。断ち切ってどうする、と自問する。在ったことは、無にはならない。私の足もとからのびる長い影のような〈私の長い時〉は、〈私〉そのものなのだから、断ちようがない。むごいことだ、と他人事のようにつぶやく。

ラマザン、と呼ばれることに慣れてゆく自分が嫌だった。違う。ヤーノシュだ。ファルカーシュ・ヤーノシュ。

ファルカーシュ・ヤーノシュの上側にラマザンという皮膚をかぶせ……。馬だ。馬について書こう。それはつまり、……何と呼べばよいのか。〈皇帝(スルタン)〉か。〈アフメト〉か。〈アフメト〉と書こう。彼の名だ。アフメトについて書くことになる。なぜ筆が進まないか、わかった。私はアフメトのことを思い返したくないのだ。

　エディルネにきて四年目の秋。

皇帝(スルタン)アフメトが、賑やかな行列を仕立てエディルネに行幸した。

　スルタンのために、モスクに近い馬場に仮の御座(ぎょざ)がしつらえられ、その面前で、金糸で連続模様を縫い取った朱色の袖無しの長衣を赤い服の上に羽織る揃いの服装の私たちは、短弓を携え騎乗した。

　馬を駆りながら、矢を番えた短弓を引き絞る。的と一直線に連なる寸前、放つ。喝采が沸く。

　……。

　そうして私は目をつけられた。

　いや、最初から目をつけられていた。シュテファンもミハイもいるところで、私が選ばれた。強制徴募(デウシルメ)の子供たちの前に立ったアフメトは、私を指定した。

　目をつけられなければ、シュテファンとミハイ——この二人を、私はまるで一つのものであるかのように、いつも括(くく)っている——と共にアナトリアの農家で野良仕事に励んだだろう。そのほうがどれほど好ましかったか。

馬術の教師ラメスが、アフメトの……スルタンの前に恭しく跪いた。生徒の好成績は教師の手柄だ。

褒美だろう、スルタンの合図を受けて、重そうな革袋が、従者の手からラメスに渡された。拝受したラメスは、何か言上した。

アフメトがうなずくのを、見た。

私に近寄ったラメスは、二頭の馬を同時に操る技術をスルタンに披露することを命じた。

私はまだ、完璧にこなしているわけではないのだ。時に失敗もする。

「すべてはアッラーの思し召し次第だ」とラメスは無責任なことを言い、笑顔を見せた。

スルタンの前での無様(ぶざま)な失敗は、私の矜恃(きょうじ)が——見栄が、というべきか——許さない。

控え場で、私はひそかに主に祈った。このときはまだ、神の非在を思うに至らなかった。異教徒のなりはしておりますが、主よ、あなたに背いてはおりません。主よ、私はあなたの僕(しもべ)です。

空(エーグ)の鼻面に口づけし、太陽(ナブ)の首を撫でた。

私は太陽(ナブ)の鞍に跨り、ラメスが空(エーグ)に騎乗した。馬首を並べ、同時に常歩(なみあし)で進む。すぐに、軽快な速歩(はやあし)。そのままスルタンの前を過ぎ、一周すると、ラメスは鐙に足をかけたまま腰を浮かせた。私も同時に同じ行動を取った。スルタンの座に近づくや、落馬するかのように馬の脇腹にすべり、躰を横に流して密着させ、ふたたび鞍に乗る技を、二人同時に見せた。すべて疾駆させながらだ。これは、私も慣れていた。喝采が耳に快かった。

二周目、速歩で走らせながら、二人とも鞍の上に立った。ラメスが空（エーグ）を寄せてきた。私も太陽（ナブ）を寄せた。スルタンの面前で、ラメスと私は、一瞬のうちに馬を交換していた。ラメスの空（エーグ）に私が、私の太陽（ナブ）にラメスが、騎（の）り移ったのだ。前に倍する喝采が起きた。

三周目に移るころは、私はすっかり落ち着き、過度の緊張から解き放たれていた。馬の交換がもっとも難事であったのだ。

速歩のまま、鞍の上に立った私たちはふたたび馬体を寄せ合った。左手は空（エーグ）の手綱を握った私が右手を伸ばすと、ラメスは太陽（ナブ）の手綱を私に持たせ、鞍から飛び降りた。そのとき、私の右足は太陽（ナブ）の鞍上にあり、重心を二頭の馬の中心に移動させていた。私の足は二つの鞍を踏み据え、二頭の手綱を操り、空と太陽は私の意のままに馬場を走った。

アフメトの前で馬を止め、飛び下りたとき、ラメスが走り寄って私を抱きしめた。

その後、私は他の十数人と共に首都に送り返され、内廷の小姓にされた。つまり、選ばれたのだ。

眼に天空を映す私の空（エーグ）、そうして太陽（ナブ）と、私は別れねばならなかった。ラメスは、自分もやがて首都に戻る。また会える、と言った。

首都の丘の上に聳える大宮殿（セラーリオ）において、私たちはさらに数度の選別を受けることになっていた。

外廷と内廷を隔てる壁の門を抜けると通路が奥に向かって延び、またしても壁に突き当たる。その間の小さい中庭に〈アク・アーラルの長〉の部屋がある――〈アク・アーラル〉。この重要な役職の意味を、私は後に知ることになる――。

小さい中庭を挟んで、二つの小姓部屋がある。左は百五十人ほどの小姓が住む小部屋、右は三、四百人が寝起きする大部屋である。他の部屋部屋も含めて、内廷にはおよそ千人近い小姓がつとめている。

間の通路の突き当たりに門があり、その先は外廷より広い中庭で、大小の建物が散在していた。きらびやかな内装の館もあれば、小さい亭（キョシュク）もあった。それぞれの用途は後に知ることになる。ひときわ豪華なのは、スルタンが異国から訪れる大使など重要な人々を引見し接待する館であり、他にモスクの数々、アク・アーラルたちの住まい、鷹小屋と鷹匠の居所、宝物庫、食料庫、幾つもの浴場（ハマーム）、音楽室、小姓たちの教場、などなどが建つ。内廷そのものが、小姓たちの宮廷学校といえた。

左側の高い壁の向こうに〈スルタンの私生活区域（セラームルク）〉と後宮（ハレム）がある。

新入りの私たちは、大小二つの小姓部屋に分け入れられた。私は小部屋に入れられた。

小部屋のほうが格が上らしいと、後に私は理解した。小部屋の者は立派なモスクでアク・アーラルたちとともに礼拝するが、大部屋の者が礼拝するのは浴場(ハマーム)のある棟の小さいモスクであるからだ。

スルタンは、多くの場合、後宮(ハレム)の大モスクで母后や小さい皇子たち、寵姫たち、女奴隷たちとともに礼拝するのだそうだ。

小姓の部屋には家具はほとんどなく、戸棚におかれた銘々の箱に私物を入れる。戸棚の鍵は室頭(しつがしら)が持っている。室頭の権力は〈アク・アーラルの長〉に次ぐ。

夜は部屋の両壁に沿って、エディルネの時と同じように折りたたんである厚手の敷物をひろげるのだが、小姓十数人ごとにアク・アーラルたちが一段高い台を占め、睨みをきかせる。アク・アーラルとは、小姓の監督役の称だと思った。彼らもまた、スルタンの奴隷なのだ。幼い時に奴隷として買われてきた者や、属領から強制徴募(デウシルメ)で集められた者などだそうだ。

朝は金属の板をハンマーで叩くけたたましい合図で始まる。

最初の仕事は、厠や、躰を浄める場所の清掃であった。エディルネでも新入りはまずこれをやらされるから慣れてはいるが、また最初からやるのかと、うんざりした。

外廷の壁に沿った厨房棟の煙突が吐きだす煙が、風向きによっては内廷の中庭にも漂ってくる。

日々のつとめを果たしながら、エディルネにいたときと同様、勉学や写字に励み、弓術、馬術その他の軍事訓練を受ける。勉学の教師は、外からくるのだった。あれだけ馬術の技量を見せたのだから、厩舎の係にしてくれないかと思ったのだが、新入りの希望など、宙に消える吐息のようなものであった。

給料日には、〈アク・アーラルの長〉の部屋に行き、一日の勤務につき銀貨八枚の計算で給付を受ける。〈アク・アーラルの長〉は全身脂身のような男であった。やわらかい生毛(うぶげ)が分厚い上唇にかぶさっていた。宮廷に勤務するものの最上位である。部屋といっても一部屋ではなく、いくつかの部屋を含む一郭を占めている。給料の分配など実務は彼の配下が行う。

夜の礼拝の後、点呼を受ける。「ラマザン」私の上っ面の名だ。「ここにいます(ラベイ)」と応える。

そうして、私はじきに知ることになる。

内廷には、女は一切いない。スルタンとアク・アーラルたち、そうして小姓たち——容姿がすぐれているという選抜条件の一つをみたした——、すべて男だ。小姓の間で、強い感情が行き交うのは当然の成り行きらしい。その成り行きは、表向き厳しく禁止されていた。

アク・アーラルたちの役目の一つは、禁断の行為を犯す者がいないか監視することであった。親しみを交わすことを知られたものは、部屋の中央に引き出され、鞭打ちの刑にあう。アク・アーラルの鞭は容赦ない力がこもり、皮膚が裂け、血を噴いた。他の者はそれを見物させられた。不埒なことを決して思わないように、みせしめであった。鞭で打たれながら、死のうとも恋を貫くと宣した者もいたと、小姓たちの間では語り伝えられている。願望を託した伝説の一種だろう。

不公平なことに、鞭打ち刑を受けるのは、下っ端や新入りばかりなのだ。高位の小姓は、禁忌を公然と犯し何の罰も受けない。室頭にしても寵愛する相手がいる。

高位の者の寵愛を受けるのは、出世への道が開けることだ。外に出て、各地の州総督や長官などに任じられ、宰相から大宰相にまで上り詰めた者もいると聞いた。

しかも、後に知ったのだが、代々のスルタンが寵童を持つのは当然の慣習なのであった。知りたくもないことを、私はいろいろ知ってしまった。

小姓部屋でつとめた後はさらに選別され、食料貯蔵庫や宝物庫で働く。選別に洩れた者たちは、内廷での出世は望めない。外廷で働いたり、あるいは常備騎兵軍団に入れられたりする。閉ざされた内廷より、下積みでも外のほうがいいとさえ私は思った。

出世の頂点が〈スルタンの私生活区域（セラームルク）〉の小姓であった。スルタンにもっとも身近に仕える務めである。そこの小姓部屋は〈ハス・オダ〉と呼ばれる。選ばれて〈ハス・オダ〉に入れば、やがて外に出てから最高位への出世の道が開ける。

年が明けて三月。小部屋に入れられてから半年足らずで、私は宝物庫勤めになった。異例の早さだと言われた。アフメトの意向によるものだと、後で思い当たった。

宝物庫は浴場（ハマーム）と並んだ建物で、庭に面した側に金銀の計量室がある。鉤の手に屈曲した宝物庫もそれに隣接する食料庫も幾つかの部屋に分かれている。間の壁がなく、柱だけで仕切られた箇所もある。その一つ一つがドーム形の屋根を持つのは、天幕を並べた遊牧民の名残をとどめているのだろうか。宝物庫に続いて、宝物庫務めの小姓たちの部屋がある。百人ほどが働いていた。ここも、室頭とアク・アーラルの監視のもとにあり、禁断を犯して鞭打ちにあう者がいるのも同じであった。

宝物庫におさめられた代々のスルタンの衣裳の手入れが小姓の仕事の一つだ。高価な毛皮に虫がついたら、責任を問われる。室頭は、中庭に別に建つ特別な宝物庫の責任者を兼ねる。ここには、外国の大使からの贈り物など、貴重な品々が納められている。

異例の抜擢のおかげで、新入りの私は飛び抜けて年が若い。先輩の小姓たちは、私を依怙贔屓する者と、ねちねち嫌がらせをする者に分かれた。室頭はどちらかといえば私を庇うほうだ。

左手には、三方の庇の下の半分だけに壁がありその下は吹き抜けで大理石の柱が並ぶ館があり、イングランドの女王からスルタンに贈られたというオルガンが備えられていた。風雨の強い日は吹き抜けに垂れ幕がおろされ、楽器を守る。

その隣に、図書館があった！　かつては武将のためのモスクであったものを、造り替えたのだそうだ。いつか、そこの係になれることを、私は願った。

宝物庫の小姓部屋には図書室も付設されていたが、トルコ語やペルシア語、アラビア語の写本ばかりで、印刷されたヨーロッパの書物はおかれていなかった。私は少しずつこの奇妙な文字を読めるようになっていた。

外から教師がくる授業と宝物庫での仕事とで、自由な時間は少ない。私は格闘技（ギュレシュ）をのぞいて、他の成績は——困ったことに——上位であった。称賛を受ける快さを捨てられなかった。

　宝物庫とその係の小姓部屋の、中庭と反対側の壁には、規則正しく小さい窓が並び、〈スルタンの私生活区域（セラームルク）〉の庭園を覗き見ることができた。内廷の中庭よりはるかに広く、しかも海を見下ろす絶景の地である。大小の亭（キヨシュク）が楽しげに建つ。大理石の柱に丸屋根を設けただけの小さい亭（キヨシュク）があって、海風が吹き抜け、白い翼の海鳥も風と一緒に柱の間を抜け、沖にむかって小さい光の点になる。

　池の中にしつらえられた大理石の水盤の中央から高く噴き上がる水柱が、ダイアモンドの王冠を作ってなだれ落ちる。

　彼処（あそこ）には、自由がある。のびやかな翼がある。

　職人たちが彩色陶板を運び入れていた。後宮（ハレム）で母后とともに過ごしている第一皇子オスマンが、この年十三歳で、女ばかりの場所を出る年齢に達した。増築された彼のための部屋の外郭は完成し、内部の装飾が始まったところであった。泉水の間を挟んでアフメトの居室と隣り合っている。

　地を歩いていた長い尾を持つ鳥が、緑金の尾羽をひろげた。沈む太陽のように巨大であった。見とれている私に、古参小姓の一人が近寄った。怠けるな、と怒鳴られるのかと思ったら、

「孔雀だ(タウシュキュ)」と教えた。古参に怒鳴られるのは始終のことなのだが、ケマルという その古参は、私を気に入って――気に入りすぎて――いるようで、私はなるべく関わらないようにしている
のだが、新入りに何かと教えたがる。
スルタンが――アフメトが――逍遥しているのを見た。付き従うのが、〈ハス・オダ〉の小
姓たちだ。
アフメトがこちらに顔を向けた。私は視線があったような気がした。
こちらの窓は小さく、室内は暗い。アフメトは私を見分けはしなかっただろうと思う。微笑
を投げたように感じたのも、錯覚だ。
漆黒の肌を持った男が二人、職人たちを門外に追い払い、アフメトに近づき、恭しく何か言
上した。どちらも醜貌の大男であった。アフメトがうなずくのは見えたが、そのとき室頭が入
ってきて、「幕を」と命じた。
小姓たちは敏速に動いて、窓のすべてに幕を下ろした。
「覗くな」室頭は私に言い、「キョセム様が庭園にお出になると通達がきた。ラマザンによく
教えておけ」とケマルに命じた。
「寵姫が庭園に出られるときは、シャーフ・アーラルがここに知らせにくる。お姿を見ること
のないように、幕を下ろすのだ」
シャーフ・アーラル？　と私は聞き返した。

「後宮に大勢いる黒人奴隷だ」ケマルは言った。「寵姫や女奴隷たちの世話をしている。さっき、スルタンに言上しにきたのもシャーフ・アーラルだ。内廷のアク・アーラルと同じで、後宮ではたいそうな権限を持っている」

「後宮には、スルタンの他には男性は入れないと聞きましたが。さっきの黒人は男性でした」

シャーフ・アーラルは、男であって男ではないのだと、ケマルは私には理解できないことを言った。醜貌の黒人は後宮(ハレム)の女たちにとっては男ではないということか？　と、そのときは思った。

六月。私たち宝物庫の小姓たちは、古参の指示を受けながら、もはや保管する価値のなくなった古い衣類などを選り分ける仕事をさせられた。そこに、財務庫の秘書官たちが、大きい櫃(ひつ)をいくつも運び込んできた。中身は金銀の縫い取りも鮮やかな衣裳や装飾品、宝石を鏤(ちりば)めた太刀、きらびやかな馬具などで、これは法を犯し処刑された高官(パシャ)から没収し、財務庫に納められていた品々であった。

それらを幾つかの箱に分け入れ、小姓たちは分担して、大部屋だの小部屋だの、他の係の小姓部屋だのに運んだ。

これらの品は、外の市場で高級品を扱う場所〈ベデスタン〉の商人に買い取らせるのだが、その前に、小姓たちは競売で欲しい物を手に入れる特権を持っていた。しかし、前もってつけられている最低値が結構な値段だから、捌(さば)ききれず残る品は多い。その残品が外の商人に売り渡される。売り上げの金が誰の所有になるのか、私は知らなかった。誰かが潤うことは確かだ。スルタンの財務庫か。上位の者たちが私腹を肥やすのか。

宝物庫の小姓は役得で、まっ先に欲しいものを買えるのだが、内廷に入って日の浅い私は、給料の貯えも多くはなく競(せ)りに加わる気もなくて、やっきになって買いあさる者たちを見ていた。

鍛えられた肉体を持つといっても、怪我人や病人が出るのは当たり前で、ケマルが腹痛を訴え、監視のアク・アーラルと室頭の許可を得て外廷にある病院(トウマルハーネ)に行くことになった。室頭は付添人に私を指名した。一番下っ端であるため、私は雑用を始終押しつけられている。

腹を押さえて前屈みになったケマルの足に合わせ、内廷の中庭をゆっくり歩いた。

鷹小屋の前で、鷹匠が空を舞う鷹を呼び戻しているのを見た。その仕草にあわせて、思わず空を見上げた。空(エーグ)……。鷹匠たちは、しばしば腕に鷹を据えて中庭を歩きまわっている。

〈アク・アーラルの長〉に室頭の署名のある病院行き許可証を見せると、病人であることを示す白い布をぶよぶよした指でケマルの帽子にくくりつけ、許可証に自分の署名を加え、病院行きの馬車を手配した。長方形の箱に四個の車輪を取り付けた形だ。箱に乗るのを手助けする馭者の手に、ケマルは銀貨を握らせ、「彼が付き添いで一緒に乗る。揺れると辛いから、なるべくゆっくり行ってくれ」とささやいた。わかっていますよ、という表情を馭者はみせた。

ケマルは箱に横たわり、私はその脇に膝を抱えて座った。毛織りの赤い布が、箱の上、半分ほどにかけられた。

小部屋と大部屋の間を通り、門をくぐり、久々に外廷に出た。一気に視野が開けた。深く呼吸した。アク・アーラルたちの監視がないだけでも伸びやかな気分になる。

馬車は人が歩くのと変わらない速度で進んだ。表情から苦痛の色が消えていた。

お前も横になれ、とケマルはうながした。

二人が横たわるのに十分な広さがある。

空を見ていたかったが、短剣の刃先のように眩しくて目を閉じた。

耳に生暖かい息がかかった。ケマルが顔を私のほうに向けていた。

〈アク・アーラルの長〉の前では苦しそうに呻いていたのに、馬車に乗ってから苦痛の声を聞いていない。

腹痛は薄らいだのですかと訊くと、忍び笑いを洩らした。

「仮病?」

馭者の耳に届かないよう、ケマルは顔を寄せささやいた。

「室頭と私が共謀したのだ。お前への嫌がらせがあまりにひどいので、見かねてな」

嫌がらせ。さして気に留めずやり過ごしていたのだが。

「彼らを罰すると、かえって、陰で陰湿な手段をとる恐れがあるから」

目に余るほどとは感じていなかった。度の過ぎた厚遇は、嫌がらせと同様にうっとうしい。賄賂を受け取ったときの、馭者の訳知り顔を思い返した。禁じられている親密さを、人目につかず行うために、仮病を使って内廷を出る小姓たちがいるのではないか、と推量した。

ケマルは、そういう行為には及ばず、ひそひそと、私の耳に吹き込んだ。

「お前も知っておいたほうがよい」

「何を」

「後宮(ハレム)の事情だ」

「別に、知りたくはありませんが」

「後宮の事情は、我々にも関係してくるのだ」

私には関係ない。

「室頭は、お前に関して、スルタンの意向を承っているのだ」ケマルは言った。「まだ、口外はできない。とにかく、何かと知っておいた方がよい。他人の耳のないところでお前に話す機会を、わざわざこうやって作ったのだ。後宮(ハレム)で、もっとも権力を持つのはだれか、わかるか」

「スルタンでしょう」

「スルタンの母君、ハンダン母后だ。母君が後宮ばかりか表向きの人事から政治にまで口を出されるのに、スルタンでさえ従わざるを得ない」

私には関係ない。

「献上されたのやら売られてきたのやら、後宮に女奴隷の数は多いが、スルタンのお相手をする者は限られている」

私には関係ない。

「スルタンの御子を産んだのは、今のところ、二人だ。マフィルズ妃とキョセム妃。母后と寵姫たちは、それは豪勢な部屋にお住まいだ」

見たことはないが、とケマルはつけ加えた。

マフィルズとキョセム、両寵姫の陰湿な争いの凄まじさを、自分の目で見たかのようにケマルは語った。スルタンの寵は目下キョセムにあるが、マフィルズはスルタンの母后ハンダンに気に入られている。

「マフィルズ様は、オスマン様をもうけられた。キョセム様は、ムラト様とイブラヒム様、男の子を二人だ」

イブラヒムは、一昨年の十一月に生まれた嬰児だ。

「どのお方がアフメト様の跡を継がれるか。スルタンは一番年上のオスマン様を後継にされるおつもりだろうが、オスマン様が即位されたら、ムラト様とイブラヒム様はカフェスに幽閉されることになる」

「鳥籠(カフェス)?」

関係ないと思いながら、つい訊ねた。

「そうだ。そう呼ばれる建物だ。今のスルタン・アフメト様が、即位が決まるや後宮の奥に増築させた建物だ。二つ年下の弟君ムスタファ様を鳥籠に幽閉した。今も、ムスタファ様は鳥籠の外に一足も出ることを許されず、閉じこめられたままだ」

「何か、罪を?」

「スルタンの弟であることが、幽閉に値するのだ」

「いつまで、幽閉されるのですか」

「スルタンが生きておられるかぎり、外に出ることは許されない」

私の反応を確かめるように間をおいてから続けた。

「スルタンが慈悲深いお方だから、弟君を閉じこめられたのだ」

とまどう私をケマルは面白そうに見た。

強制徴募（デウシルメ）は残酷な制度だ。弟を生涯幽閉するというのは、それにまさるとも劣らない残酷さだ。

「前は、もっと酷かったのだ」ケマルは言った。「代々、即位したスルタンは、兄弟たちをすべて殺してきた。法で決められているのだ。皇子の斬首は禁じられているから、絹の紐で縊（くび）り殺した」

百数十年昔に端を発し、長らく続いてきた慣習であった。長子が相続する決まりがないために、スルタンが没するたびに兄弟の間で、兵を率いての激戦を伴う後継争いが起きた。勝利した者は敗者を絞殺する。ついに、相続者による兄弟皆殺しが法制化された。

「秩序と平和を保つためだ。最初はやむを得ず行ったことが、法制化されてからは即位するスルタンの義務になった」

アフメトが五歳のとき、父が即位した。父皇帝は法に従い、自分の同母、異母、十九人の弟をすべて絞殺させた。

十九人。具体的な光景が浮かばなかった。途方もないお伽噺を聞かされているようで、胸が痛みもしない。

続柄は叔父といっても、アフメトとさして年の変わらない子供もいて、先帝の棺に続く十九の棺には、「ずいぶん小さいものもあったそうだ」とケマルは両手で大きさを示した。

アッラーの定めた掟は不変だが、人が作った掟は必要に応じて改変できる。

父帝が没し十四歳で帝位を継いだときアフメトは、法を変え、同母の弟ムスタファを殺さず幽閉することにした。

アフメト、ムスタファ、二人の母であるハンダン母后の切なる願いでもあったのだろう。そうケマルは言った。

スルタンの生母は、権勢はほしいままだ。母后と大宰相が手を組んだら、その命令に逆らえる者はいない。といってもスルタンの存命中に限ってのことだ。スルタンが生を終われば、後宮から出される。権力のすべては、新たなスルタンの生母に移る。

「だから、マフィルズ妃もキョセム妃も、必死なのだよ。マフィルズ様はたいそう賢いお方だそうだ。オスマン皇子に高い教育を受けさせておられる。キョセム様は手駒が二つだ。どちらかを、アフメト様の後継にしたい。その場合、お一人はオスマン様と共に鳥籠(カフェス)に幽閉だが」

私には関係ない何十年も先の話だと、そのときは思った。雑草のように引き抜かれ、異国に連れてこられ、強制的にムスリムにされた自分のことのほうが切実だ。

厨房棟の前を通り過ぎ、壁に設けられた目立たない小さい門の前で馭者は馬車を止めた。

「室頭の了解を得ていると言っても、後で記録を調べられるかもしれないから、一応、医者に診(み)てもらっておこう」ケマルは言い、馬車を下りた。

門番に扉を開けさせ中にはいると、四方を建物で囲まれた狭い中庭があった。その突き当たりに小さい門があり、扉は閉ざされ、そこにも門番が二人立っていた。「あの門を出れば、〈外〉?」「そうだ。だが、脱走など考えるなよ。お前にはこの先、出世の道が開けている」

左側の小部屋に、病院(トウマルハーネ)を管理するアク・アーラルがいて、ケマルは室頭と〈アク・アーラルの長〉の署名がある書状を見せた。

「病室で待て」

中庭を建物が取り囲む。アク・アーラルの部屋と隣接するのは洗濯部屋で、そこで私たち小姓の衣服を洗うのは、飼い殺しにされた女奴隷のなれの果てである老婆たちだと、ケマルは教えた。

小姓たちが所属する部屋によって、病室も分かれている。大部屋小姓用。小部屋小姓用。宝物庫と食料庫勤めの小姓用の部屋は、無人であった。〈ハス・オダ〉用には、〈スルタンの私生活区域〉の数部屋が病室に当てられていると、ケマルは言った。

医者だろう。アラビア人が入ってきて、ケマルに具合を訊ねた。

「胃が差し込んで、きりきり痛かったのですが、今は治まっています。大丈夫らしいです」

それでも医者は、ケマルの瞼をひっくり返したり舌を出させたりした。

「入院の必要はない。帰りなさい」

小さい壺を渡し、また痛みをおぼえたら、まず、これを服用しなさい、と言って去った。

壺の蓋を開けにおいを嗅いでケマルは顔をしかめた。「下剤だ」

私にもにおいを嗅がせた。油臭かった。

「もし、お前が医者にかかることがあっても、これを渡されたら飲まないほうがいいぞ。ひどい目にあう」


それから一月と経たぬとき、私は〈ハス・オダ〉に入ることになった。とんでもない異例なことであったようだ。

ほら、な、という顔を見せたのはケマルだ。宝物庫の室頭とケマルがスルタンの内意を知らされていたというのは、事実であったらしい。

「期待している」と、ケマルは言った。先行き、自分が出世できるように取りはからってくれ、という言外の意味を察した。室頭が私に好意的な計らいをしたのも、スルタンが私を寵愛すると知ってのことだろう。州総督、そうしてあわよくば宰相へ。

ムスリムの国で、政務に携わる。まったく魅力を感じなかった——キリスト教国であっても、政治は私の関心外であった——。

広い〈ハス・オダ〉に詰める小姓は四十人ほどだ。専用の小部屋を持つ〈ハス・オダの長〉をトップに、そのすぐ下に、四人の上位者がいる。スルタンに嘆願書を提出できるのは、彼らだけだ。この四人の上位者は、それぞれ、異なる役目を持つ。〈太刀持ち〉〈防雨用の服持ち〉〈鐙持ち〉〈ターバン運び〉。ドイツ語にすると奇妙な表現だ。

彼ら四人は、スルタンが宮殿を出るとき、必ず身近にいる。

その下に十二人が役職についている。一人一人異なる役を受け持つ。扉の開け閉めをする〈鍵持ち〉だの、スルタンが手を洗うとき器に水を注ぐ〈水差し持ち〉だの、爪切り役だの、スルタンが食事をした後に鯨の髭で作った爪楊枝を差し出す役だの。すべてを、書きとどめるのはあまりに煩瑣になるから、止める。

残りの者は、〈ハス・オダの長〉および上位十六人の命ずるままに働く。私はその一人になったわけだ。ここでも、アク・アーラルたちが監督している。

最高権力者である〈ハス・オダの長〉――名前はイルハン――に従い、スルタンの居室でアフメトに拝謁した。

ここも、壁から半球形の天井まで青と金の悪夢のような装飾で埋められている。私たちが入った扉の向かい側の壁に同じような扉がある。この壁は後宮との仕切りであり、扉はスルタンが寵姫のもとに行く出入り口だと、前もってイルハンに教えられていた。

寵姫の誰かがこの部屋に呼ばれることもある。そのときは、寵姫が入ってくる前にハス・オダの者はすべて退出し、ハス・オダ側の扉は固く閉ざされる、のだそうだ。

床一面に絹と金糸の豪奢なペルシア絨緞が敷き詰められ、壁は青と金に紅も少し交じる装飾陶板で埋まり、陶板の継ぎ目の漆喰は木の葉模様を浮かべた金箔で覆われ、一段高い一郭に寝台が据えられていた。浮き彫りを施した銀色の円柱が天蓋を支え、緑色の錦織に金糸で刺繍した垂帳が巻き上げられ、これも贅を凝らした緞子(どんす)のクッションに凭(もた)れてアフメトはくつろいでいた。

見上げる天井の中央には、銀製の垂れ飾りのついた水晶のシャンデリアが煌めいていた。

室内の様子を仔細に眺めたのは後のことで、初めて入ったときは、光と影が揺れ動く中に踏み入った心地であった。

いくらか蒸し暑く、両脇に立った二人の小姓が、彼らの全身を隠しそうに大きい羽団扇(はねうちわ)で風を送っていた。寵姫が呼ばれるときは彼らも下がり、代わって女奴隷たちがその役を務めることになると、後で教えられた。

〈ハス・オダの長〉イルハンに促され、床に膝をついた。絨緞の織り模様が、異様にくっきりと目に映った。

アフメトの容貌を、私は描出できないのだ。思い出せない。漠然とした印象は残っている。他人に好感を与える端正な顔立ちとでも言えばいいのか。端正な……曖昧な言葉だ。強制徴募(デウシルメ)だの選別だの、そうしてあの、言葉にするのも忌まわしい処置だの……がなければ、まったく関わりのない間柄として相対したのであれば、私も嫌悪感は持たず、むしろ、好意すらおぼえたかもしれない。

私より十歳年上のアフメトは、十四歳で即位し、私が強制徴募(デウシルメ)で首都に運ばれたその年、二十三歳であった。今、二十七歳のアフメトは、ふたたび私を選んだ。最初に選ばれた理由はわからない。一瞥しただけだ。たぶん私の容姿が彼の好みに合っていた、それだけだろう。そうして、エディルネで私が見せた馬術の技が彼を魅したのだろう。

この年の十一月、アフメトは没する。そのときの病み窶(やつ)れた顔だけは記憶に鮮明だ。彼は決して病弱ではなかった。壮健な若者であったのだが。近づく死を予見したかのように、私の〈出世〉を早めさせた。好意の表し方が、相手にとって悲惨の極みだと……わからないのだ。皇帝には。

後宮側の扉が開き、十代初めに見える少年が、漆黒の肌を持つシャーフ・アーラルに付き添われ入ってきた。間近に見るシャーフ・アーラルの黒い肌は、不思議に美しく見えた。窓越しの陽光を照り返し、黒い鏡のようであった。

寵姫マフィルズを母とする皇子オスマンとの初の対面であった。帝国の初代皇帝オスマンの名を、彼は継いでいた。

人懐っこい笑顔をオスマンは私に向けた。ミハイを、私は思い重ねていた。顔立ちも身なりもまったく異なる。長い旅を共にしたときのミハイと年頃が似通っているだけであったが。

ごく短い時間で謁見を終え退廷しようとすると、オスマン皇子が父に、「馬のあれを見たい」と訴えた。

エディルネでの馬術披露を、アフメトは息子に――あるいは母后や寵姫たちにも――話したのだろう。

「ただちに」とアフメトはイルハンに命じかけたが、

「できません」

私は思わず声を上げていた。度胸があるわけではない。反射的に口をついたのだ。

〈ハス・オダ〉に入ったばかりの者が、スルタンの言葉をさえぎるなど、許されることではない。

イルハンが拳を振り上げた。

「できないのか？　なぜ？」

　オスマン皇子が声を投げたので、イルハンの腕は止まった。

「父上の前で行ったというではないか。たいそう見事であったと聞いた」

「ここには、空（エーグ）も太陽（ナプ）もいません」

「エーグ？　ナプ？」

「空（ギョキュ）と太陽（ギュネシ）です」

「空も太陽もある」オスマンは怪訝（けげん）そうに言った。「海もある。夜は月も星もある」

「エディルネ宮殿の厩舎にいる馬です。騎り手（のりて）が技術を持っていても、馬もやり方を知っていなければできないのです」

「その二頭の馬を、エディルネ宮殿から取り寄せよ」

　アフメトが命じた。

「練習の期間を少々ください」大胆なことを言ったのは、アフメトの寵愛に甘える気持ちがあったのかもしれない。「一年近く、空（エーグ）と太陽（ナプ）に乗っていません」

　アフメトは微笑した。

「馬が届いたら、二週間の余裕を与えよう。イルハン。この者に、鞭打ち二十の刑を与えよ」

「この場においてでございますか」

「退出した後に」

「脚は打つな」オスマン皇子が言い添えた。

どこを打たれても、重い傷を受けたら乗馬は当分できないということを、皇子は知らないようだった。

イルハンは迷っていた。スルタンに言葉を返した無礼な若造を打ちのめすか。だが、馬術の披露ができなくなったら、それはそれでイルハンはオスマン皇子の不興を買うだろう。

どちらが得策か思案したあげくか、イルハンは手加減した。それでも、その夜の私の眠りは、疼痛に妨げられた。

鞭の痛みは、スルタンの厩舎で空（エーグ）と太陽（ナブ）に再会した歓びに比べたら、何ほどのこともなかった。しかも、二頭を率いてきたのは、師のエジプト人ラメスであった。

私の馬術披露は、盛大な祝祭にあわせて行われることになった。ちょうど、オスマンの異母弟ムラトとイブラヒムの割礼式の大祝典が計画されていたのだ。

ラメスの喜ぶさまは、湧き上がる泉のようだった。私たちには屈辱この上ない処置が、ムスリムには慶事なのだと、あらためて思わざるを得なかった。

その日まで、私は馬術の訓練に集中することを許された。

空（エーグ）と太陽（ナブ）は外廷のスルタンの厩舎に入れられ、ラメスはスルタンの馬具室に近い馬術教練係の部屋を与えられた。エディルネに赴任する前、彼が起居していた部屋である。小部屋や宝物庫部屋にいたときも、体技の訓練に加えて馬術もあったのだが、ラメスのような高度な技を身につけた教師はいない。私が育てた者が何人かいたのだが、とラメスは言った。皆、もう外に出た。

大宮殿(セラーリオ)の外の馬場に、毎日ラメスと共に空(エーゲ)と太陽(ナプ)に乗って出向いた。馬丁が二人、伴(とも)についた。

音のない鐘を突き鳴らすように陽光が降り注ぐ馬場で、馬を駆った。

何という自由！

ああ、このまま、走っていきたい。西北の方向へ。

自由。後に私は思うようになる。自由と平和は流血のための旗印にもなり得ると。

じきに私はエディルネで叩き込まれた至難な馬技の勘を取り戻した。

馬を駆りながら思った。〈自由〉。それを達成したら、後に続くのは、逮捕。極刑。

思うな。余計なことは。限られたわずかな自由の時間を、内廷の鷹のように楽しもう。鷹匠が呼び戻すまでの間だけだ。飼われている鷹が飛翔を許されるのは。

馬場の近くに珈琲店(カフヴェ・ハーネ)があった。

馬たちに水を飲ませ休ませるようラメスは馬丁に命じ、私を連れて入った。

暗赤色の絨緞に低い台がおかれ、客たちはその上に胡座(あぐら)や半胡座でくつろいでいた。客の多くは一目でそれとわかるイェニチェリの白い帽子をかぶっていた。円錐形の黄色い布帽子はイェニチェリ新兵の制帽だ。

シュテファンがいるのではないか。ミハイも。一人一人、見回した。

「変わっていないな」ラメスは言った。「大宮殿にいたころも、私はよくここにきた。ここは、イェニチェリの溜まりだ」

カフヴェを淹れたカップを運んできた店の亭主が、カップを二つとも私に渡し、懐かしげにラメスと抱擁を交わした。

「何年ぶりかな」

「三年前に、一度きている」ラメスは言った。「エディルネに移ってからは、あのとき一度だけかな」

私の愛弟子だ、とラメスは引き合わせた。

「エディルネで私が厳しく仕込んだ。今度、皇子方の割礼式に、彼が御前で馬術を披露する」

「それは是非とも見物しなくてはな。若いの、オスマン皇子の割礼式は見たか」

「十年以上昔の話だ。彼が強制徴募（デウシルメ）で帝国にきたのは四年前だ」ラメスが言った。

「そうか。あれからもう十年にもなるか。華やかだったな」

「俺はエディルネ宮殿に移っていたが、あのときは、弟子たちと共に参観にきた」

「今度はムラト様とイブラヒム様、お二人一緒だから、二倍にも三倍にも盛大になるだろう」

ラメスは私の手からカップを取り、木のスプーンで表面の泡をすくい、口に入れた。私も同様にし、次いで粉が沈んだ後の上澄みを飲んだ。エディルネで初めてこの飲み物を知ったとき、粉っぽくて不味いと思った。掻き混ぜて飲んだからであった。

「誰を探している」ラメスに訊かれ、友人を、と私は答えた。「私と一緒に強制徴募（デウシルメ）で首都に連行され、アナトリアの農家に送られました。もう首都に戻っているかも……。あの中にいないかと」

新兵の制帽をかぶった者はほんの数人だ。いくら見返しても、同じことだ。

「イェニチェリは」可笑しそうに亭主が口を挟んだ。「何万といるんだぞ。あちらこちらに配属される。新兵など砂漠の砂の一粒だ」

「イェニチェリたちが、穏やかでないことを喋っているな」ラメスがかすかに眉をひそめ、小声で亭主に言った。

カフヴェを飲み、水煙草を喫しながら、給料が低い、食事が昔より悪くなった、そう、彼らは憤懣をぶちまけあっていた。俺の女房がどうとか、俺の息子がどうとか、そんな話も混じる。

カフヴェ・ハーネを出てから、気に入らないというふうにラメスは首を振った。

「イェニチェリが妻を娶（めと）り家族を持つなど、昔は許されることではなかった。死ぬまで独り身で、スルタンただお一人に忠誠を尽くす。だから、イェニチェリは無敵なのだ。家族を持ったら、スルタンより女房や子供のほうが大事になる。弟だの息子だの、血筋の者をイェニチェリの軍団に入隊させるものもいる。まったく、規律がゆるんだものだ」

「あなたは、独りですね」

「弟子たちが私の息子だ」

「カイロが恋しくなりませんか」

ラメスは私を見つめ、「すべてはアッラーの思し召しだ」と何の役にも立たない口癖をまた言った。「お前は、万人（ばんにん）から羨まれる境遇にある。〈ハス・オダ〉の人数はたった四十人だ。しかもこんなに早い昇進は私の知るかぎり絶無だ。お前ほど恵まれた者はいない」

私の意思によるものではない。私が選んだのではない。

「辛さを知らないから、お前は傲慢なことを考えるのだ」

ラメスの声に含まれたのは、冷ややかさか。

私の意思に関わりなく不意に与えられた幸運——と他人がみなすもの——は、また不意に奪われるだろう、私の意思に関わりなく。そう思った。

馬場に戻り、空（エーグ）の鼻面に頰を寄せた。ほんのちょっとの刺激ではじけ返りそうな気持ちを、強引におさえ、鞍に跨り手綱を煽った。空（エーグ）は疾駆した。この訓練が終わったら、また、〈ハス・オダ〉に戻らねばならない。青と金の牢獄。

巨大な眼のような天空のもと、私は駆けた。

7 Untergrund

寵姫マフィルズが長子オスマン二世を産んだとき、皇帝（スルタン）アフメトは、わずか十五歳であった。

王立図書館の蔵書の中に、歴代のオスマン帝国皇帝の系図があった。私の生を決定した者に目を向け、生年、即位時の年齢などを見ていて、気づいたのだ。

アフメトは十三、四歳のころから後宮（ハレム）の女をあてがわれていたのか。

十四歳で即位している。父皇帝の死と同時に、父の女たちを引き継いだのか。

オスマンの生母マフィルズ妃の正確な出生年は記されていないが、二つ三つ年上と推定されている。第二の寵姫キョセムは、アフメトと同年だ。

ハス・オダの小姓の特典の一つは、金角湾を望む庭園をアフメトに随伴して散策できることであった。宝物庫の狭い窓から覗き見ていた庭園を、歩いている。地を踏みしめ、広々とした空を仰いで。

丘を北に下った岬の突端に建つ〈大砲の門（トプ・カプ）〉——その名の由来である巨大な大砲が多数備えられている——は〈大理石の亭（キヨシユク）〉の丸屋根に遮られ見通せないが、その先の海辺に、スルタン専用の帆船が二艘繋留され、ゆるやかに揺れているのが遠目に見える。庭園士（ボスタンジ）と呼ばれる大勢の男たちが立ち働いている。庭園の整備ばかりではない、彼らは衛兵であり、操船係であり、海辺での力仕事すべてをも任務としている。彼らもまた、属国、属州から集められたイェニチェリであった。顔までは見分けられない。彼らに近づく自由を私は持たなかった。

彼ら庭園士(ボスタンジ)と、外廷(ビルン)のスルタン用厩舎の区域に営舎を持つ槍斧兵(バルタジ)が、宮廷内に異変があったとき、ただちにスルタンの身を護る武装兵力となる。

夏の盛り、割礼式と大祝祭が執り行われた。

書きかけて、私のペンはまたも渋る。思い返したくないからだ。

シュテファンが書いた部分を読むと、彼は、一人称を用いていない——時たま、一人称になるが——。そのほうが冷静に書けるのだろうか。私も……いや、できない。ヤーノシュは、とは書けない。

ヤーノシュは、としたところで、客観的に冷静に書けはしない。私は大急ぎで書き飛ばす。大宮殿内(セラーリオ)で行われた割礼の数日後、モスク——スルタン・アフメト・ジャーミィ——での礼拝が行われた。アフメトの下命で建造されたモスクは、私たちが初めて首都に連れてこられたときはまだ建築の最中だったが、この前年、完成した。二人の皇子の割礼式は、モスクの完工期にあわせたのかも知れない。

スルタンと第一皇子オスマンは馬上にあり、五歳のムラト皇子とアク・アーラルの一人に抱かれた幼いイブラヒム皇子はそれぞれ輿に乗り、ハス・オダの高位小姓十六人が騎馬で、その他のハス・オダの者——私もその一人だった——は徒歩で随従し、大宰相を初めとする重臣らも騎馬で行列に加わり、その周囲を騎馬兵とイェニチェリが幾重にも護り、大宮殿(セラーリオ)からモスクに向かった。

正装したイェニチェリは帽子の前筒に派手な飾りをつけ、蒼鷺の尾羽根のような銀製の羽根をつけた老兵もいて、これは戦闘で敵の首を三つ切り落とした者に与えられる勲章であった。

イブラヒムはお守り役の腕の中で泣きむずかり、ムラトは傷の痛みはすでに癒えたはずだが、幾分怯えたような顔をしていた。前もって言い含められていても、痛みを伴う施術は怖かったのだろう。これからまた何かされるのかと、不安でもあったのだろう。

先発のイェニチェリや騎馬隊の列が延々と続く。その間に位置した楽隊は騒々しい音を発した。

道という道に、見物の群れと警備するイェニチェリが溢れていた。黄色い三角帽子を見るたびに、私は目を凝(こ)らした。

ラメスと私の馬術披露は、その数日後に行われた。

大宮殿(セラーリオ)とボスポラス海峡沿いの城壁との間の広い場所に、北端は〈大理石の亭(キョシュク)〉、反対側は〈真珠の亭(キョシュク)〉に接して常設されている〈木槍投げ広場(ジェリード)〉の周囲には、スルタンと異国——ヴェネツィアだのペルシアだのフランスだのロマノフ朝が確立してほどないロシアだの——から招いた賓客たちの観覧席として、美麗な天幕がいくつも設置された。

時折、騎兵隊士が二つの群れに分かれて木槍を投擲し相手を落馬させる競技が行われる場所である。

ラメスと私は、おそらくこれ以上はできまいと自分でも思うほどの馬技を見せてしまった。

まず、ラメスが重い長槍——木槍ではない。実戦用だ——を片手に太陽(ナブ)を駆り、ほぼ半周分遅れて私は空(エーグ)を走らせ、ラメスが私をめがけ長槍を投擲。受け止め、握りなおして投げ返す。ラメスが受け止める。二度繰り返して見物の度肝を抜いてから、馬の交換を二度、そうして最後にラメスは手綱を私に託して飛び下り、私は二頭の馬上に立ち、広い競技場を歓声を浴びながら一周した。ギリシア人ならアポロンにたぐえただろう。

賓客たちからの賞賛を受けたのはもちろんスルタン・アフメトだ。

祝祭は一月近く続いた。

市内の広場(メイダス)では連日、楽団が騒々しい音楽を奏で、踊り子たちや曲芸師や奇術師が人々を楽しませ——ハス・オダの者にはそれらを見物する自由はない——、盛大な花火が夜の空にはじけた。

異国の君主諸公が滞在している間は、大宮殿(セラーリオ)では彼らを迎えての宴会が続き、平素は千人分ほどの料理を作る厨房は数千人の食事作りに追われ、煙突は様々なにおいを流した。

祝祭の模様を、私は冷淡に——悪意すら持って——記している。

賓客をもてなす行事の一つとして、アフメトは狩りを催した。狩り場はエディルネの森である。ハス・オダの小姓たちやアク・アーラルたち、重臣ら、招かれた諸公とそれぞれの従者の群、そのすべてを護衛するイェニチェリの一団、と、夥しい人数の行列が、首都の大宮殿からエディルネに向かって続いた。

ラメスと私も供に加えられた。

長子オスマンを、アフメトは同行させた。私はそのお守り役の一人であった。十三歳の皇子は信頼のこもった目を私に向け、それは私を快くさせた。

子供の目に、二頭の馬を同時に操る私は、さぞ偉大に映ったのだろう。馬を操る。それだけのことなのだよ。人は操れない。世の動きは操れない。私自身が何かに操られているのだ。心のなかで皇子に語りかけていた。

護衛するイェニチェリの中には黄色い三角帽子の新兵たちもいて、私はその中にシュテファンとミハイを探さずにはいられなかった。「イェニチェリは何万人もいる。あちらこちらに配属される。新兵など砂漠の砂の一粒だ」とカフヴェ・ハーネの亭主は言っていたが、イェニチェリの多くは首都の兵営に配される。狩猟の護衛の任に就くのはその中の一握りであろうとも、シュテファンとミハイが握られた砂の一粒である可能性が絶無ではないのだ。

その夜の泊まりはエディルネ宮殿であった。従者らやイェニチェリたちは、宮殿の外に天幕を張り野営した。一つの村が出現したかのようであった。

大宴会が催された。エディルネ宮殿で学んでいる者たちが、スルタンと賓客の前で朗誦し、その後道化たちが客を笑わせた。

ユスフと再会できるかと思ったが、彼は騎馬軍団に入れられ、どこかの駐屯地に送られたということであった。二度と会うことはないのだろうと、私は思った。出会い、そうして別れる。生きる〈時〉は、出会いと別れの連続からなると、私は知る。

翌日の狩猟で、十七歳の私は、獲物を射止めながら最後のとどめの矢はオスマンにゆずり皇子の手柄とするくらいの世故には長けてきていた。

こういう騒擾の中にいると、私は自分が外皮だけになったような気がした。中を充たすものは何もない。

祝祭は終了し、騒擾から通常——その通常が私にはいつまでも異常だ——にもどる過渡期の、何か気の抜けたようなそれでいて落ち着かない日々の一日、私はアフメトの居室に呼ばれた。男だけの区域と女だけの区域を繋ぐ華麗な部屋だ。

〈ハス・オダの長〉イルハンと、ほかに二人のアク・アーラルが随従していた。

アフメトは、あらためて私の馬技が見事であったことを賞揚し、アク・アーラルの一人がすでに用意されていた飲み物のカップを私に与えた。

睡りとも昏倒ともつかぬ、長かったのか一瞬だったのかもわからぬ、奇妙な時を経て覚醒したときは自分の身に何が起きたのか理解できなかった。

さして広くはないが、彼らの感覚で言えば美しく立派な——そうして私にはどうしても馴染めない——青と金の装飾陶板が壁を埋めた一室であった。

やはりシュテファンに倣って、ヤーノシュは、と書いてみよう。後に得た知識もまじえて、俯瞰するように。

ヤーノシュが与えられた飲み物には、阿片が混じっていた。全身が炎の中にあるような激痛が、彼を覚醒させた。彼の傍らには二人のアラビア人がいた。

いや、だめだ。いっそう書きづらい。

何のために私は書いているのか。

読み返した。〈混沌を整理し、自分から切り離すため〉と私は記している。

ならば、もっと冷静に、事実を淡々と記せばいいではないか。

……私は、やはり混乱している。何一つとして決断できない。

ベルリンの王立図書館に居着いてからというもの、私は〈時〉の動きから外れて……話を飛ばすのは止めよう。ますます混乱する。順序立てて、冷静に。

この部屋は、〈スルタンの私生活区域（セラームルク）〉の中にあるハス・オダの小姓のための病室であると知った。

失った機能の代わりに、私は金の細管を与えられた。

アラビア人は二人とも医術の心得のある者で、どちらか一人が必ず部屋におり、私の世話をした。細管の使用法も彼らが懇切に教示した。

痛みを鎮める薬湯を彼らは時折与えたが、投薬の時間が決まっているので、私はしばしば激痛を怺(こら)えねばならなかった。薬湯は鎮痛の効果をもたらしはしたものの、眩暈と幻覚をも生じさせ、壁の青や金が揺れ動き、奔流となり、紅で縁取られた花びらが次々に開き、散り、内側からふたたび、ほぐれ開き、黒い巨大な毛虫――アフメトの袖無し長衣を縁取る黒貂の毛皮だ――が、壁を這いまわり、幻覚とわかっていても消えず、煩(わずら)わしいこと限りなかった。

痛みがおさまったころ、豪奢な縫い取りのある厚手の敷物に横たわる私の枕頭に、アフメトがきた。ハス・オダの長イルハンが随伴していた。アラビア人は隅に控えた。

起き直ろうとする私に、そのまま横になっておれ、とアフメトは制し、絨緞の上に置かれた分厚(ぶあつ)い敷物に片胡座(かたあぐら)で腰を下ろした。袖無し長衣を脱ぎ、私が掛けている毛織りの薄い布の上にかぶせた。「陛下より汝に賜わる」とイルハンが言った。

投薬を必要とせず、幻覚に悩まされることもなくなっていたが、長衣を縁取る黒貂の毛皮が蠢くような気がして鳥肌立った。

アフメトに顎で指図され、イルハンは私の長枕の傍に錠のかかった小函をおき、長い金鎖の輪がついた小さい鍵を使って蓋を開けた。鍵も金色に光っていた。箱そのものが、透かし彫りの金と連ねた紅玉で飾った美麗なものであった。

頭を少し持ち上げ、中を見た。真珠、紅玉、翠玉、碧玉、ダイアモンド、私に名前のわかる宝玉はそのくらいだ。黒い耀きを持った石は何というのか。それらは首飾りとして連ねられたり、幅広の帯に縫いつけられたりしていた。後宮（ハレム）の女奴隷たちを私は見たことはないけれど、おびただしい宝石や金銀で身を飾り立てていると、話には聞いていた。こういうものを与えられているのだろう。さらに、オスマン帝国の通貨であるアクチェ銀貨、国際通貨であるヴェネツィアのドゥカート金貨、知らぬ刻印のある金貨銀貨もまじっていた。

私はただ、あっけにとられていた。

女奴隷たちのように目を輝かすのを期待していたのか、アフメトは肩すかしを食らったようにしらけた顔になったが、「お前をアク・アーラルとして重用する」と言った。

アク・アーラルの意味するところを、私は知った。後宮の黒人シャーフ・アーラルが男ではない男だという意味も、瞬時に悟った。彼らが施術される理由はわかる。だが、男ばかりの場所にいるアク・アーラルが、なぜ、同様の処置を受けねばならないのか。

黒人宦官（シャーフ・アーラル）にせよ、白人宦官（アク・アーラル）にせよ、奴隷として市場に出されるときすでに施術済みだったり、あるいは属国属州から献上されるとき施術されているのがほとんどで、施術ずみの奴隷は普通より高価で売れるのだそうだ。小姓勤めをするようになってからというのは例外らしい。そのときは知らなかった。後に知った。

これも、後に知った。アク・アーラルにされた者は、スルタンただ一人に忠誠を尽くすほかに、生きるすべがなくなる。心を奪われる女。二人の間に恵まれる愛らしい子供たち。それらはアク・アーラルとは無縁だ。生涯、スルタンの奴隷。その代わりに権力と財力を得られる。

不要だ。私には。

「お前は、いずれハス・オダの長として、オスマンを補佐するようになるだろう」

ハス・オダの長イルハンのみならず、内廷の主だった者の多くはアク・アーラルなのであった。

アフメトがオスマンを後継者にする意図が明瞭だと知った。他の二皇子、ムラトとイブラヒムは、今アフメトの弟ムスタファが幽閉されている鳥籠（カフェス）に、オスマンが死ぬまで閉じこめられるのか。

イルハンは小函の蓋を閉め施錠し、小さい鍵の鎖を私の首に掛けた。部屋の隅に控えているアラビア人に、イルハンは鋭い一瞥を与えた。「盗みを働いた者が如何なる処罰を受けるか。わきまえておるな」

エディルネにいたとき、泥棒の公開処刑を見たことがある。見物の前で、処刑人は台の上にのべられた罪人の腕に、振りかざした重い斧を打ち込んだ。男はくずれ落ち、腕だけが台上に残った。市場でその男が盗んだのは、卵二つであった。

アフメトとイルハンが去った後、アラビア人は近寄り、施錠された小函をつくづく眺め、深い吐息をついた。

オスマン帝国の軍事力を借りて公国の支配者となったマジャール貴族ベトレンが、感謝及び恭順の証として皇帝に物納した私を、アフメトは、あらためて買い取ったつもりか。

もっとも思い返したくないことを、とにかく書き終えた。こんな簡単な記述でいいのか。私の躰を奴らが勝手に造り替えた。そう知ったとき、私はどう感じたのだったか。失ったのが、片眼とか、四肢のどれか一つなどであれば、私は存在そのものが潰滅したようには思わなかっただろう。それは克服できる損失だ。金の細管は、欠落した器官の機能を補完しても、魂の崩壊を救助する何ほどの力もない。

痛みが消え――肉体の傷は、癒える。醜い痕を残して――、ハス・オダに戻ると、私は十二人の役付の一人に抜擢された。何と馬鹿馬鹿しい役か。スルタンの爪切り役。鯨の髭の爪楊枝を差し出す役が十二人のうち最下位で、爪切りは下から三番目だ。

小函は小姓用の戸棚におさめた。鍵は首に掛けたままだ。金の鎖は、金の細管と共に、私がスルタンの奴隷である証だ。

毎週金曜日、アフメトは大行列を仕立て、彼が造営させたモスクに礼拝に行く。その前に身体を浄める。その前に、爪を切る。

足台にアフメトは無防備に素足をのせる。跪き、爪を切りながら、切っ先をアフメトに向けたくなる。小さい刃物は、厚手の織物を幾重にも纏ったアフメトの胸に、掠り傷さえつけられまい。なまじ、分別が邪魔をする。見境なく憤怒に駆られて行動するその果てがわかっているから、黙々と、アフメトの足の爪を切る。アフメトは足を台からおろし、私の膝にのせる。重みを感じる。

小動物を愛玩するように、アフメトは私を身近に置く。愛しきもの(アーシュク)よ、と私を呼ぶ。玩具は、持ち主が飽きれば捨てられる。外に出てから出世した者ばかりが取り沙汰されるが、数においても多数である、寵を失い脱落した者に言及されることはほとんどない。

ハス・オダでつとめる間も、写字や学問の習得、そうして武技の鍛錬は続いた。学問といっても、主に法学者になるためのものである。イスラムの法学者になるつもりはない。唯一の楽しみは、馬場でラメスと共に馬を駆ることであった。ラメスは、エディルネに戻ることなく、大宮殿(セラーリオ)にとどまることを許された。

私はわけもなくはしゃぎ、沈み込み、「どうかしたのか」と、ラメスに不審を持たれた。

Untergrund 8

布で作られた新兵帽が先端がぴんと突っ立った円錐形を保っているのは、頭部に沿った布との間におが屑を詰めてあるからだ。

「頭の上に暖炉があるみたいだ」

後ろからミハイのぼやきが聞こえる。

「くそ暑いな」と返事をするのも億劫なほど、暑い。

古参兵の一人が十二、三の子供の背丈ほどもある巨大なスプーン——汁を掬う部分は人間の頭と同じサイズだ——を肩に、行列の先頭に立つ。大鍋を吊した長い棒を、新兵の制帽、制服で、シュテファンとミハイは担ぐ。もう一人がしんがりにつく。三人一組の鍋運びが何組も続く。

割礼式のけたたましい祝祭はようやく終わった。

暑い。重い。溢れるほどに肉汁をみたした大鍋は、触れたら火傷する。

大宮殿(セラーリオ)の厨房で作られたスープを、毎日、近くにあるイェニチェリの兵舎に運ぶ。スルタンがイェニチェリに賜るありがたいスープだと、人々に示すための大鍋運びである。

あしかけ五年にわたる農村の暮らしは、悪くなかった。新兵として首都に戻ることになったとき、ハッサンの一家は息子と別れるかのように嘆いた。強制徴募(デウシルメ)の子供を預かるのはいいけれど、別れるのがねえ、とハッサンの妻ファトゥマは洟(はな)をすすり上げた。家族と別れたときの記憶がよみがえり、シュテファンは、ラウラ、と姉の名前を声には出さずつぶやいていた。在郷騎士(スイパーヒー)ファイサル殿の小さい息子タネルはミハイにしがみついて、行かないで、行かないでよ、イスマイル、とミハイのトルコ名を呼び、大泣きした。初対面のときファイサル殿がくれた強弓を、シュテファンもミハイも使いこなせるようになっていた。

首都に送り返され、新兵軍団に入れられ兵としての訓練を受けてから、イェニチェリとして大宮殿(セラーリオ)のすぐ傍にある兵営に移った。入隊早々の新兵に課せられる仕事は、兵営の掃除や食器洗いなどの雑用だ。買い物も仕事の一つで、兵営の外に出られるのが嬉しい。一つ二つ階級が上の古参兵に連れられ市場に行くと、重要な買い物をすませた後、細かいものは新兵に任せ、古参兵はカフヴェ・ハーネに入り込む。首都勤務のイェニチェリが溜まりにしているカフヴェ・ハーネが幾つかある。市場での買い物なんて糞面白くもないが、少なくとも、古参兵の目のない自由な時間を持てた。ゆっくり買い物をすませてから、古参兵のいるカフヴェ・ハーネに報告に行く。気のいい男ならシュテファンにも奢ってくれる。この黒っぽい飲み物はハッサンのところでも在郷騎士(スイパーヒー)ファイサルの家でも時折飲んだが、村には専門の店はなかった。店に屯するイェニチェリたちは、しばしば待遇の悪さを罵る。

兵舎に大鍋を運び入れ、食事になる。くつろいで食べながら、兵たちは不平不満を言い合う。下賜された祝い金が少なすぎる。それが目下、彼らの最大の不満であった。

「オスマン皇子の割礼式のときの半分にも当たらない。今度は二人一緒だから、倍以上下賜されて当然だ」

「誰かがくすねているんじゃないか」

「年々、待遇が悪くなる」

イェニチェリの任務は戦闘ばかりではない。治安維持も兼ねる——つまり、軍隊が現代の警察をも兼ねていたと、書き添えよう。ついでに書くが、火事に際しての消火活動もイェニチェリの任務であった。彼らには、火の中から救い出した財物を私有する特権が与えられてもいた——。

祝祭の間、蝟集する見物の群れを監視するのが、シュテファンとミハイの属する隊の任務であった。オスマン帝国のスルタンが気に入りの女奴隷に産ませた男児二人のための祝祭に、なぜ俺が汗まみれになるのだ、と、スルタンへの忠誠心などみじんもないシュテファンは思ったのだった。

「昔は、イェニチェリはもっと重要視されていた。スルタンと密接な関係にあった」

「イェニチェリが家族を持つようになったのが、陛下は気に入らないのだ」

彼らの会話を、再現する必要はないよな、ヤーノシュ。

要するに、イェニチェリの間には不満が溜まって爆発しそうになっていたということだ。

なぜ、彼らが不満を持つようになったのか。解明しているのは、後世の史書、研究書だ。その最中にいたとき、俺には――、そうだ、俺と書くほうが楽だ。シュテファンは、他人事のように記すより――さっぱり事情はわからなかった。嵐に揉まれる小舟は、嵐がどのようにして起きたか、だの、舟のどこに欠陥があるか、などと考えるゆとりはない。俺はとつぜん放り込まれた日々を過ごすだけで精一杯だった。

――主語をシュテファンと書けるときと〈俺〉と書くほうが楽な場合の違いがわかってきた。冷静に客観的に振り返られるか否かの違いだ――。

強制徴募でかき集めたキリスト教徒の子供を、ムスリムに改宗させて無敵の軍隊に育て上げる。奇妙な制度だ。と思い返すようになったのは、後年だ。

創設以来、イェニチェリは結婚を許されなかった。ひたすら、スルタンに忠誠を尽くす。整然とした組織。上官には絶対服従。叩きこまれた戦闘能力。そうして、能力次第で軍の最高官にまで上り詰められる。かつては、スルタンが戦場にあって全軍を指揮した。スルタンの息子たちは、総督や高官として地方に派遣され、軍事と政治の指導力を身につけた。それが、帝位争いのもとにもなり、ついに兄弟殺しが法制化されるに至る。……などという知識は、イェニチェリに投じられた当時、持ってはいなかった。皇帝自ら戦場に赴いたのはスレイマン大帝までで、その後は、スルタンの居場所はもっぱら内廷と後宮になった。

いつごろからか規制が緩み、結婚したり、世襲制のように自分の息子や血縁をイェニチェリに入隊させたりするようになった。出世を望んで入隊するトルコ人もちらほらいる。以前は決して許されなかったことだそうだ。

ヤーノシュ、お前はなぜ、書こうと俺を誘ったんだ?

文章を書くのに長けたヤーノシュが後で全部に目を通してくれることになっている。下手な文章は彼が手を入れてととのえてくれるだろう――このような余計な部分は、省いてくれるはずだ――。

冷静に、客観的に、書くべきだ。感情に溺れたら支離滅裂なものになりそうだ。

確かに、俺は父の印刷機に惹かれ、本を造るということに興味を持っている。長い生の間、本造りを業とすることはできなかった。国の行政組織が末端まで行きわたると、身元を明らかにしておくことが要求され、俺のような存在は、周囲から不審に思われないようにするのは困難になっていた。望む職に就くというわけにはいかない。

先走らず、順序立てて書こう。何のために？　誰に読ませるために？

ミヒャエル、お前が読むかな。いずれ、俺はお前と別れねばならない。お前が老いても、俺は今と外見がそう異なりはしないだろうからな。ミヒャエルに読ませるためなら、何も印刷した書物に仕立てなくともよいのだが、〈印刷された書物〉への感情は、子供のころ、〈ぼくの詩〉を印刷してもらい、ラウラが綴じて一冊の本にしてくれたときと変わらない。あのときの嬉しさが、根付いてしまった。

改鋳するごとに銀含有量が少なくなり、銀貨の価値が下がっている。スペインからイタリア経由でメキシコの安い銀が流入することも、銀の価値を下げる。連動して、物価は急上昇中だ。給料は上がらない。

「陛下は」と、一人が声をひそめる。「イェニチェリを解散させるおつもりだと、聞いたぞ。強制徴募(デウシルメ)も行わずトルコ人だけの軍隊を作るんだと」

兵たちの視線が大鍋に集中した。

「それが本当なら」隊長の声は恐ろしく低かった。兵たちはうなずきあった。

新入りの俺は、なぜ、鍋を彼らが見つめるのか、そのときはわからなかった。ミハイもきょとんとしていた。

9 Untergrund

I

長い生の間に、心の底から喜びをおぼえたことは、そう多くはない。

最大の歓喜は、洞窟を抜け出たあのときだったな、シュテファン。すぐに打ち砕かれたが。

それと肩を並べるほどに嬉しかったのが、カフヴェ・ハーネで、シュテファン、君と再会したことだ。

遠い日のことなのに、昨日今日の記憶より鮮烈だ。

僥倖に恵まれることを期待してはいた。イェニチェリの兵舎は大宮殿（セラーリオ）に近いし、馬場のそばのカフヴェ・ハーネはイェニチェリの溜まりであったから。

九月に入っていたが、陽射しは強かった。馬場で一汗かき、ラメスと連れ立って入ったカフヴェ・ハーネで、君とミハイを見出したときの、私の気持ちをどう表現したら正確だろう。当然だ、という気もしたのだ。だが、幻の中に踏み込んでしまったような気分にもなった。

ラメスは私の動揺に気づき、私の視線の先に目を向けた。

「どれがお前の友人だ？」

十人ほどが一団を作っていた。

ミハイが一番年下だ。少し大人びた。シュテファンは眩しいほど逞しくなっていた。

先に気がついたのは、ミハイだ。声を上げ、立ち上がった。シュテファンも気づいた。静かな絵が壊れた。


私たちは抱き合っていた。次の瞬間、私は意識した。作り変えられた自分の躰。

二人に決して知られてはならない。気持ちの動きが躰に伝わったのだろう、抱擁の手を離し、怪訝そうな表情をシュテファンは見せたが、すぐにまた肩を抱き、頬を寄せた。

私たちは十七歳だったのだね、あのとき。ミハイは十五。私は、気持ちとしては十分に大人であった。シュテファン、君もそうだったろうな。

私はひどく混乱していたと思う。再会の時を何度も想像していた。あっけなく現実になった。あまりにあっけなかった。

二人をラメスに紹介する私の声は、冷静だったろうか。うわずっていただろうか。私の喜びは、シュテファン、おそらく君には推(お)し量(はか)れない。喜び。そんな言葉では言いあらわせない。

私には偶像が必要だった。君のあずかり知らぬことだ。故国からオスマン帝国の首都までの旅。わずかな期間だ。その間に、君は私の偶像となった。憧れという馬に乗った私は、その鞍から下りることはないのだ。

ラメスは、私の馬術の師であることを告げ、割礼の祝祭での馬術披露を語った。声はほかのイェニチェリたちにも届き、どよめきが起き、興味深げに寄ってきた。その話は、護衛にあたったイェニチェリの口からだろう、すでに広まっていたようだ。

シュテファンとミハイは自分が讃えられたように嬉しがったが、私が誇れることとか。アフメトの称賛は私の屈辱に続く。

ラメスが馬術披露の様を身振りを交え熱心に喋るので、イェニチェリたちの注目は彼に集まった。

シュテファンとミハイをそっと誘い、他人に邪魔されない隅に座を移した。

二人はアナトリアの農家での暮らしを楽しげに語った。このときに至るまであしかけ五年間にわたる共通の記憶を彼らは持っている。これからも、二人は記憶を共有することになる。私と彼らの〈時〉は離れている。シュテファンが、私の暮らしぶりを訊ねた。

私はハス・オダの小姓になったことだけを告げた。スルタンの爪切り役だなどと、馬鹿らしくて、言えるか。とりわけ格の高い役付き十二人の一人であるとしても。

ハス・オダの小姓。それがこの国においては最高の出世への道であることを二人とも知っていた。ミハイは相変わらず無邪気に、凄いね！　を連発したが、シュテファンは、私の否定的な感情を察したようだ。施術までは知らなくとも。

馬術の話をイェニチェリたちは堪能し、話題は待遇の悪さに対する愚痴や憤懣に移っていた。

「もし、事実なら、俺たちは大鍋をひっくり返すまでだ」

奇妙な言葉が聞こえた。

休憩の時間が終わったとみえ、イェニチェリたちは店を出て行く。新兵であるシュテファンとミハイには、居残る自由はない。

帰途、私はラメスに言葉の意味を訊ねた。

「イェニチェリが叛乱を起こす合図だ」ラメスは言った。

イェニチェリたちに滾る憤懣。危険水域に達しているのかどうか。私には察しようもない。ラメスは、放っておけと言った。我々が口出しすることではない。彼らの不満をスルタンに告げて待遇が改善されるのならよいが、逆に圧迫が増すだろう。

「叛乱は差し迫っているのでしょうか」

「いや、実際にやるつもりなら、彼らに味方するかどうかわからぬ私たちのいるところで喋りまくりはすまい」

私とて、告げ口はしたくない。しかし、イェニチェリらの不満が爆発しそうな状態を知りながら、沈黙を保つのは心苦しい。

私が悩んでいる間に、事態は一応解決した。馬場では、騎兵隊士らも訓練に勤しみ、カフヴェ・ハーネで楽しみもする。彼らが、耳にしたことをアク・アーラルに告げ、宰相らやアフメトの耳にも達した。宰相らの献言かアフメトの英断か、下賜金を増額し、ひとまずイェニチェリの憤懣をおさえた。ラメスは、私を制止しながら、陰で、ことがうまく運ぶよう画策したのかもしれないと、私は感じた。

オスマンは後宮を出て、完工した彼の部屋に移った。庭園を見下ろせる心地よい部屋だ。アフメトの蔵書を収めた図書室も、続いていた。

私は、爪切り役の職務も兼ねたまま、オスマンの身近に仕えることになった。

生母マフィルズは外から教師を招き、アフメトの後継者になるであろう息子に、各国の言語をも学ばせていた。将来の外交上の利点を考慮したのだろう。ラテン語、ギリシア語、フランス語、ドイツ語、ロシア語、はるかに遠いイギリスの言葉も学んでいた。ハンガリーはすでにオスマン帝国の膝下にあるからだろう、マジャール語は含まれていない。私はオスマン皇子の語学力を高めるという名目で、彼とドイツ語で、ときにラテン語で会話を交わし、異国語をオスマンと共に学ぶことを許された。アフメトの図書室への出入りも自由になった。写本が多いが、他国から献上されたのであろう印刷された各国語の書物もあり、私の飢餓を満たした。おびただしい書物は整然と分類され、目録もととのっていた。

ハス・オダの小姓という空疎な外皮の内側を、ささやかな知識を蓄えることで充たしたが、中心にあるのはやはり空洞であった。

馬場にオスマン皇子が同行することが多くなった。オスマンのために多数のイェニチェリが護衛についた。オスマンはラメスや私がやるような高等馬術をすぐにもやりたがったが、基礎から学ばねば無理ですとラメスが諭（さと）すと、納得した。甘やかされた暴君になる兆しはなかった。

並んで馬を走らせながら、鳥籠（カフェス）に幽閉されているというアフメトの弟ムスタファをこのとき私は思い浮かべた。十一歳のときから、この年で十四年間。華やかな〈スルタンの私生活区域(セラームルク)〉の建物の外壁に、できもののように張り出した小さい建物で、周囲には高い塀がめぐらされ、馬を駆るどころか快い海風が吹きとおる庭園を散策する自由さえない。二階建てで幾つかの部屋に分かれ、一階にはムスタファの世話をするシャーフ・アーラルたちが住むと聞いている。教育は放棄され聾唖の奴隷と石女(うまずめ)の女奴隷が何人か仕えているとも言われている。何が事実なのか、私は知らなかった。帝位を争う可能性のある者に対し、命は助けても、賢くなる手段は封じたのか。愚かであれ。だれがそう望んだのか。大宰相あたりの入れ知恵か。兄アフメトと生母ハンダン后の計らいで、慣例を破り絞殺だけは免れたけれど、母后が没したら、あるいはアフメトの意向次第で、殺せという命令が何時(いつ)くだされるとも知れぬ。不安が消えるときはないのではないか。

　何という土台の上にスルタンの座はあることか。ムスタファが覚えるであろう不安が、私の胸に氷剣を突き立てる。

　健やかであったアフメトが不意に高熱を発したのは、誰かの画策によるものか。

　十一月半ば。大宮殿(セラーリオ)の中庭の樹々の葉は茶褐色に枯れ、落ち散る。イスタンブールの晩秋は、故国ほど寒冷ではない。故国の十一月は、黄金色だった。樹々の根方には堆(うずたか)く落葉が積もり、その上に朝霜が薄く凍るのだった。

白人宦官（アク・アーラル）の長や、ハス・オダの長、各室の長などが代わるがわる入室し、昏睡するスルタンの容態を見守った。

ハンダン母后や寵姫マフィルズが付き添うときは、医師と黒人宦官（シャーフ・アーラル）たち以外は入室できない。

……のだが、大宰相が見舞いに訪れたとき、内廷の者は室外に出され単身で入って行った。

内廷の白人宦官（アク・アーラル）は後宮に入れないが、後宮の黒人宦官（シャーフ・アーラル）は内廷に自由に出入りする。彼らの口から伝わるらしく、噂がひろがった。

大宰相は、意識のないスルタンの枕頭で、ハンダン母后と会ったらしい。帝位の後継者について相談したようだ。

順当なら、オスマン皇子だが、母后と寵姫キョセムが反対している。

オスマンは十三歳。帝位を継ぐには幼すぎる。そう二人は主張する。アフメトが十四歳で即位したことは無視されていた。

母后とキョセム妃が推すのは、鳥籠（カフェス）に幽閉されているムスタファであった。アフメトと帝位を争える立場にあるから、幽閉されたのであって、スルタンが没すれば、帝位継承の最有力候補だ。

オスマンが皇帝となれば、絶大な権力を持つ母后の地位はオスマンの生母マフィルズに移る。失権したハンダンは後宮を出て、他の離宮に移らねばならない。キョセムが産んだムラトとイブラヒムの二皇子は、鳥籠（カフェス）入りだ。平素は、ハンダン母后はマフィルズに肩入れし、キョセムとは仲が悪いと取り沙汰されているが、この場合は二人の利害が一致した。

すべて、私が直接見聞き(みき)したのではない。噂だ。

10 Untergrund

三角帽子から昇格し、シュテファンとミハイは一人前のイェニチェリとして扱われるようになった。勤務が楽になるわけではない。スルタンの葬礼にあたり、護衛やら雑役やらにイェニチェリは酷使された。

上層部も庶民も、イェニチェリは寒さを感じず、痛覚もなく、疲労もせず、空腹もおぼえない、人の形をした動く木彫の群れとみなしている。

揃いの制服で一糸乱れず行動するゆえに、そう錯覚される。

スルタン・アフメトの葬儀は豪勢であった。つい数ヶ月前に二皇子の盛大な割礼式と祝宴で莫大な金を使ったのに引き続いて、それに倍する出費だ。皺寄せは下っ端にくる。ひき割り小麦ばかりのスープ。水気が多くて薄(う)っすらと黴(かび)の生えたパン。物価はますます上がり、給料は目減りしている。

兵たちの愚痴や不満は尽きない。昔の偉大なスルタンは、戦闘を自ら指揮した。メフメト二

Ｉ

即位式が行われるエユップ・ジャーミィは、スルタン・メフメト二世がかつて東ローマ帝国を征服王は二十一歳の若さでコンスタンティノープルを落とし、オスマン帝国の首都とした。

囚みたいなものだ。

幽囚の身から解き放たれ、さぞ、晴れ晴れした気分だろう。アナトリアのハッサンのもとにいたときの伸びやかな気分をシュテファンは思い重ねた。イェニチェリの兵営にいるのは、獄

と、だけであった。ことさら教えられたわけではないが、何時となく耳に入っていた。

俺が――シュテファンが、その時知っていたのは、即位するのは、故スルタン・アフメトの弟ムスタファであること、アフメトが即位してから没するまでの十四年間、幽閉されていたこ

ハス・オダの小姓であるヤーノシュは、はるか先を行く新スルタンの輿の近くにいるのだろう。伸び上がっても、シュテファンには、高く担がれている輿さえ見ることはかなわなかった。

二皇子の割礼式の数倍の規模になる行列が、金角湾沿いに西に向かって延々と続いた。シュテファンとミハイは、行列の後尾に連なるイェニチェリの連隊の中にいた。楽隊の太鼓のリズムが歩調をとらせる。首筋に垂れた制帽の布が冬の風を防いでくれる。

葬礼の後に、即位式が続いた。

スレイマン大帝の遠征の偉業は、知らぬ者はいない。あのころのイェニチェリはスルタンとともに戦い、功績は十分に報われた。だが、その後のスルタンは代々、国境で叛乱は頻発しているのに、外交や作戦計画、指揮は宰相らに任せ、後宮に入り浸りだ。そう、彼らはぼやく。

の首都であったこの都市を陥落させるや真っ先に建てたモスクで、以後、代々のスルタンの即位式がここで行われてきた。

　到着したが、イェニチェリは幾重にも並んで護衛にあたり、その末にいるシュテファンとミハイは、建物の外壁を遠目に見るばかりだ。中で何がどのように行われていたのか、知る由もない。

　風に吹きさらされ、ほぼ丸一日を過ごした。いろいろと噂が伝わってきたのは、兵営に帰ってからだ。新スルタンの身近にいた者たちが話す言葉の断片が、波紋になって下っ端の耳にも届く。真偽はわからないが、幾分の事実が核になっているのだろうと、そのときシュテファンは思ったのだった。

　ムスタファ皇子は、両側を宰相や大臣たちに抱えられ周囲をイェニチェリが取り囲んで、エユップ・ジャーミィに向かう輿に乗せられた。囚人が連行されるかのようであった。ムスタファは人目につくほど震えていた。救いの手を求めるように視線を泳がせ、大きく開いた口から、ときどき、うぉっと声が洩れた。

　エユップ・ジャーミィの内部は、彩色陶板や金箔で埋め尽くされ、この上なく豪華だ。赤と金の絨緞を敷き詰めた床は、数十歩ごとに手のひらの高さほど一段上がる緩(ゆる)い階段状で、最も高いところに、純金に宝玉を鏤めた玉座が据えられている。

　玉座につくまでのムスタファ皇子は、やはり両側から支えられなくては、足が震えて歩けない様子だった。怯えきっていた。皇子は。

黄金の王冠をかぶったとき、重みに耐えかねて潰れたみたいに見えたぞ。

あんなスルタンのために我々は身を賭して戦うのか。

スレイマン大帝の御代にイェニチェリであった者は幸運だ。強く雄々しく、美しい方であった。

半世紀あまり昔のスルタンを、目前に見たことがあるかのように、イェニチェリたちは礼賛する。

スレイマンを後継とさだめた父皇帝は、先にその他の息子たちを殺しておいたから、即位に際しての争いは生じなかった、とシュテファンに教えたのは、イェニチェリの古参であった。妊ったために、石と一緒に袋に詰められ、ボスポラスの海に投棄された女奴隷もいた、とその男は声をひそめたのだった。

新スルタン・ムスタファは、恐る恐る、頭に手を伸ばし、王冠を確認した。それは、確実に彼の頭上にあった。ムスタファは両手で王冠をささえ、ぐふぐふと笑い、笑い声は涕泣から号泣に変わり、突然立ち上がって、余はスルタンである、と絶叫した。

狂っている、と、古参兵たちは断定した。

あんなのをスルタンとは、我々は認めない。

あれの代わりといったら、小さい皇子たちしかいないじゃないか。

子供のほうが狂人よりましだ。扱いやすい。

狂った皇帝では、どんな命令が我々にくだるか、知れたもんじゃない。

11 Untergrund

寝台は、空虚ではない。アフメトとよく似た男がアフメトのいた場所にいる。アフメトの非在が私を摑む。

アフメトの顔を、今の私は明瞭に思い出せないと前に書いたが、この文を書き記している今、ムスタファの顔がいやにはっきりと浮かぶ。父と母を同じくするアフメトとムスタファは、面差しに似通ったものがあった。憂愁にみちたムスタファの顔に、アフメトが重なる。

高熱に譫妄(せんもう)状態となり食事をまったく摂れないアフメトの頬は、私の目の前で、見えざる手がノミを振るい、削ぎ落としていくかに見えた。他の小姓らとともに殿居(とのい)していた夜、弱い灯火に浮きだしたアフメトの瞼が開いた。その眼に何が見えているのか、視線の先にあるのは青と金の模様で埋められた丸天井だが、燭の明かりは届かず薄闇しか見えないはずなのに、何かを凝視していた。瞼は閉ざされ、私はついまどろみ、その夜明け、アフメトの躰から生命が失せているのを知ったのだった。殿居の小姓たちは部屋を出された。

I

私がアフメトと身近に接した期間は短かった。ハス・オダの小姓に取り立てられてからアフメトの突然の死まで、何ヶ月だったろう……四ヶ月ほどか。

アフメトがくつろいだその寝台に腰を下ろし、足台にのせたムスタファの素足が、私の目の前にある。

兄の女奴隷たちがそっくり与えられたのだが、ムスタファは、日に五度、後宮に設けられたスルタン用のモスクで礼拝をするその間に女と睦みあうことはせず、すぐに部屋に戻ってくる。この部屋に女奴隷を呼び入れることもない。そうかといって、小姓を愛玩の対象にするわけでもない。

足の形、爪の形はアフメトと似ているが、狩猟や乗馬を好んだアフメトの足にくらべたら、ムスタファのそれは捏ねたパンの生地(きじ)のようだ。

小姓たちの職務の異動は特にないので、仕事は以前と同じだ。私は週に一度、金曜日の礼拝前にムスタファの爪切り役をつとめるほかは、オスマン皇子に仕えている。

金曜日の昼の礼拝は、アフメトが造成させたモスク――スルタン・アフメト・ジャーミィ――で行われる。そのたびに大行列だ。そのとき、ムスタファを部屋から外に出させ、輿に乗せるのが一仕事であった。ムスタファは聞き分けのない子供のように天蓋の柱にしがみつき、顎を震わせながら否(ハユル)を繰り返す。白人宦官(アク・アーラル)の長やハス・オダの長が、スルタンの務めであり、これを怠るのはアッラーに背くことだと諭し、余はスルタンであるな、とムスタファは確認する。貴方様はスルタンであらせられます。どうぞ、威厳を持って臣を統率なされませ。時に宰相たちも騒ぎの場に立ち会った。

　モスクから帰ると、しばらくは部屋の中を歩きまわり、何か呟いたり、突然笑い出したり、その後は疲れ果てたように寝台に身を投げ出し、起き上がって叫ぶ。ハス・オダの長も持て余し、黒人宦官（シャーフ・アーラル）を呼び、その知らせで母后がなだめにくる。小姓たちは部屋を出される。

　金曜礼拝の前に爪を切るとき、ムスタファは、そわそわすることが多くなった。爪切りの後に、身を浄め、そうして外に連れ出され、スルタン・アフメト・ジャーミィまで出向いての礼拝が続くとわかったからだろう。外に出るのを極度に恐れていた。

　十一歳。父皇帝の死。兄の即位。いきなり鳥籠（カフェス）に幽閉され、いつ殺されるかと怯えながらの十四年間。家族から引き剝がされた強制徴募（デウシルメ）を、私は思い重ねずにはいられなかった。シュテファン、君とミハイがいたから、あの旅を耐えられた。ムスタファには、おそらく誰もいなかった。仕えているのは聾啞の奴隷と石女の奴隷という噂は事実に近かったのではないかと私は思った。アフメトは、幽閉した弟に会うことはなかったのか。母后が訪れることもなかったのか。石女と、どうしてわかるのか。洗濯女のような、女奴隷のなれの果ての老婆か。それとも妊らぬよう何らかの処置をされた女か。

　ムスタファの爪に、私は念入りに鑢（やすり）をかけた。

幽閉という境遇でなかったら、ムスタファもアフメトと同様に闊達な青年になったのだろうか。……あの施術を除けば、アフメトは好青年と言えた。どれほど好青年であろうと、私はあの処置を許すことはない。決して。

爪切りの役を終え、オスマン皇子の部屋に戻ると、空気が一変して爽やかになるように感じた。

ムスタファが即位してからおよそ三ヶ月。庭園の噴水は凍った。外は雪だ。

12 Untergrund

雪は小止みになった。我々に、整列せよ、行進！　の命令が下った。

すでに陽は落ちていた。松明の灯りが雪道を照らす。前の者が踏みにじった靴跡に足を置く。前進する。武装は腰帯に吊るした剣だけで、銃は持たない。楽隊も同行しなかった。

目的地は大宮殿。しかし、何のために行くのか、下っ端は知らない。大鍋をひっくり返してはいないから叛乱ではなさそうだ。宮殿内の叛徒を制圧するのか。

外廷の庭に整列した。葉の落ちつくした篠懸の幹に、風は雪を叩きつけていた。馬の水飲み場も雪の下だ。このずっと奥のほうにヤーノシュがいる、とシュテファンは思った。

そのまま、待機。雪の止んだ空は黒光りしていた。星の位置が少し変わるころ、帰途についた。何があったのか、説明はないまま就寝した。

翌日、スルタン・ムスタファの退位と、オスマン皇子が即位することが公示された。

13 Untergrund

テラス状の庭園の突端にボスポラス海峡を見下ろして建つ〈大理石の亭（キョシュク）〉に、オスマンは私を伴った。

十二本の緑色蛇紋石の柱の間を、飛沫を含んだ海風が吹き抜け、頬を打つ。オスマンの首筋は鳥肌がたっていた。強風に攫われそうに、か細く見える。私は風を背に受け止める位置に身をおいた。

二人だけであった。

アフメトがくつろぎムスタファが柱にしがみついた寝台のある、男だけの区域と女だけの区域を繋ぐ華麗なスルタンの私室は常に、両方の扉の外にそれぞれ白人宦官（アク・アーラル）と黒人宦官（シャーフ・アーラル）が控えている。あの部屋では内密な話はできないと、オスマンは言った。

即位から半月ほど経っていた。

拳を握りしめて、「ラマザン」と、少年帝は言った。「父君の計画されたことを、私はすべて引き継ぐ」

ラマザン……私のトルコ名だ。ついに馴染むことのなかった仮の名前。私はファルカーシュ・ヤーノシュ。あるいは、ヨハン・フリードホフ。

「父君はイェニチェリの改革を志しておられた」

私は口を挟まなかった。オスマンは続けた。

「イェニチェリの長官どもが、法学者に、スルタン廃位を合法とするフェトヴァーを出させた」

法的な問題が生じたとき、法学者がイスラム法に照らして違法か合法かの回答を与える声明が、フェトヴァーと呼ばれる。法学者は、この国では強大な権限を持つ。

イェニチェリでなくとも、ムスタファのあの狂態を見たら、宰相らにしても廃位させざるを得ないだろう。ハンダン母后も、さすがに庇いきれなかったのだろう。

ムスタファはその日の最後の礼拝を後宮(ハレム)のモスクで行った後、黒人宦官から飲み物を与えられた。私が施術の前に飲まされたものと同じ作用を持つものであった。

意識のない躰を、黒人宦官(シャーフ・アーラル)たちと白人宦官(アク・アーラル)たちが鳥籠(カフェス)に……嗚呼(ああ)、鳥籠に、再び運び入れた。

噴水が凍り、雪が地を覆った夜であった。

翌日。鳥籠の周囲の雪は踏みにじられていた。ムスタファの廃位とオスマンの即位が公布された。

華麗な即位式が、またも、執り行われた。諸外国は、オスマン帝国の混乱を知った。狂王の次は子供。

鳥籠の中で覚醒したムスタファを、私は想像したくない。彼の意思は一切無視されている。何の罪を犯したわけでもないのに、十一歳から十四年にわたる幽閉。無理やり引きずり出され、帝位に就けられたと思うや、三ヶ月で廃位、再幽閉。いつまで続くともわからぬその間、絞殺を恐れ続ける。致死の毒を与えられることはないと、誰が保証できよう。

華やかに賑わいたつ大宮殿の一隅で、闇の塊は歔欷する。

「神聖なスルタンを、奴隷どもが勝手に廃位した」

少年であるがために、オスマン二世の怒りは純粋だ。冷静かつ狡猾な政治的思惑によって行動するには幼すぎる——その点は、私も同様だ、今に至るまで——。

「スルタン・ムスタファが薬湯によって意思の自由を奪われ鳥籠に移されたあの夜、イェニチェリ軍団が外廷を埋めた。外の城壁に設けられた幾つもの門の前にも、蝟集していたそうだ。私は何も知らずに眠っていたのだが。後でそれを聞いて、慄然とした。海辺にも海軍の船が集まっていたそうだ」

海軍もイェニチェリからなる。

「叔父ムスタファから私への譲位に何か障害が生じた場合それを排除するために、イェニチェリは集結した。反対する勢力への圧力でもあった」

障害が生じるとしたら、ムスタファの生母ハンダンが、息子の退位を妨げるために何か画策した場合だ。黒人宦官（シャーフ・アーラル）の長アリが、ハンダン母后につくか、マフィルズ妃に肩入れするかで、事情は大きく異なる。

　私はアリと直接に向かい合ったことはないが、スルタンの私室や内廷にもくるから、姿は見かけている。スルタンに匹敵する華美な服を着け、筒型の白い大きい花を逆さにしたような帽子をかぶっている。ひしゃげた鼻梁と厚い唇は醜いが、地位がもたらした威厳があった。

　黒人宦官長の権力は、後宮（ハレム）ばかりではない、政治面にまで及んでいると、私も知るようになっていた。

　昼夜かまわずいつでもスルタンに面会を許されている黒人宦官長は、役人の中の最高官であり、スルタンと宰相の間の機密の使者であり、ただ一人、奴隷の宦官と女奴隷を私用に持つことを許され、個人で使える三百頭の馬を支給され、しかも槍斧兵（バルタジ）軍団の総司令官に任じられている。武力を行使できるのだ。財務庫の管理人頭、スルタンとその家族の衣類調達、贈呈品の保管などの官職も、黒人宦官長が司る。役得が莫大な職種だ。なぜ、黒人宦官長がこれほどの権力を持つに至ったのか、私は知らない。

　スレイマン大帝の時代には白人宦官長が握っていた権力の多くがその後黒人宦官長に移ったのだそうだ。スレイマンの後継者たちが、政務軍務を宰相や長官に任せ、後宮に入り浸るようになったからか。

「スルタン・ムスタファを廃位させた力が、私を廃しようと思えば、可能なのだ」

そのとおりだ。

「叔父ムスタファは、たしかに常軌を逸しておられる。しかし、生来狂人であったわけではないと聞く」

オスマンの深い吐息が、白く漂って消えた。

「鳥籠でなければ、絞殺だ。幽閉のほうが死よりはましか」

私は言葉を発し得ない。どのような言葉もそらぞらしい。私は無力な聞き手にすぎない。だからこそ、オスマンは心の底に溜まる言葉を、私に吐き出す。

「私が帝位についたために、ムラトとイブラヒムも、鳥籠に入れられた」

二人の異母弟の住む区域とムスタファの区域は、鳥籠の中でも仕切りで隔てられ、行き来はかなわないと聞いている。

「鳥籠は、父君がさだめたものだ。私が廃止することはできない」

石の床から這い上る冷気が腹にまで伝わる。

「父君は私に仰せられた。汝が余の跡を継ぐころには、ラマザンが大宰相になっておるだろう、と。二十年先、三十年先を、父君は予想しておられたのだろう。私は、必ず、お前を大宰相にする」

出世欲や野望にみちた性格に生まれついていたら、この状況はもっとも好ましいはずであった。

私は望みません、と口にしたら、オスマンはさぞ落胆するだろう。

出世欲があるのだと、自分を騙そうとしてみた。まったく魅力をおぼえない。

私の無返答を、実行力を疑われていると思ったのか、オスマンは急いで言い添えた。

「手始めに、お前を〈ターバン運び〉に任じる」

ハス・オダで、長に次ぐ四人の上位者の一人だ。

「トゥルガイは」と、オスマンは今の〈ターバン運び〉の名をあげた。「もはや四十に近い。外に出すべき年だ。どこか地方の行政区の長官に任命する」

ラマザンと、もう一度オスマンは私のトルコ名を呼んだ。

「私は、父君の遺志を継いで、叛乱の危険をはらむイェニチェリを必ず解散させる。私に忠実な軍隊を新設する」

「差し出たことを申しますが、陛下、そのお志は、陛下が父君の亡くなられた歳を超えるまで周囲に毛ほども悟られないようになさいませ。わかっておいででしょうが、陛下はまだ」

「何の力も持たない」

「はい」

「私に今できるのは、鳥籠の人たちの暮らしが、少しでも楽しいものになるようにすることだな」

オスマンは小さい吐息とともに言った。

「せめて、塀で囲った中庭を造らせよう。鳥籠の叔父や弟たちが、晴れた日には外気を呼吸できるように。そこに噴水を設けさせよう」

父君が亡くなられたのは、と、オスマンは海に目を投げた。「二十七歳。私は、三十になるまでに、改革を達成する。お前が言うように、力を十分に蓄えるまで、まわりに気づかれないようにする。遠い先だな。しかし新たな軍団を創るには、そのくらいの歳月は必要だ」

私の手のひらに、オスマンは自分の手をのせた。二回りくらい小さい手であった。

「お前は私の股肱（ここう）の臣だな、いつまでも」

「はい、陛下」

そうして、私は言った。

「イェニチェリの全員を一度に馘首し新たな軍団に替えるのは、きわめて困難です」

「だが、現在のイェニチェリは、スルタンに忠誠心を持たない」

「徐々に、イェニチェリの内部から変えていきましょう。彼らが敬慕せずにはいられない皇帝になられませ。兵の新たな募集は、強制徴募（デウシルメ）に頼らず、もともとムスリムのトルコ人を対象になさいませ」

「すでに入り込んでいる。それも旧来の秩序を乱す一つだ」

「旧制度の良きは残し、悪しきは変えられるのが良うございます。陛下、幸い、大宮殿（セラーリオ）にあって陛下を守護する庭園士（ボスタンジ）と槍斧兵（バルタジ）の軍団は、家族を持ったり、世襲制にしたりする外のイェニチェリの風習に染まっていません。スルタン・アフメトを崇敬してもおりました。スルタン・ムスタファを敬愛するのは無理だったでしょうが、陛下は、彼らを掌握できるように」

「お前は、新参なのによく見ているのだな」

見るだけです。声には出さなかった。

「まず、庭園士（ボスタンジ）と槍斧兵（バルタジ）を、忠実な味方につけましょう。たいそう我儘（わがまま）なお願いがございます。外の兵営に、私の親しい者が二人います。強制徴募（デウシルメ）で私と一緒でした。彼らはまだ、外のイェニチェリの悪弊に染まりきってはいません。陛下の身近にいれば、必ず、陛下を敬愛するようになります。二人を、槍斧兵（バルタジ）の隊に編入するよう、ご下命いただけましたら、必ず忠実な兵になります」

この幼帝を、シュテファンもミハイも、愛するだろう。

私は、ふと、思ったのだった。オスマンのもとでなら、宰相、大宰相への出世を望んでもいい。これまでまったく興味を持たなかったのに、不意にそう思った。オスマンを補佐し、この国をよき方へ変える。ヨーロッパを侵略するのではなく、友好関係を。若かった、幼かったのだ、私も。オスマン領ハンガリーに県知事（ベグ）として派遣されることまで、そのとき夢想してしまった。いつの日か。シュテファン、ミハイとともに。そうなれば、私のエルデーイ——シュテファンがジーベンビュルゲンと呼び、ミハイがトランシルヴァニアと呼ぶ地——と親交を結べるではないか。家族とも再会。キリスト教徒の家族は、ムスリムにされた私を受け入れるだろうか。まして、私は……。

「私は、父君を、そうしてかのスレイマン大帝を、目標とする。まず、私が着手せねばならないのは、アナトリアで跋扈（ばっこ）する叛徒（ジェラーリー）どもの討伐だ。奴らが大集団をなして村を襲い、一村丸々消滅する事態まで起きている」

　徴税の対象がなくなった在郷騎士（スィパーヒー）は、暮らしが成り立たず、自らジェラーリーに加わって他村を襲ったり、仲間を集めてジェラーリーの頭目になる者すらでてきた。また、在郷騎士（スィパーヒー）の中には、トルコ人ではなく、オスマン帝国が擡頭し勢力を西に広げる以前から住み着いていたアルメニア人の末裔もいて、オスマンの勢力下にあることに不満を持っている。

「父君の治世下にあって、ようやく鎮圧したのだが、再び跋扈（ばっこ）している。征討せねばならぬ」

　もう一つの重大な件は、とオスマンは言葉を継いだ。

「ウクライナ・コサックどもの暴戻を、鎮圧することだ」

　ウクライナの大草原に武装集団を組織するコサックは、陸で掠奪を行うのみならず、船団を組んで黒海沿岸の町々を襲い、航行中の商船を襲撃して荷を奪う。ボスポラス海峡の北は黒海に繋がる。黒海沿岸の南はもとよりオスマン帝国領であり、西のブルガリア、モルドヴァもオスマンに属し、北岸のクリミア汗国（ハン）もまたオスマンに服している。黒海はオスマン帝国が制している。海賊に荒らされるのは帝国としては許しがたい。

　しかし、公平に言えば、オスマン帝国もまた、ウクライナにしばしば侵入し、奴隷狩を行っている。若者や娘を拉致して、市場に売りに出す。クリミア・タタールは盛んにウクライナを襲う。捕虜を奴隷として売ることで、クリミアの経済は成り立ってきた。どっちもどっちだ。

私が内廷の小姓に任じられた頃だったか。ウクライナ・コサックの船団が首都の海辺に上陸し、家々に火を放ち、掠奪したことがあった。立ち上る煙が大宮殿からも望め、今にも宮殿に押し寄せてくるかと、大騒ぎになった。オスマンの兵が駆けつけた時は、獲物を満載した船団は、去っていた。その前年、彼らはアナトリアの港を焼いている。

スルタン・アフメトは激怒し、ウクライナに出兵するとまで言ったのだが、ウクライナは大国ポーランドに属している。

かつては、ポーランドとオスマン帝国は、互いに警戒しつつも外交的には均衡を保っていた。しかし、ポーランドはハプスブルクにつくと旗幟を鮮明にした。ウクライナ・コサックを、ポーランドは戦力として利用している。

ウクライナ出兵は、対ポーランド戦の勃発を意味する。大規模な遠征の用意はととのっておらず、スルタン・アフメトは難詰の使者を送るだけで終わった。そのとき私は、オスマン帝国の立場に身をおいてウクライナ・コサックの暴虐を怒る気持ちは寸毫も起きなかった。オスマン・トルコが勃興期、周辺の国々に行ったことと変わりはないではないか。

征服とは、侵略であり掠奪であり、捕虜や攫った者たちを奴隷にすることだ。私は奴隷にされた。

勝利すれば、征服者すなわち侵略者は英雄と賞讃される。敗ければただの悪党だ。その翌年、船団は再びアナトリアの港々を襲撃し、ウクライナ・コサックの頭領サハイダーチュヌィイの悪名――ウクライナでは英雄だ――は帝国中に広まっている。

少年スルタン・オスマン二世は、さらに続けた。

「コサックを討伐し、そうして、スレイマン大帝が未遂に終わったウィーン制圧を成就する」

大軍をもって一旦ウィーンを包囲したスレイマンが軍を引いたのは、冬の到来がいつになく早く、十月というのに大雪に見まわれ戦闘に適さなくなったからで、敗北したのではなかった。

「しかも和平の条件として、スレイマン大帝はハンガリーを分割し、帝国領を広げられた」

誇らしげにオスマンは言った。オスマンの誇りは、ハンガリーの屈辱だ。

「ポーランド。ハプスブルク。どちらも私の代で必ず制圧する」

足早に近づいてくる人影があった。ハス・オダの長イルハンだ。

「あまりに長きにわたりお姿が見えませんので、お迎えに参りました。お体に障ります。部屋にお戻りくださいますよう」

オスマンは素直に従ったが、一瞬、私の手を強くつかみ、そうして放し、先に立って亭(キヨシュク)を出た。イルハンが続き、私は二、三歩下がって歩いた。岸壁を打つ波音が強く耳に響いた。

この年、ボヘミアのプラハで起きた事件をきっかけに、ヨーロッパでは三十年に及ぶ宗教戦争が始まるのだが、オスマン帝国の首都の、閉ざされた内廷にいる私は、何も知らなかった。

14 Untergrund

即位して間もないスルタンが自ら槍斧兵（バルタジ）を閲兵するのは、珍しいことであったようだ。兵たちの驚きようから、シュテファンはそう感じた。

大宮殿の外の兵舎にいたのに、突然ミハイと二人、外廷と壁一枚で隔てられただけの営舎に居住する槍斧兵（バルタジ）軍団に移籍させられたのだった。

ヤーノシュのいる場所に、一歩近づいた。好運というべきだろう。

この日、黒人宦官長（シャーフ・アーラル）アリの指令で、外廷の中庭に、兵たちは整列した。冬にしては穏やかな陽射しだ。篠懸（すずかけ）の巨木は葉を落とし尽くし、ゲルマンの古い異教の神を思わせた。

たぶんハス・オダの小姓たちと思われる男たちを従えた――というより取り囲まれた――スルタン・オスマン二世があらわれた。十四歳の少年だ。なんとも頼りないが、精一杯威厳を保とうとしている。いじらしいことだと、そのとき、俺は――シュテファンは――冷笑混じりに思ったのだが、次の瞬間、心からの笑みがこぼれた。ミハイが危うく手を振りそうになり、自制した。

オスマンの両側に四人ずつ小姓が立ち、その背後に八人並んでいる。オスマンの左側二人目に、ヤーノシュが、いた。

オスマンは、何か訓示めいたことを喋った。俺は上の空で聞き流し、ヤーノシュと視線をかわした。

小姓の一人が黒人宦官長アリにずっしりした錦織の布袋を渡し、アリは、兵たちに、「汝らの忠誠を愛で給う陛下からの下賜金である」と袋を掲げた。「後に分配する」

金で忠誠を買うのか、と俺はまたも皮肉な気分になったが、兵たちの多くは単純に喜んでいた。

オスマンが一人おいて隣のヤーノシュに話しかけたので、間に立つ小姓は、一歩後ろに下がった。

やがてオスマンは内廷に戻っていったが、ヤーノシュだけが残った。

黒人宦官長が槍斧兵の上官を通じて、私とミハイにこの場に残るよう伝えた。

兵たちは引き上げ、外廷の中庭に、ヤーノシュとミハイ、そうして俺、の三人だけになった。

内廷に入って行くとき、少年スルタンは、振り返って、抱擁を交わす俺たち三人に笑顔を残した。

「これから、時々、会えそうだ」

ヤーノシュはそう言い、名残惜しげに頬ずりをしてから、スルタンの後を追って内廷への門をくぐり、視野から消えた。

黒人宦官長（シャーフ・アーラル）は、槍斧兵（バルタジ）軍団の司令官でもある。後宮（ハレム）の最高権威者が軍団の長とは、ずいぶん奇妙だが、槍斧兵（バルタジ）と後宮（ハレム）は関わりが深い。

兵というより、下僕と呼んだほうがふさわしい。ふだんは薪割りだの荷運びだの、肉体労働を任務としている。女ばかりの後宮でも、薪を運び入れたりする男手は必要だ。後宮に出入りする者と、〈スルタンの私生活区域（セラームルク）〉で働く者と、二つの隊にわかれている。シュテファンとミハイは後宮係の隊に入れられた。

ヤーノシュと接触する機会があるかもしれないセラームルクの係にしてほしいと俺が――シュテファンが……俺でいいだろう――切望したのは当然だが、後宮を覗けるのか、と多大な好奇心を持ちもしたのだった。ミハイもわくわくしていた。

俺たちの阿呆な期待は、もちろん裏切られた。出入りできるのは黒人宦官の居住部分までで、女たちの姿は見られない。香油のにおいをかすかに感じることがあり、躰の中に滾（たぎ）るものをもてあました。ミハイと俺は、それぞれ自分で処理するほかはなかった。

営舎は、大宮殿外廷の一部だが、壁によって隔てられている。丘の西側、ゆるやかな傾斜地を占めるスルタン専用の厩舎がある広い地域で、後宮の黒人宦官宿舎への入り口のすぐ傍に、槍斧兵営舎への小さい入り口がある。兵舎は中庭を取り囲んで建ち、専用のモスクや浴場（ハマーム）、カフヴェを飲んでくつろぐ場所もあった。

「ヤーノシュはずいぶん偉くなってしまったんだね」

仕事の合間の休憩時間に、カフヴェを飲みながらミハイは言った。

「変わってはいないさ、彼は」

願望をこめて、シュテファンは応じた。


ヤーノシュは変わっていなかった。

半月ほど後、ミハイとシュテファンは外廷に呼び出された。そこには、ヤーノシュと色の浅黒い初老の男が馬上で二人を待っていた。馬術の教師ラメスだ。鞍を据えた空き馬を二頭、馬丁が引いていた。

ヤーノシュが特別な馬術訓練を受けるとき、二人も共に学ぶことを、新スルタンに請願し、許可されたのだ。

俺の歓喜！　シュテファンはなどと、他人事のように書けはしない。

嬉しかったよ、あのときは。ヤーノシュ。

乗馬の基礎は、アナトリアでの農家暮らしの間に、在郷騎士(スイパーヒー)ファイサル殿に教え込まれていたが、鞍に立ち乗りし、馬を交換し……、ラメスとヤーノシュの模範演技に俺もミハイも見惚れた。

数ヶ月で、俺はヤーノシュに追いついた。

私を追い越したよ、君は。ヤーノシュはそう言って、笑顔を見せた。

俺たちが特別な扱いを受けるのを、他の槍斧兵は快く思わず、嫌がらせをされたが、ラメスの褒め言葉とヤーノシュの笑顔、そうして疾駆するときの爽快感、至難な技術をやりとげたときの満足感にくらべたら、なにほどのことでもなかった。

II

4 U-Boot

キールの海風は、潮のにおいがしなかった。夜明けの艦橋にあって、ミヒャエル・ローエはそう思い出していた。海軍の埠頭のあるキール湾からさらに細くのびる峡湾に沿った飲屋街に届くまでに、風は潮気を抜かれるのだろう。対岸まで三〇〇メートルもない峡湾は下水溝にひとしかった。嗅覚が感じるのは、タールとオイル、塗料、アルコールと煙草のにおい。少しまじる海藻のにおいが、海辺であることを思い起こさせるだけであった。

横波をくらい、艦は大きく揺れた。波は甲板を越え、去った。

「薔薇色の指の曙（エーオース）が朝（あした）に空を染めるや否や、オデュッセウスの愛息子（まな）は床をはなれ、着物を身に纏い、肩には鋭い太刀をかけ、つややかな足にはうるわしいサンダルを結び、神さながらに部屋から歩み出た」

そう口にした客人フリードホフの手は、軽くミヒャエルの肩にあった。いつの間にか傍に来ていた。

ハッチから艦内に太い束となって流れ落ちた海水を、梯子を登るときもろに浴びたのだろう、革の上着の表面を水滴が滴り流れ、濡れそぼった髪が額に貼りついていた。一瞬、海豹（あざらし）を連想した。

「ホメーロスの『オデュッセイア』だ」と、海に、そうして空にフリードホフは視線を投げた。

「目覚めたばかりの若い娘のようなみずみずしい朝焼けの空、とホメーロスなら言うだろうな」

ホメーロスもオデュッセイアも、ミヒャエルにはまるで馴染みのない名前であったが、寝不足で重い頭を潮風は通り抜け、爽やかな穴をあけた。

穴は坑道であった。ミヒャエルは穴の中に立つ。潮のにおいが満ちる。

地底の塩。それは、その地が、何百億年か、何千億年か、想像もつかぬ太古、海であった証（あかし）だ。

幼かったミヒャエルにそう教えたのは、ハンス・シャイデマンであった。

ハンスはミヒャエルの父親と同じ港湾労働者で、荷担ぎや船舶の錆落としで日銭を稼いでいた。

母親がひとりで切り盛りしている小さい飲み屋に、一仕事終えると父とハンスは一緒に飲みに寄った。母は、父とその友人からも、しっかり飲み代は取り立てていた。父の一日の稼ぎはビールを介して母の財布に入り、翌日のパン代となるのだった。

父親は陽気で軽々しい騒ぎ屋で、飲む前から騒々しいが、ハンスは口数が少なかった。がっしりした顔立ちだが目元がやさしくて、幼いミヒャエルは懐(なつ)いていた。

二階建ての建物の一隅をミヒャエルの一家は借り、一階の一部に店を出し、二階の一室にベッドをおいて住まいにしていた。幼いミヒャエルは昼は外で遊び、夜は店の中をうろちょろし、荒っぽい水夫や荷担ぎたちに仔犬のようにあしらわれ——仔犬好きな者も嫌う者も無関心な者もいた——そのうち所かまわず、ことんと寝入るのだった。そうしてベッドで目覚める。だれが運んでくれるのか、知らなかった。

「星っ子」と、ミヒャエルは周りから呼ばれている。左眼の周囲に殴られた痕が薄れたような淡い痣(あざ)が一刷毛(ひとはけ)にじみ、白目の部分に、星の破片のような小さい濃い痣が散っている。父親ゆずりだ。小さい(クライン)ミヒャエルと呼ばれることもあった。父親の名前もミヒャエルだからで、まぎらわしい。父親は大きい(グロース)ミヒャエルだった。

七つ八つになって、ミヒャエルも港で稼ぐようになった。ビールの売り子である。両肩に紐を回して下げた浅い箱にビールの小瓶を並べ、行き交う人びとの間を売り歩く。

ミヒャエルを初等学校に通わせろと、ハンスは母親に何度も――母親がうるさがって相手にしなくなるほど執拗に――勧めていた。ミヒャエルは余計なお節介だと思っていた。学校に行かない子は、まわりに大勢いる。初等学校に通う子もいたが、そういうのは、生意気だとガキ大将とその仲間にいじめられていた。

酒のしみだらけのテーブルにハンスはミヒャエルを呼び、子供向けの本を読み聞かせ文字をおぼえさせた。年を加えるにつれ、与えてくれる書物は難しくなった。

父親が死んだ。ハンマーで船体の錆を叩き落としている最中に、足を踏み外して海に落ちた。ミヒャエルは十二歳だった。名前から〈小さい〉がとれて、ただのミヒャエルになった。続いて母親がいなくなった。まわりの者たちの話から、このところ始終店にきていた流れ者と一緒に消えたと知った。キールにくる前か、キールにいる間か、噂はまちまちなのだが、何か犯罪行為をし警察に目をつけられたので逃げたというのは事実らしい。ミヒャエルはそいつを嫌っていた。向こうもミヒャエルがいることが気にくわなかったようだ。夜、男は母親のベッドに入る。居着くつもりか。そうなったら、おれが家を出る、と思っていたから、母親がいなくなったことに強い衝撃をおぼえはしなかった。住まいと店を維持するためには、家主に借り賃を払い続けなくてはならない。ミヒャエルの稼ぎはその日その日のパン代に足りるかどうかという程度だ。俺のところにこい。ハンスが言った。もとは漁具の置き場だったらしい海辺の小屋で、荒れ果てている。俺の持ち家だとハンスは言った。ミヒャエルと暮らすようになってから少し手を入れ、古材でベッドを二基作った。それまでは床にごろ寝していたと言った。居心地の良さということに、まるで無頓着なのだった。

一日の労働を終えると、ハンスの小屋に帰り、黒パンとソーセージと塩漬けキャベツの夕食をハンスと一緒に食う。寝る。朝も黒パンとソーセージと塩漬けキャベツを食べる。時々、ソーセージがレバーソーセージに、塩漬けキャベツが塩漬けキュウリにとメニューが変化した。単純な毎日の繰り返しだった。十五の誕生日に、ハンスはミヒャエルを飲み屋に連れて行き、店で食事を摂りビールを飲んだ。母親がやっていた店は水夫相手の娼婦宿になっていたから、別の店だ。

荷担ぎで稼ぐことにした。ビール売りよりは実入りがいいが、楽じゃない。

そうして去年、戦争が始まった。海軍に志願する、とハンスに告げた。軍に入れば食い物にありつける上、給料までもらえる。水兵にならなくても、とハンスは言った。もっと贅沢な暮らしがしたいのなら、させてやる。戦いたいんだ、とミヒャエルは拳を握ってみせた。志願しなくちゃ男じゃないぜ。反対されると依怙地（いこじ）になる。好きなようにしろ。ハンスは言って、共に志願した。Uボートの訓練は一緒だったが、実戦で乗る船は別々になった。訓練は想像以上にきつかった。

実際のUボート勤務はその数倍きつい。後悔はしていない。一人前の男だ、と、海の風を吸い込んだ。冷たい吸気が流れ入り、きりきりと肺が痛んだ。

「ヘル・フリードホフ」ミヒャエルは話しかけた。おれがまだ、こんなに小さくて、と手を腰のあたりにおいて背丈を示し、「母ちゃんの店でちょろちょろしていたころ、あなたがハンスといっしょに店にきた……ような気がするんです」

「思い出したか」フリードホフはほんの少し頬をゆるめた。

「何年前だったか、あんたがハンスに会いにキールにきたとき、おれに『久しぶりだな』と声をかけた。あんときは、わからなかったんだけど……」

そうか、と相手はうなずいただけで、それ以上思い出話などはしなかった。ハンス以上に無口だ。

「ハンスの確認なら、おれができるんだけど」

あんたは不要じゃないですか。そう言ったら、気を悪くするかな。

「ハンスが無事に脱出できるかどうか、不安を持たないのか」

フリードホフに言われ、ミヒャエルはようやく気がついた。収容所脱出。U13自沈。灯台の下で救助を待つ。その一連の行動がいかに危険であるか、ミヒャエルはまったく考えていなかった。U19がオームズ・ヘッドにたどり着けるかどうかが問題であって、灯台の下に長身のハンスがいるのは、ミヒャエルにとってはあまりに当然なことであったのだ。

「ローエ」背後から厳しい声が浴びせられた。艦長バウマン大尉だと、声だけでわかる。ミヒャエルは硬直した。艦橋当直中の雑談は、厳罰に値する。

「すみません」フリードホフが即座に詫びた。「私が話しかけたのです」

霧が湧きだしていた。

15 Untergrund

オスマン二世は、ホティン城塞攻撃の陣頭に自ら立った。

在位四年目。西欧の暦でいえば、一六二一年、八月。

モルドヴァとポーランドを分かつドニエストル川の河畔に立つホティン城塞は、十五世紀にオスマンの侵略を阻止するためにモルドヴァ公が築いたものだ。

十六世紀半ば、ポーランドが占拠し、その後、城塞を中心にした一帯はポーランドの支配下にあった、と後の知識で記そう。十三歳でスルタンの奴隷にされた私は、二十一になったこのときも、オスマンに関することやイスラム文化以外の知識は乏しかった。

弱小の公国であるモルドヴァは、十五世紀以来のオスマン侵攻に、ポーランドの力を借りて抵抗したり、ポーランドが一時オスマンと平和協定を結んだのでやむを得ずオスマン帝国に服従したり、ポーランドとハンガリーが対立したときはハンガリーに与(くみ)したり、と、大国に吸収されぬよう力を尽くし、右往左往を続け、ついにオスマンに隷属したのだった。直轄区になることは免れたものの毎年三万ダカットを献じる義務を負い、公国の君主はスルタンの意図でしばしば替えられ、その都度、数十万ダカットを献じねばならなかった。

後付(あとづけ)の知識披露はここまでにする。

ポーランド軍、リトアニア軍を討つべく進撃したオスマン帝国軍はイェニチェリを含む直属の軍(カプクル)と召集された在郷騎士(スィパーヒー)ら、さらに属領ワラキア公国、モルドヴァ公国、クリミア汗(ハン)国の軍勢で編成されている。軍旗、隊旗は延々となびいた。

スルタンの玉座を据えた天幕は、外観も内部も豪奢にととのえられている。それを中心に、将兵と武器弾薬のためのおびただしい天幕が犇(ひし)めく。馬どものいななき。武具の触れ合う音。私の空(エーグ)は馬匹用の天幕に繋がれている。馬術教師ラメスは同行していない。無事に戻ってこい、と、ラメスは頬ずりして言ったのだった。

随従した小姓たちは、スルタンの天幕に居(きょ)する。我々の私物もここにおいてある。

私の左の中指は数カラットはある一顆(いっか)のダイアモンドで飾られている。アフメトが亡くなった後、彼から与えられた数多い宝玉のほとんどを、私はこの精妙なカットを施したダイアモンド一つに替えた。そのほかに黒真珠や翠玉、紅玉などのなかでもっとも高価であろうものを幾つかとりわけ、金貨とともに粗末な布袋に収め、身につけている。物欲はさほど強くはないと思うのだが、これは、奪われた私の一部の代償であった。いつか自由な身になったら——そんな時があるのか——有用であろう。小函にはがらくたを詰め、施錠して、天幕の中においてある。鍵は私が首にかけている。盗んだものは、蓋をこじあけて落胆するだろう。箱自体が金と紅玉で飾られた高価なものだ。それで満足するがいい。

槍斧兵(バルタジ)と庭園士(ボスタンジ)のそれぞれ半数ほどが、スルタンの身辺警護と力仕事の雑務のために従軍している。槍斧兵(バルタジ)軍団の中にシュテファンとミハイがいる。私が手を回したのではない。黒人宦官長(シャーフ・アーラル)アリの計らいであったらしい。アリの厚意か私を味方につけようという下心か、不明だ。私を通じて少年スルタンを操るつもりか。

陣営にあって、私たちが自由に行動できる時間は限られている。ゆっくり話し合える機会は少ないのだが、二人を見かけるだけでも、私は心強い思いがした。

アフメトの寵愛を受けオスマン二世に重用(ちょうよう)され、類のない出世をしただけに、私は他の小姓たちから妬まれ敬遠されている。敵意をあからさまに見せてはスルタンの機嫌を損じるから積極的な害は受けないが、打ち解けてはこない。私自身、彼らに親しみはおぼえない。ハス・オダの長イルハンが私に好意的なのは、アフメトの意を受けていたからか。オスマンが帝位についてからは、この男もやはり私を通じてスルタンを操るつもりなのか、などと勘ぐってもみた。どうでもよいことだ。

宝物庫の先輩小姓ケマル——他人の耳のないところで後宮(ハレム)の事情を私に教えるために、仮病をつかって内廷から病院に行ったあの男——とは、私がハス・オダに入ってから顔を合わせることは少なくなったが、モスクの礼拝などでは同席する。少しへりくだったような、頼むぞと念を押しているようでもある表情を見せる。頼むぞは、スルタンに具申してケマルを出世させることだ。戦場にはきていない。

初めて戦場に立つ十七歳のオスマンのために私ができることは、何もなかった。側近とはいえ、馬術に長けているとはいえ、語学に堪能とはいえ、実戦の経験はない。私のみならず、付き従ったハス・オダの小姓たちのなかに、戦場で武器をとった経験のあるものは、誰ひとりいなかった。

オスマン帝国は膨張しきっていた。と、これも後の知識で記そう。征服に征服を重ね、言い換えれば侵略に侵略を重ね、黒海と地中海の周辺から、西はバルカン半島のほぼ全土を制してハプスブルクのウィーンに迫り、東はアラビアの紅海沿岸、ペルシア湾沿岸をも領する。

中央の統率力が弱まれば、それらの諸土地は反抗的になる。地方での小規模な叛乱は絶えない。アナトリアの東では、ペルシアのサファヴィー朝がオスマン帝国と覇を競っている。

大軍を動かし遠征するのは、父アフメトの没年二十七歳を超えてから。

そう悠長なことを言ってはいられない事態となっていた。

ハプスブルクと結び、ウクライナ・コサックにオスマン領掠奪を許すポーランドと、帝国は交戦状態にある。

前年十月、モルドヴァに侵攻してきたポーランド軍を撃退すべく、オスマンは兵を出し、ツェツォラで激戦となった。

モルドヴァの統治君主ガスパル・グラチアニは宗主国オスマンにより任命されたのだが、オスマンの軛（くびき）からモルドヴァを解き放とうと、ルーマニア人からなる軍を率いてポーランド軍に加わっていた。

このときは、スルタンは大宮殿（セラーリオ）にとどまっていた。

オスマン帝国軍勝利、ポーランド軍敗退の報に続き、大宮殿の〈大砲の門（トプ・カプ）〉に近い港に着いたガレー船から戦利品が下ろされた。庭園士（ボスタンジ）の群れが十月の風に吹きさらされながら大宮殿に荷を運び入れた。

玉座のオスマン二世に、まず、箱が二つ捧げられた。

蓋が除かれ、首級が取り出されたとき、少年皇帝よ、臆した態度を見せるべきではなかった。不気味さに一瞬おののいたのは、戦場に出たこともない少年として当然の反応だが——私も鳥肌が立った——、宰相らや軍の指揮者らが軽蔑の薄笑いを浮かべたのも、また当然であった。オスマン自身も意識したらしい。ことさら尊大な態度で、「誰の首だ」と言葉を投げた。

大貴族（マグナート）にしてポーランド軍総司令官のジュウキェフスキは、七十歳を超えた老軍人であるが、その首級が恐ろしく皺ばんでいるのは老齢のせいばかりではない。ツェツォラからプルート川沿いに下り黒海をガレー船で南下し首都に到着するまで、腐敗せぬよう塩に漬けられていた。

もう一つの首級は、これも塩に水分を吸い取られ皺まみれだが、若者であることは明らかだった。剃りあげた頭部の頂点に残した一摑みの髪が長く伸び、ウクライナ・コサックの一人であることを示していた。

その髪を摑んで持ち上げ、コサックの頭領サハイダーチュヌィイの息子ですと、オスマン軍指揮官は誇らかに告げたのだった。

ツェツォラでの大勝利は、少年スルタンを有頂天にさせた。

敗戦したモルドヴァの君主グラチアニは貴族(ボイエリ)らに殺害された。

オスマン帝国政府は、宗主国に従順であることが期待できるアレクサンドル・イリアシュなるものを新たなモルドヴァ君主に任命した。

首級にたじろいだ不甲斐なさを、武勇を示すことで帳消しにしたくもあったのだろう。余が自ら出陣し総指揮をとる。ホティン城塞を落せ。ポーランド勢をモルドヴァから一掃せよ。そうオスマンは言い出した。

すでに、ホティン城塞を中心に、ポーランド軍とオスマン軍は対峙している。

周囲の大反対に、征服王メフメト二世陛下は、とオスマンは言い返した。「短期決戦でコンスタンティノープルを落とし、我が帝国の首都とされた」

そのとき東ローマ帝国の兵は五千ほどであったが、ヴェネツィアやジェノヴァの大規模な援助を期待できた。増援の軍がくる前に、敵に数倍する兵力でメフメト二世は一気に首都を陥落させた。

「ホティン攻略も、そうあるべきだ」オスマンは言い張った。

メフメト二世は、側近の反対を押し切って陣頭に立ったのだった。東ローマ帝国は消滅し、オスマン帝国は、ゆるぎない大帝国となった。

その先例に、オスマン二世は倣(なら)おうとしていた。

八月末。戦線に到着し、スルタンとその軍勢の天幕が設営された。

総司令官、参謀総長をはじめとする軍部の要職にあるものたちと数人の宰相は随従したが、大宰相は首都に残った。不在のスルタンに代わって統率するものが必要だ。大宮殿(セラーリオ)は、大宰相と黒人宦官長(シャーフ・アーラル)アリの権限下にある。いっそうの権力を持つのは、オスマンの生母マフィルズだが、鳥籠(カフェス)に幽閉されている狂人ムスタファの母ハンダンと、同じく息子二人が幽閉されているキョセム――故アフメトの寵姫であった――は、今なお後宮(ハレム)にある。息苦しい葛藤があることだろう。

私は、戦意がいっこうに生じない。

かつてモルドヴァ公がホティンに城塞を築いたのは、オスマン帝国の支配から独立する戦いのためであった。公は敗れ、モルドヴァは依然としてオスマンの属国だ。

モルドヴァの西に国境を接するのが、私の生まれ育った、私が根づいた、シュテファンがジーベンビュルゲンと呼び、ミハイがトランシルヴァニアと呼ぶ、エルデーイだ。

ザクセン人がクロンシュタットと呼び、ルーマニア人がブラショヴと呼ぶ、私の生まれ育った、私が根づいた街ブラッショーは、カルパティアの山並みを越えた、すぐ、そこだ。

人の足では、すぐ、そこ、ではないけれど、鳥であれば舞い行くだろう。馬であれば踏破するだろう。

天幕を出て、空の西方に目を投げた。

オスマン帝国スルタンの奴隷となって八年。

決して酷い扱いは受けていない。逆だ。望んでも得られないであろう厚遇だ。だが私を覆うのは私の生まれついての皮膚ではない。死につながる、それを覚悟の上なら、脱ぎ捨てることもできる。

逃亡。脱走。戦闘のどさくさまぎれに。もはや、家族に累が及ぶことはあるまい。

スルタン専用の厨房天幕の煙出しから、肉を焼くにおいが煙とともに漂い流れる。

一連隊（オルタ）はおよそ二百人から四百人ほどだ。各隊の背後に、それぞれの厨房天幕が数基、多人数のところは十基あまり、設置されている。

槍斧兵（バルタジ）軍団用の厨房天幕の傍に、私は来ていた。

天幕の後ろに設けられた柵の中に、近隣の村々から徴発した羊が群れている。食用に解体した羊の切断された頭や四肢が、掻き出された内臓とともに、柵の外に掘った穴に投げ入れられ溢（あふ）れんばかりだ。表面にびっしりと蠅がたかり、蛆（うじ）がうごめき、臓物が動いているように見える。夏は終わったのだが。

空（から）の大鍋を担いだ二人組の当番兵が幾組も集まっている。シュテファンとミハイはその中にはいなかった。

　スルタンの天幕に戻ろうとしたとき、ミハイの笑い声が聞こえた。仲間とふざけあっていた。真剣味はないが格闘技(ギュレシュ)まがいに取っ組み合っている。遠征の長旅のあげくに築陣したばかりなのに、精力がありあまっているのだろう。十九のミハイはいまや、二つ年上の私より体つきの逞しさはまさる。ハス・オダの〈ターバン運び〉になってから、私は馬術と弓術以外の肉体訓練はやらなくなっていた。

　まわりをかこんで囃(はや)したてる中に、シュテファンもいた。私を見て近づいた。肩を並べて立った。

　肉汁を満たした大鍋が運ばれてきた。ここで一緒に食べたいと思ったが、軍規違反は死刑に値する。肉汁一杯で殺されるのは馬鹿らしい。私の気持ちを見抜いたように、シュテファンは私の肩を軽く突いた。行け。そうして、掠(かす)めるように頬を私の頬に寄せ、放した。トルコ人の親愛の示し方はなかなかに派手だと、シュテファンが語ったことがある。アナトリアの農家でムスリムのあり方とトルコ語を叩きこまれていたとき、預かり親の夫婦に、シュテファンとミハイは始終、抱擁されたり頬ずりされたり、揉みくちゃにされていたそうだ。シュテファンが私に示したのは、トルコ式の挨拶ではなかった。

　私を認めたミハイが取っ組み合いをやめ、「やあ(サリュー)」とルーマニア語で言い、にこっとした。サリューと返して、私はスルタンの天幕に戻った。すでにスルタンの食事がはじまっていた。

内廷での料理とほぼ同じものが供され、菓子職人まで随行している。軍馬が群れをなし、砲手は大砲の手入れをしている、そのすぐそばで蜂蜜のたっぷり入った菓子が焼かれていた。

宴会のような食事の間、オスマンは苛立った様子を隠さなかった。

「なぜ、すぐに攻撃の態勢に移らないのだ」

「長い行軍により、兵も馬も疲労しています」

青鷺の尾羽根のような勲章を三本、帽子の前筒に飾ったイェニチェリ総司令官が献言した。

「十分な休息を取らなくては、戦いに挑めません。我が方で、いまだ到着せぬ軍団もあります」

参謀総長も言葉を添えた。子供に教え諭す口調であった。

「斥候の報告によれば、敵はリトアニア軍、ポーランド軍、合わせてせいぜい三万程度です。我が方はそれに数倍します。総攻撃にかかれば、相手は一たまりもありません」

「ウクライナ・コサックの抑えは大丈夫なのか」

スルタンよ、そのように不安を面にあらわすな。

私は、傍観者であった。オスマン帝国が栄えようと滅びようと、私が心を動かすことではない。

そのためか。ホティン戦はきわめて重要な戦いであったのに、私は筆が進まない。

戦場に身を置きながら、私はそこに実在しているという実感がなかった。なぜだ。

答え。私の戦いではなかった。

私はついに、〈私の戦い〉を知らない。何かのために。誰かのために。私を捧げる対象をついに持たない。

臨場感が蘇るように書く意欲がわかない。否定に次ぐ否定だ。だが、書かずにすますわけにはいくまい。

「すでに、ウクライナ・コサックは到着していると、報告を受けています」

クリミア汗(ハン)国から派遣された軍団の司令官が言った。

作戦会議に列席している宰相、将軍らの間から、落胆(らくたん)の声が洩れた。

「去年のツェツォラの戦いで、我が方は頭領の息子の首級を取っている。報復に燃えているのではないか」

「ポーランド、リトアニアだけなら、我が方の勝利は疑いないが、ウクライナ・コサックは手強い」

ウクライナ・コサック討伐は、父アフメトの遺志の一つとして、やり遂げるとオスマンは、かつて私に言ったのだったが。

ホティン城塞は、ドニエストル川とその川から水を引き入れた掘割が周囲をかこむ堅塁である。

川の向こうはポーランド本国であるから、長期戦になっても兵站(へいたん)を断ち兵糧攻めにするのは困難だ。短期決戦は司令官たちも賛成するところであった。

兵馬に十分な休養を与え、攻撃開始は五日後。総司令官が結論を出したが、オスマンは覆した。

「休息は丸一日で十分だ。明後日、総攻撃にかかる。一気に勝敗を決せよ」

総司令官が反論しかけるのを、オスマンは抑えつけた。「汝は余の奴隷であることを忘れるな。すべてのイェニチェリは、スルタンの奴隷だ。生殺与奪の権は、余にある」

「先帝は、狂気あらわな振る舞いをされたため、廃位を合法とするフェトヴァーを法学者が」

オスマンの激しい罵声が遮った。「奴隷どもの主（あるじ）は、余か、其方（そち）か」

オスマンを、愚かとは言うまい。私は何も批判しない。

戦闘も作戦も、何の知識もない私だが、数を頼んでの兵の気の緩みは感じ取れた。自分が死ぬ恐れがあるとは、誰も思っていないようだ――私も、思わなかった――。銃弾は、誰かに当たるだろう。でも、自分ではない。これだけ大勢いるのだから。

まず、軍使を送り開城交渉を行うという司令官らの提言は、オスマンも容（い）れた。城を守備するポーランド側は、軍使を首級にして送り返してきた。

九月二日。砲兵隊の一斉砲撃によって戦闘は始まったのだが、この模様についてもくだくだしくは記すまい。あの時代の、どの戦闘も似たようなものだ。砲撃。歩兵の前進しつつのマスケット銃斉射。両翼に配された騎兵隊の攻撃。騎馬のクリミア・タタールは、オスマンの弓兵と同じ強靱な短弓を用いる。一発撃つと次の弾込めに時間がかかるマスケット銃より、時に効果が高い。

逸（はや）り立ち、馬を駆って自ら戦闘に加わろうとするオスマンを、周りの者が止めていた。

私を含めた小姓たちがオスマンの両脇に騎馬で控え、総司令官、参謀総長、宰相らが傍らにあり、周囲を直属の騎兵隊とイェニチェリの一隊が防壁として取り巻く。シュテファンたち槍斧兵（バルタジ）もイェニチェリとともにある。馬上の私は、高みからシュテファンを目で探す。視線があうと、かすかな笑みをかわす。

いかなる時もスルタンをお護りせよ。黒人宦官長（シャーフ・アーラル）であり槍斧兵（バルタジ）軍団の総司令官であるアリから訓示を受けたと、ミハイが言っていた。それが汝らの任務である。

十七歳のオスマンを、心から崇敬しているものが陣中にどれだけいるか。

敬意を払うのは、皇帝という地位に対してだ。

先帝ムスタファは、狂態を人目に晒し、廃位、再幽閉された。真に権力を持つのはスルタンではないことが明瞭になった。誰が最高権力者なのか。明確ではない。

時折、伝令が戦況を伝えに馬を駆ってきた。

城塞よりはるか手前に、土塁と荷車で防衛線が築かれ、その陰に砲列を敷き、ウクライナ・コサックは銃と槍をかまえ、オスマン軍の進撃を阻んでいる。

オスマンの騎兵隊が接近するや、砲が火を噴き、騎馬が乱れたところに、荷車を横にのけて銃隊が進み出て発砲し、突撃！　の指令のもと、長い槍を突き出した槍兵の群れが前進してくる馬に穂先を突っ立てる。

率いるのは、前年のツェツォラの戦いで息子の首を取られている頭領サハイダーチュヌィイ。

「有翼騎兵(フサリア)隊も防衛線の守備と攻撃に加わっています」

ポーランド有翼騎兵(フサリア)隊の圧倒的な強さは、神話のように伝わり広がっている。頭を超えるほどに長大な羽飾りを二本、鞍の後ろに立て、人の背丈の倍以上ある長槍をかまえ、鋭い切っ先のような密集隊形で突っ込んでくる。幾多の会戦で、彼らは数にして十倍余の敵を撃滅している。十数年前の対スウェーデン戦では、キルホルムの戦いで、三万数千のスウェーデン軍に二千数百騎の有翼騎兵(フサリア)が突っ込み、勝利を得た。

彼らはまず大きく散開し、目的に向かって疾駆しながら密集していき、最高密度と最高速度をもって敵集団に突き刺さり、敵を分断包囲する。しかも彼らのもちいる馬は、かつての対オスマン戦で鹵獲(ろかく)したアラビア馬を飼育繁殖させた俊足である。

「防御はきわめて堅固です。しかし懸念なされますな、ただちに攻め落とすと隊長は申しております」

「潰せ。殲滅(せんめつ)せよ」

無意味な命令だ。二番目の伝令が、防御線突破の困難を伝えた。

三番目の伝令がくるころは、敗色すでに濃厚であった。

散り散りに逃げ戻ってくる兵が数を増していた。負傷した者は積極的に戦線から離脱した。

退くな。進め。オスマンは絶叫する。前線に届くわけがない。

戦闘に耐えられそうな頑健なものたちが、本陣にどっと雪崩れ込む。総崩れとわかる。

その後を、負傷者がよろよろと続いてくる。

続々と撤退してくる兵たちを目に、鞍にまたがったままオスマンは硬直していた。

血臭が陣営を満たした。

「敵は巧妙に我々を分断し、少人数となった一団を包囲、殲滅するという戦法をとっています。このままでは被害が甚大になると見て、撤収を命じました。敵は長追はせず、兵を引きました」

「反撃に出よ」

オスマンが命じるのに、

「もはや、陽が落ちます」

参謀総長が諫めた。

「陣容をととのえなおし、数日後に、再度、総攻撃をかけます」

「その前に、敵が攻撃をかけてきたらどうする。先手を取れ」

「敵は城塞を護るのが精一杯です。この本営に攻撃をかけるほどの兵力はありません」

「数においてははるかに劣る敵を相手に、なぜ、総退却したのだ」

オスマンは苛立ちを募らせた。

「真っ先に退却したのは、どの隊だ。隊長を」

処刑せよ、と命じる直前、縛り上げられた捕虜数十人が、スルタンの前に引き据えられた。重傷で意識のない者、すでに息絶えた者まで引きずられてきた。

血気に逸(はや)ったか、後続がいないのに少人数でオスマン軍の本陣にまで突っ込んできた蛮勇のコサックたちであった。

服装や髪形からコサックではないとわかる者も混じっていた。ポーランドの有翼騎兵(フサリア)か。みなりは歩兵だ。

その一人が、「ルーマニア人はいないのか」私たちにむかってルーマニア語で叫んだ。

顔立ちは少年だ。オスマンより年下に見える。十五ぐらいか。

「オスマンの奴隷に成り下がっているルーマニア人は、どいつだ」

綱尻を強く引かれ、少年は仰向けに倒れた。鞭の乱打を浴びながら、叫び続けた。

「俺はルーマニア人だ。仲間よ、ルーマニア人よ、キリスト教徒よ、異教徒の奴隷に甘んじるな。モルドヴァから強制徴募された者はいないのか」

舞う鞭の間から、奴隷の軛(くびき)を断ち切れ、と聞き取れる声が洩れた。ただの悲鳴であったのかもしれない。

顔面を縦横に鞭打たれ、鼻梁が砕け、少年の顔は血をたたえた皿のようになった。

「ポーランドとともに、オスマンと戦え」別のルーマニア人捕虜が叫んだ。

ルーマニア語のわかるものが、オスマンに叫びの意味を伝えた。

「全員、処刑せよ。首を刎ねろ！」

背丈を遥かに超える長槍の穂先に首を突き刺し、陣の前に高々と兵たちは掲げた。五十一の首が宙に並んだ。強まった風が一摑みの長い髪を踊らせた。掻き落とされた鱗のように、血が散った。

オスマンはもはや怯えはせず、逆に昂揚しきって宙に並ぶ首級を指さし、泥酔者の声で笑った。

私は、何もしなかった。雪崩れ落ちる岩石の山をルーマニアの少年は無謀にもひとりで支えようとし、当然、下敷きになって潰れた。ともに支えれば潰れるとわかっているから、私は何もしなかった。

16 Untergrund

「顔つきが、なんだか柔和になったと思わないか」

ミハイが掲げる松明の火明(ほあ)かりが、直立した五十一本の槍の穂先にある首を下から淡く照らす。

「溶けてきたからだ」

シュテファンは言った。

失敗に終わった総攻撃から四日目、不寝番の割当が回ってきた夜であった。

夜の冷気は肌を刺すが、昼の間に腐敗は進む。五十一の首級は腐汁を滴らせ、野犬どもが集まってきていた。

灯りを消した天幕の群れは沈黙して蹲る野獣だ。病人、負傷者を収容した天幕から呻き声が洩れる。

「ルーマニア人だったんだな」

髪の形からコサックではないと知れる幾つかの首を見上げ、ミハイはルーマニア語で言った。

「モルドヴァのルーマニア人だ」

ルーマニア語でシュテファンは応じた。

「俺はトランシルヴァニアのルーマニア人だ」ミハイは言い、目を伏せた。

ルーマニア人を相手に戦いたくはない。

声に出さない言葉を、俺は――シュテファンは――俺でいいな、聴きとった。

ヤーノシュ、俺は、何のためにあのときのことを書いているんだろう。

他人に聞かれる恐れのない場所で、ヤーノシュ、君は戦意が生じないと俺に言ったのだった。

俺も同様だ。スルタンの奴隷兵という強制された形に、俺は自分を添わせられなかった。だが、どういう形なら、生来の皮膚を持続できるのか。ヤーノシュ、君に比べたら、俺の（以下数語、

シュテファンによりインクで抹消）

馬鹿げたことだが、ヤーノシュ、俺は真剣に思いつめたよ。

ミハイは俺よりはるかに、イェニチェリの暮らしに馴染んでいた。施術の屈辱も忘れたようだ。彼にとっては、いっときの災難だったのだろう。

それでも、ミハイも俺と同様、オスマン・トルコのために死を賭して戦う気はなかった。

不思議なのだ。他国から強制徴募（デウシルメ）でかき集めたキリスト教徒の子供を有無をいわさずムスリムに改宗させ、成り立たせた軍隊が、どうして最強であったのか。俺は思った。アナトリアのハッサンの家族が襲われたら、ためらわず、闘っただろう。あるいは、ファイサル殿の配下としてペルシアと戦うのであったら、疑問を持たず指令に従っただろう。

ファイサル殿に会えるかと俺は期待したのだが、アナトリアの在郷騎士（スィパーヒー）の多くはこのたびは召集されていなかった。叛徒（ジェラーリー）が跋扈（ばっこ）しペルシア軍との小競り合いがあり不穏なアナトリアの軍事力を手薄にすることはできない状況だ。ファイサル殿の小さい息子タネルを思い浮かべた。

ヤーノシュ、以下は、書物にするときは削除してくれ。

書きたくはない。

ヤーノシュ、このことを俺に書かせるために、君が本を作ることを提案したとは思わない。君がすでに知っていることだ。君には後（のち）に全部話している。

神の前で告白するように、書く。告白したからといって、純白にはならない。中世のカトリック教徒は、気楽なものだったな。どれほど悪事を犯そうと、死の直前に司祭に告解すれば、罪は帳消しで天国行きを保証されるから……すまん、ヤーノシュ。やはり、俺には書けない。

楽しい話を書きたくなったよ。

俺が作りたかった書物は、たぶん、詩だ。笑え。俺に天与の才があれば、印刷がどうのと言う前に、とっくに書いている。一文字も書けない。詩才皆無だ。詩とは何か。それすら、俺にはわからない。散文より、途方もなく強い力を持ちうるもの。そう感じるのだが。

君は詩を書かないのか。俺は印刷と出版業をして、ヤーノシュ・ファルカーシュ――失礼、マジャールの言い方に従えば、ファルカーシュ・ヤーノシュだな――著、ヘルク社刊、ハ、ハ。だが、くそ強制徴募(デウシルメ)がなければ、ファルカーシュ・ヤーノシュとシュテファン・ヘルクが知り合うことはなかったんだな。君はマジャール人の貴族(ボイエリ)であり、俺はザクセン人の印刷業も兼ねる商人の息子だ。ミハイ・イリエはルーマニア人の農夫の子。平穏であれば交わることのないそれぞれの〈時〉が、抵抗不能な力で攪拌された。

こんな感傷的な言葉も、記すべきではない。感傷的になるな。

印刷された書物。たしかに、俺は心惹かれている。君の提言も、勘のいい君がそれに気づいてのことだ。一方が死んだら、生き残った者が、本にする。奇妙な取り決めだ。

17 Untergrund

人の気配に、どちらが先に気づいたのだったか。

シュテファンとミハイはうなずきあい、彎刀(わんとう)を抜き、首級を突き刺した槍の根方に蹲(うずくま)る人影に静かににじり寄った。

月が異様に大きかった。槍の上の首は月面に影を落とし、その影が小刻みに、やがて大きく揺れ始めた。人影が槍の根本の土を掘り、飛び上がって柄の上の方を摑み、躰の重みをかけて撓(たわ)ませていた。深々と突き刺さった槍の穂は首級を離さず、人影はうずくまり、ふたたび根方を掘る。円錐形の帽子がイェニチェリの新兵であることを示している。立ち上がり、槍を揺さぶる。飛び上がって撓ませる。繰り返す。ついに槍は横倒しになった。首級を穂先から抜き取ろうと夢中になっている新兵に、シュテファンとミハイは躍りかかった。

この節、広く読まれている恐怖小説のような場面だな。君に聞いたことを潤色し、私が代わって書こうとしたが、私にも書きにくい。私にシラーほどの筆力があれば、このような場面でも、格調高く迫力のある悲劇を表せるのだろうが、その力はないとわかった。英雄主義も理想主義も私には縁遠く、さりとて悪魔主義、頽廃への嗜好もなく、私より前に生まれた者の書を読み、私より遥か後に生まれたものの書を読み、現実を拒否しながら現実を生きるほかにすべなく、凡庸な者には凡庸な恐怖小説しか書けない、とあらためて自認し、時が前後するが、六十数年後に君から訊いたいきさつを、ここに記す。

捕虜となり処刑され首級を晒された少年の姉が、戦場にころがるイェニチェリの死体から剝いだ服を着け、首を取り返しに忍んできた。

ここで疑問が一つ。娘は、どうして弟の首が晒されていると知ったのか。君から聞いたときは、さして考えもせず聞き流したが。

疑問をもう一つ。娘が奪い返そうとしていた首は、ルーマニア出身のイェニチェリに反逆をうながし、顔を潰された少年のものであった、と君は語った。顔面が潰れているのに、どうしてそれが弟だと娘はわかったのか。他の首を一つ一つ確認し、消去法で決めたのか。

恐怖小説であれば、君とミハイは悪役の最たるものだな。シュテファン、キールの港町で売っている、船乗りたちが航海の間暇つぶしに読む粗悪な紙に煽情的な話を誤字だらけで印刷した薄っぺらな、それでも厚かましく本と称しているものを、君も読んでいるだろう。君が私に語ったのは、その類だ。

まあ、いい。不問に付そう。とにかく、君は私にそう語った。

君が書きづらいと言ったのは、それが事実だからだ。事実であっても、私は別に咎めないよ。

君は荒れ野の聖者ではない。罪なき者のみ石を投げよ。私はすべての感情を殺して時を過ごす。

首級が一つ減っていることを、私は知らなかった。おそらく、陣中の誰一人気づかなかったのではないか。失われたと知ったら大騒ぎになったはずだ。ほぼ等間隔で一列に立った五十一本の槍が五十本になっても、一目ではわからない。シュテファンは、槍をどこかに投げ捨てたと言っていた。

君が私に告げたのは、ずっと後になってからだ。君がどこまで事実を語っているか、私にはわかりようもないのだ。君が悪意で私を騙す理由は思い当たらないが。

オスマンに、私は失望していた。冷静で賢明な少年皇帝と、私は一時(いっとき)思っていたのだが、軍陣にあって、買いかぶりであったと実感した。

オスマンのもとでなら、宰相、大宰相への出世を望んでもいい。オスマンを補佐し、この国をよき方へ変える。私自身にそんな器量はなかった。私がくわえて生まれたのは諦観(ていかん)という匙(さじ)であったのだろう。もっとも向こう見ずに突っ走るべき時期に、私は、歩みさえしなかった。自ら先頭に立つ気概を、私は持ったことがない。私は旗を選びたがるが、自ら旗になろうともせず、旗を創ろうともしない。

選ぼうとしたオスマンは、烈風にさらされたら破れる旗であった。

年齢が幼い？　たしかに幼い。だが、二十、三十と齢(よわい)を重ねたからといって、本質は変わらない。先に、私は、〈この幼帝を、シュテファンもミハイも、愛するだろう。〉と記している。私は、後の十九世紀に多く読まれることになるロマン派めいたことを、思っていたのだな。賢明で勇敢な若き皇帝。それを支える宰相。改革。暗殺。壮烈な悲劇。苦笑。憫笑。自嘲。オスマンがたとえ、生来賢明で勇敢であったとしても、対ポーランドで勝利し得たかどうか。ホティンの戦闘で勝利しても、イェニチェリ改革に成功したかどうか。何にしても、過ぎた歳月は銅板に刻された文字だ。解読は多様であっても、事実は変わらない。

18 Untergrund

書きたくないのだ。が、書けと俺を促すのも俺自身だ。とうに、信仰は失せている。しかし、何かの前に跪(ひざまず)いて、俺は語らずにはいられなくなる。ヤーノシュに誘われて過去を書き始めたとき、俺は、強制徴募(デウシルメ)と現在との間に存在する俺の悪を、思わなかったのか。洗いざらい、書くのか。書け。

捕まえてから、若い娘だと知った。後に、名を知る。そのときは、愉楽の渇望をみたすためのやわらかい無名の肉であった。苦蓬(にがよもぎ)が茂る空き地に引きずり込み、押し倒しイェニチェリの制服を引き剝がし、代わる代わる欲望をぶち込んだ。新兵の帽子は脱げ、広がった髪が葉や茎と絡まりあった。胸の前に交差した腕が、俺の肋骨に当たった。娘は穂先から抜き取った首を抱きしめていた。

俺を衝き動かす力が突然鎮まったので、躰を離した。半ば意識を失った娘の腕の中にあるものの頬は腐敗した皮膚が擦れて剝け、ペルシアから運ばれてくる桃の熟し過ぎたさまを思わせた。仰向けに倒れた娘の月光を浴びた顔は、左半分が黒ずんでいた。土の汚れではない。まぶたの上から高頬のあたりまで広がるそれは生来の痣だ。右半分は、凡庸に綺麗だった。娘がまぶたを開いたのだ。黒ずんだ痣の中で見開かれた眼は、不意打ちだった。沼のおもてに突然花が開いた。陽光が与える色彩を、月は与えない。それなのに、花は、うっすらと紅を含んでいた。眼は、俺を見てはいなかった。まぶたを閉じ、顔の左半分は沼のみになった。

ミハイが同じ幻影を見たかどうか、俺は知らない。

悪魔が、とミハイは言った。「おれに取り憑いた。ムスリムに改宗したから、おれは神さまに見捨てられた」

生まれてから十一年間ミハイは正教徒であり、俺は十三年間ルター派のプロテスタントであった。敬虔(けいけん)な信徒ではなくても、幼いときに染み込んだものは身に溶けている。キリスト教もイスラム教も、神は同じ唯一神であり、真の預言者はキリストではなくムハンマドだと言われても心に浸透しない。後から教えこまれたことは単なる知識だ。

俺は悪魔のせいにはできなかった。俺の意志でやった。

放置して立ち去っても、俺たちを咎めるものはいない。晒し首を盗みにきた敵方の女だ。オスマンの兵士にみつかれば、さらに強姦を重ねられるか、死刑になるかだ。

ミハイはすばしこく走り去った。じきに戻ってきた。「小屋がある」

言い合わせたように、俺は娘の両腕を抱き支え、ミハイは両脚を抱え上げた。苫蓬に絡まった髪の毛が抜けるとき、娘の眉がわずかに歪んだ。

ミハイが指図するままに道をとって、小屋に運び入れた。農家の秣小屋だ。

夜警の任務を放棄していた。強姦は咎められないが、任務放棄は厳罰に値する。それを怖れる気持ちがこのときは生じなかった。俺が傷めつけた相手を、俺が一心に介抱する。まったく馬鹿としか言えないのだが。

介抱といっても、医術の心得など皆無だ。両腿を血で濡らし、朦朧としている娘をどう手当したらよいのか。

板の割れ目から吹き込む風に藁屑が舞う。火を焚いたら、小屋ごと燃えそうだ。

娘は誤解していた。襲ったのは別の奴らで、俺とミハイが助けて小屋に運んだ。そう思い込んでいた。誤解を正し真実を告げる勇気を、俺もミハイも、そのとき持たなかった。

少し人心地ついたのか、行ってください、というふうに娘は手を動かした。服装からオスマン軍の兵士とわかったのだろう、軍規に背いて助けた、早く戻らないと処罰される、と気遣ったのだ。

立ち去れなかった。

ミハイを娘の傍に残し、俺は小屋の持ち主であろう農家の戸を叩いた。深夜だ。戸を蹴った。戸が破れる前に、窓を塞いだ板の隙間から弱い灯りが漏れ、誰、と怯えた声がした。

頼みがある、と俺は声をやわらげた。

隙間から覗いて、こちらが一人であることを確かめたのだろう、戸が少し開かれた。俺は押し開けた。四十代ぐらいに見える農婦が、鎌をふりかざし立ちふさがっていた。

空の両手をひろげ害意がないことを示し、秣小屋に傷ついた娘が臥せっていることを告げた。

「俺たちは隊に戻らねばならない。元気になるまで面倒を見てやってもらえないか」

ルーマニア語で喋ったので——ミハイのおかげで、かなりの会話ができるようになっていた——、相手は少し気を許した。しれっと自分の所業を隠し、俺は所持していた金のありったけを渡した。自分は下衆なくせに、他人を信用する程度に俺は間抜けだった。

ミハイとともに陣に戻り、交替がきたので天幕で横になった。地獄に落ちる。ミハイはつぶやいた。俺もそう思った。悪魔に憑かれたんじゃない。俺が悪魔なのだ。今まで自覚しなかっただけだ。そうも思った。今は、俺はわかっている。自分を貶めることで、許されようとしていたのだ。誰からの許し？　神。信仰は失せているのに。

なにか、言い訳を探した。一欠片も見つからなかった。

翌日、周辺巡回の当番がまわってきたのをいい機会に、秣小屋を覗きに行った。誘いはしなかったがミハイも同行した。小屋が空なので農家に行った。

土間に据えたベッドで娘は休んでいた。イェニチェリの新兵の服は脱ぎ捨て、農夫の女房から借りたとみえる粗末な服を着けていた。俺の単純な信頼を、農婦は裏切らなかった。家の中にいるのは俺たちが犯した娘と農婦のふたりきりであった。昼日中（ひるひなか）に見ると、娘の痣は淡く、濃い茶色の眼が沼に咲いた花を連想させることもなかった。左眼の白目の部分に星の破片のような小さい痣が散っていることと、右眼の虹彩は左より少し淡くて榛色（はしばみ）であるのを知った。

かたわらに置かれた包みは、首級だろう。腐臭をはなっていた。

ミハイはあたりを見回し、おずおずとした視線を娘に向け、すぐにそらして板壁に目を上げた。ルーマニア人の大半がそうであるように、この家の者も正教徒で、彩色の剝げた聖像画が掲げられていた。幼いイエスを抱いた聖母を、ミハイは床に膝をついて見上げ、両手の指を組み合わせて伸べた。その手で顔を覆い、うずくまった。農婦は両手を腰に当てミハイを見下ろしていた。

俺の生家は、ザクセン人の大半がそうであるように、ルター派のプロテスタントであったから、聖像は絵にしろ彫像にしろ、おいてなかった。

農家の外観も内部も、そうして農婦の服装も、郷里のそれと変わらない。悔いという言葉では足りない深い慚愧とともに、ミハイは郷里に帰ったような気持ちになっていた……だろうと察する。

「オスマンの兵隊なのに、ルーマニアの言葉を喋るんだね」

農婦に言われ、トランシルヴァニアから強制徴募（デウシルメ）で、と俺は簡単に話した。落ち着いた声が出ることに驚き、そんな声を出せる自分を嫌悪した。

「そうかい、トランシルヴァニアか」

農婦は竈（かまど）にかけてある大鍋から中身を深皿によそい、テーブルに四つ並べた。数日分を煮込んであったのだろう。グーラッシュのにおいが首級のにおいを消した。

おいで、と農婦は娘に声をかけた。

俺たちに傷めつけられた躰がまだ痛いのか、ベッドを離れた娘は、たどたどしい歩きぶりでテーブルのほうにきた。手を添えたミハイに、娘は弱々しい微笑を見せた。

告白しよう。すべきだ。そう思ったとき、女房が続けた。

「あのときの強制徴募（デウシルメ）の噂は、ここにも伝わってきたよ。あれ以来、やっていないようだ。ここも、ずっと、やられてない」

グーラッシュが、母の手作りの味を思い出させた。自分が悪党であることを、木の匙を口に運んだ一瞬、忘れた。

深皿を空にすると、農婦が言った。「この娘の世話はわたしがするから、あんたたち、もう、こないでおくれ。そして、このことは、誰にも言うんじゃないよ。弟の首を取り返したって、オスマン軍の上の奴に知られてごらんよ。匿（かくま）ったうちまで処罰されるから」

「弟？」俺は包みを指しルーマニア語で娘に訊いた。娘はうなずいた。――ラウラ……。

「ラウラ？　いいえ、わたしはレミリア」

「姉の名前」

「ああ、お姉さん」

――ラウラ……。

「あなたがたの親切は忘れません」娘は言った。

俺はミハイの腕を摑み、引きずって外に出た。ミハイが跪いて告白する前に。

農婦が戸口の外に一緒に出た。

後ろ手に戸を閉め、

「お前たちだね、やったのは」

険しい口調で言った。

「様子を見ていれば、わかる」

「そうだ。俺だ」突っ立ったまま、俺は言った。

ミハイは地に膝をついた。

「名前を聞いておこう」

農婦を見上げて「ミハイ……ミハイ・イ、イリエ」嗚咽をもらした。

「トルコの名前は？　ムスリムの軍隊に入ると、名前を変えられると聞いた」

「イスマイル」ミハイは素直に応じた。

「そうか。噂は本当だったな。本当に、トルコ人にされちまうのか」

お前は？　と、俺に訊いた。

「シュテファン・ヘルク」

「高慢ちきなザクセンか」

高慢ちきなザクセン気質が、俺の中から湧き上がった。ルーマニア人の農民を軽んじて育った。むっとして口をつぐんだ。

「レミリアには言わないでおいてやる。これ以上あの娘に辛い思いはさせない。お前たちはさっさと軍隊に帰って、オスマンに尻尾を振っていな。二度とここに近づくんじゃない」

Untergrund 19

二度、三度と、陣容を再編しては総攻撃をかける。その都度追い返され、兵の数は激減する。ウクライナ・コサックの作り上げた防御線を越えられない。

クリミア・タタールはコサックに劣らぬ剽悍な者たちだが、オスマン軍の士気は明らかに低かった。

本陣でオスマンの傍に詰めている私は前線の様子を自分の目で見てはおらず、指揮官や兵たちの話から想像するばかりだ。

ウクライナ・コサックとポーランド有翼騎兵(フサリア)の攻撃力に、オスマン勢はなすすべがないようだ。兵にまったく士気がない。属国モルドヴァが、自力でポーランドを追い払えばいいことだ。はるばる本国から出向いて、命を賭けて戦うのは馬鹿らしい。そんな気分が蔓延(まんえん)している。領土争いは、地に人の存する限り絶えることはない。

勃興期のオスマン帝国であれば、兵士らは自らの意志で戦い抜いただろう。勃興期にあるから人々が昂揚するのか。昂揚しているから国が拡大するのか。どういう条件において国は繁栄し、また衰亡するのか。繁栄期と衰亡期、個々の生は、どう異なるのか。

というようなことを、当時は思わなかった。戦いの場に身をおきながら傍観者であった。今も、傍観者だ。帰属する地を私は持たない。プロイセンの王立図書館に居を定めているとはいえ、プロイセンに己を委ねてはいない。日々の糧を得る金はプロイセンの国庫から得てはいるが。

三度目の総攻撃が失敗に終わり、スルタンの天幕で作戦会議が開かれているとき、イスタンブールから報告が届いた。ウクライナ・コサックの別働隊が黒海を下り、二十隻からなるオスマン軍の船団を撃破、イスタンブールを攻撃した、というのであった。スルタン不在とあって、首都防衛の最高責任は大宰相にあった。「安堵なされますよう。我が方はコサックを追い払いました」莫大な金品を与えて撤退させたのかもしれない。

非難の視線が、クリミア軍団司令官に集中した。前線にきている司令官には何の責任もないことであったが。

参謀総長が、話題を軍議に戻した。

工兵部隊(ラグンチ)に地下道を掘らせることを参謀総長は提案した。攻城戦においてしばしば、用いられる戦法である。城壁の下に地下道を掘り城塞内に忍び入り、爆発物を仕掛ける、あるいは攻撃軍のために城門を押し開けるなど。

しかし、ホティン城塞は川と堀で囲まれ、しかも、城塞よりはるか手前に防衛線が築かれている。まず、この防衛線を撃破せねば、掘削どころか、城壁に接近することさえ叶わない。

「防衛線と城塞の間に出るように作る。防衛軍の背後をつき、挟撃する」

「地上に出たとたん、城塞側から攻撃を受ける。防衛線を守る敵も、気づくだろう。こちらが挟撃する前に、逆に挟撃される」宰相の一人が言う。

「掘削に要する期間は？」別の宰相が訊ねた。

「十数日」

「遅い」オスマンが、ただちに却下した。

「我々は兵力において圧倒的にまさる」参謀総長が言った。オスマンを無視し、軍団長や宰相らに話していた。

「三段構えに布陣する。第一陣は、敵が突っ込んできたら、分断される前に左右に分かれ敵を誘い入れる」

　気色ばむオスマンに目もくれず、参謀総長は続けた。

「第二陣も、さしたる抵抗はするな。敵がさらに突っ込んできたところを、第一陣、第二陣が背後をつき、大包囲し、殲滅する」

「本陣の近くまで、敵をおびき寄せるのか。それはあまりに危険だ」宰相らが強く反対した。敵が身近に迫るのは好ましくないのだろう。「机上の空論だ。実際にそううまくゆくか」

「貴君は帷幕にあるのみで、実際に戦場には立たぬ」軍団長が声を荒げ、参謀総長を支持した。

「軍を、貴君は侮辱するのか」

「その作戦は、宰相の権限において、却下する。地下道掘削について、協議しよう」

「完成するまで攻撃の手を休めていては、敵に感づかれる。小規模の攻撃を続け、敵の注意を引きつけておき、その間に掘削を進めよう」

　宰相同士で話し合う。

　オスマンの苛立ちは、表情にも露わであった。「陣を敷いてすでに半月近い。父祖代々不敗の我が軍が、何ゆえに、こうもだらしなくなったのか」

　およそ半世紀前、レパント沖の海戦でキリスト教徒の連合軍に大敗した事実を、オスマンは無視していた。

　オスマンが即位して半月ほど経ったころ、〈大理石の亭〉で語り合った日。ラマザン、と私をトルコ名で呼び、「父君の計画されたことを、私はすべて引き継ぐ」そう、オスマンは言ったのだった。父アフメトの計画の一つは、イェニチェリの大改革であった。叛乱の危険をはらむイェニチェリを解散させ、スルタンに忠実な軍隊を新設する。

私の手の中で、オスマンの手は二回りぐらい小さかった。

お前は私の股肱(ここう)の臣だな、いつまでも。

はい、陛下。

イェニチェリの悪習に染まっていない庭園士(ボスタンジ)と槍斧兵(バルタジ)の軍団をまず掌握するよう、私は勧めたのだった。そうして、シュテファンとミハイを槍斧兵の隊に編入させることを願い出た。私の身勝手な望み。槍斧兵が外のイェニチェリよりは皇帝に忠実であろうことは事実だが、シュテファンを身近に導き入れたい、というのが本音であった。

軍団長らは、イェニチェリを改革するというオスマンの意向をとうに察しているのではないか。だから、ことさらオスマンを軽んじ、不服従の態度を示すのではないか。スルタンを無視して進められる軍議のさまに、私はそう感じた。何かオスマンが不憫になった。これだけの大軍を持ちながら城塞一つを一気に落とせない軍の司令官らの不甲斐なさを罵りたくもなろう。十七歳の少年が、巨大な勢力に立ち向かおうとしているのだ。真の英雄など、存在しない。誰もが気質に負(ふ)を抱えており、英雄か否かを定めるのは、後世の人々だ。そう、二十一歳の私が気づいたわけではなかったが。

だが、兵は強制的に集められても、忠誠心を強制的に得ることはできない。改革とはイェニチェリの既得権を奪うことであるから、忠誠心どころか、彼らの反逆心を煽る結果になる。軍団は、もう、戦いたくないのだ。侵攻して国土を広げる必要はなくなっている。いままでに得たものを失わなければそれで十分だ。力を増しつつあるロマノフ王朝のロシアが勢力を南にのばそうとしている、その危険は、後世になってわかることであった。

後宮(ハレム)の内情を外の者がうかがい知ることはできないというのが建前ではあるが、黒人宦官(シャーフ・アーラル)の口などから、自ずと伝わり広がる。

目下、オスマンの生母マフィルズ母后が最高の権力者だが、イェニチェリの反抗的な態度の陰には、アフメトがどの女奴隷よりも寵愛したキョセムがいるとも噂される。アフメトの死、オスマン二世の即位によって、二人の皇子を持ちながら、今、キョセムには何の力もない。オスマンを退位させれば、キョセムの長子ムラト——今は、弟イブラヒム、そうして狂人として廃帝となったムスタファとともに鳥籠(カフェス)に幽閉されている——を後継にできる。キョセムは母后として実権を握れる。ムラトはまだ九歳。皇位についても飾り物だが、それだけ母后の権力が強まる。キョセムはそれを望んでいる。

そう、小姓たちの間で囁かれている。

ぐだぐだと、会議は続いていた。

結論を下すように、オスマンは叫んだ。

「作戦会議が何の役に立つ。攻撃だ。大攻撃で一気に潰せ」

耳を貸す者はいない。

私までが冷淡な傍観者であったら、オスマンは孤立する。側近であるハス・オダの長イルハンをはじめ、小姓たちは、幼時から身近にいたオスマンに対しイェニチェリのような不満は持っていない。父皇帝アフメトを敬愛し忠誠を尽くした、その名残もある。彼らも年若いスルタンを護るだろうが。

オスマンの背後にいた私は一足歩み寄り、互いの体温が伝わるほど近くに立った。

けれど、私の心の底には、奴隷身分からの脱出、鎖の切断、自由！ への渇望が、不壊(ふえ)の塊として沈んでいる。そうして私は、ふと思うのだった。私に、生家はあったのか。私に家族はいたのか。その記憶はあまりに不確かだ。

これを綴りつつある〈現在(いま)〉。私の記憶に確かなのは、マジャールの貴族(ボイエリ)であった、そのことくらいだ。もしかしたら、過去の〈時〉を確固たるものにするために、私はシュテファンを誘い、書き始めたのかもしれない。

シュテファンは記している。私が「父の領内に岩塩鉱がある」と言い、「領地持ち？ 貴族？」シュテファンは訊ね、「バートリやベトレンのような大貴族じゃない」私は答えている。

シュテファンは幼時の記憶を明確に持っている。姉に可愛がられた。父親が印刷業を営んでいた。先祖はドイツ騎士団の一員であったことも。

岩塩鉱は、確かに存在した。聖母マリアの祭壇も、あった。だからその部分の記憶は正確なのだ。

オスマン帝国に連れ去られる途次、私はぼくの母さま（アニャーム）と呼びかけている。ぼくの父（アパーム）、兄たち。ぼくの犬。それらの記憶も不確かになった。大きい深い屋根がかぶさった領主館——ぼくの住まい——。ゴシック様式の周壁を持つ教会。あの鐘楼。

こんなことを書き綴るのは無意味だ、とも思う。

自分の存在はきわめて希薄だ。私は実は幻影なのではないか。おびただしい書物の間を歩きながら、思う。私が居をさだめた部屋には、現在読んでいるものを除いて、書物は一冊も置いていない。置かないことにした。いつから、置かないことにしたのだったろう。

私は書物から何かを得た。そうか？　いや、私は書物に何かを奪われてきた。無数の文字が私のまわりで舞っている。文字はばらばらになり、勝手に集まり、意味を失い、飛び交う羽虫と変わらなくなる。文字が私の中に入り込み、私を浸蝕する。私は雑多な文字の集合体だ。

Untergrund 20

またきたのか、と、戸口に突っ立った農婦は、肘を張った両手を腰に当て声に怒りを込めた。

「あのひと……レミリア、元気になりましたか」ミハイが、おずおず訊いた。

「お前たちに、関係のないことだ。ここにくるんじゃない」

「食糧を徴発されていないか」俺は訊いた。

「お前たち……」激昂のあまり、農婦の声は裏返った。「寡婦(やもめ)から洗いざらいくすねた上に、また、奪いにきたのか」

ミハイと俺は、抱えていた穀物袋や食糧の入った袋を戸口の前においた。唖然とする農婦に、「レミリアの世話をしてくれたお礼です」ミハイが目を伏せて言った。倉庫に使っている天幕から盗みだした。同僚や上の者に知られたら、死刑だ。

入りな、と、農婦は顎で示した。

レミリアは、鉢の中身を両手で捏ねていた。あのとき以来月蝕みたいだったミハイの顔が、笑う赤ん坊になった。近寄る資格はないというふうに、その場に立ったまま笑っていた。レミリアが歩み寄り、親しいものたちの間でするように両手をのべ、首を少しかたむけて片頬を差しだす仕草をした。レミリアの手は、捏ねた麦粉が手袋になっていた。ミハイは頬を寄せ、衝動を抑えきれずに抱きしめた。はっとして身を引いたが、レミリアの手はミハイを離さなかった。

農婦が俺に目交ぜした。レミリアは誤解したままだ。秘密を守れ。早く帰陣しなくては。知られたら死刑だぞ。俺はミハイを促した。

この前と同じように、農婦が戸口の外までついてきた。手に布を持っていた。ミハイの肩についた練麦粉を拭き取り、「弟と二人暮らしだったそうだ」農婦は言った。「帰っても一人きりだからと、うちに居着くことになった」

ミハイ・イリエ、シュテファン・ヘルク、と俺たちの名前を呼び、「コンスタンタ」と、自分の胸を親指で指した。そうして、母親が息子にするようにミハイに頬ずりし、俺には目顔でうなずいた。「弟の首級は、ここの教会の墓地に葬った」

総攻撃はまたも不成功であった。本陣に詰めている俺たちにわかるのは、それだけだ。俺たちを率いる槍斧兵(バルタジ)軍団長は戦況をわきまえているのだろうが、兵は命じられるがままに行動するだけだ。俺たちの任務はスルタンの身辺警護とそれに付随する雑役だ。槍斧兵(バルタジ)の武器は他のイェニチェリらと同じく火縄銃である。せっかくファイサル殿に鍛えられた短弓は、使う折がない。火縄銃より俺は短弓を好んだ。草原に馬を駆る。獲物を求め、引き絞った矢を放つ。火薬を詰めて弾丸を先込めしてと、まだるっこしい火縄銃の操作より、よほど楽しい。

そのまだるっこしいのをやる機会も、まだ、なかった。

幾度も攻撃を繰り返しては失敗している。その間に工兵たちが地下道を掘り進める。掘削を直接目にしてはいない。戦線は広く長い。スルタンに危険が迫ることはなく、身辺護衛の槍斧兵(バルタジ)は交替で担当地域を巡回するほかに仕事はない。

ミハイは一人でレミリアに会いに行くようになった。ミハイは言っていた。神さまに誓って言う、あの時のほかは、からだの関わりは持っていない。気づかれるのが怖いんだ。

一度壊した玻璃をどうにか接ぎなおし、両手にそっとのせているような関わりかただ。レミリアがミハイを強く求めるようになったら、どうするつもりか。応えるのか。そうしてレミリアは識り、魂を引き裂かれるのか。静かに、俺たちはレミリアの前から消えるべきなのだ。そう思いながら、ミハイの不在を他の者に知られないよう気を配るという矛盾した行動を、俺はとっていた。

同じ罪を犯し、同じく慙愧に堪えないでいるのに、ミハイと俺はまったく異なる行動をとっていた。どちらが正しいのか、俺には判断できない。そもそも、最初から邪悪だ。その後いかに行動しようと、正当性はない。

＊＊

ここに私が書き足しておこう。

遺伝学が一般にまで知られるようになる前から、親の肉体的特徴が子供にも見られることがあるのは、体験的にわかっていた。白目の星や淡い痣が、色素に関係があるという知識は、最近まで持たなかった。ミヒャエルの眼もその父親の眼も、星を宿していた。レミリアの眼がそうであったように。星が遺伝かどうか、私は知らない。私に言えるのは、それが事実であるということだけだ。

ミヒャエルの父親をも、幼いころから、私は知っていた。さらに、その母親、母親の父親、その母親……。すべての眼に星があったわけではない。一筋のつながりがレミリアからミヒャエルまで途切れることがないのか、私にはわからない。白目に星を持って生まれるのは、レミリアの裔ばかりとはかぎらない。私にはどうでもよいことだ。シュテファンにとってそれが事実であるのなら。

＊＊

最初の攻撃から二十日あまり経つ。その間に何度攻撃をかけては撃退されてきたことか。敵の防衛線は、長期に渡る対峙の間に、荷車と土嚢の簡単なものではなく、石積みによって補強されつつある。

地下道が完成するまでの、目眩ましの戦闘だと俺たちは告げられていた。戦線は少しずつ縮小されつつある。食糧は現地調達——掠奪と同義語だ——するが、弾薬の補給が遅れがちになっていた。ルメリア——オスマン帝国領となったバルカン南部——の全土から徴発しているが、輸送に時間がかかる。

遠征軍全体の中でもっとも年の若いスルタンは、戦闘には出ないから暇なのだろう、攻撃と次の攻撃の間、時折、気まぐれに騎乗して兵を巡閲する。小姓たちがこれも馬で周囲を固める。

その外側を、俺たちが取り巻き、天幕の間を進む。

＊＊

ふたたび、加筆する。

オスマンに私は進言した。戦傷者、病者が収容されている天幕を見舞われませ。オスマンは否（ハユル）と言い捨てた。失望をおぼえ、私の気持ちは揺れた。彼を護ると決めたものの、やはり、情けない旗だ。私の気持ちは二つに分かれたままであった。置かれた境遇を受け入れよ。イェニチェリを改革するという少年スルタンの意気込みを支えよ。

否（ネム）！　と反発する力のほうが強い。少年皇帝オスマンの愚かな一面を知ってしまったゆえに。

私の進言を無視したにもかかわらず、数日後、オスマンは突然、傷兵を見舞うと言い出した。ハス・オダの長イルハンの忠告を容れたのであった。慈悲をお示しになれば、兵らはいっそう、陛下を慕い、忠誠心をいよよ篤（あつ）くすることでございましょう。

オスマンよ、損得ずくで行うことではないのだ。

天幕内に一足踏み入るや、オスマンはあからさまに顔をしかめ、片手で鼻を覆った。

血膿の臭い、糞便の臭い、死に近い者が漂わせる独特の臭い。それらが満ちた中で、傷病兵は呻いていた。

踵（きびす）を返し、オスマンは天幕を出、小走りに遠ざかった。深く息を吸い、不愉快な臭いを体内から一掃するように、吐き出した。

＊＊

出所のはっきりしない噂が、槍斧兵(バルタジ)軍団の間にひろがった。次の総攻撃には、スルタンが自ら戦場に立つ。身辺護衛の我々も当然出撃だ。

勇み立つ者はいなかった。戦闘に加わりたいと血気にはやる者は皆無だ。戦闘とは、傷つき死ぬことだと、滞陣のあいだに痛感したからだ。

ヤーノシュ、君の認識は誤っていた。槍斧兵(バルタジ)にしても庭園士(ボスタンジ)にしても、役目だから護衛の任務にはつくが、決してスルタンを心から崇敬しているわけではない。外のイェニチェリは明らかに不満を持っていた。給料の遅配が大きい。槍斧兵(バルタジ)、庭園士(ボスタンジ)の給料も同様であったのだ。しかも、外のイェニチェリは結婚し家族を持つこともできるようになったのに――公許ではない、なしくずしに既成事実を増やしていったのだ――槍斧兵(バルタジ)、庭園士(ボスタンジ)は、独身を強要されている。不公平だ。イェニチェリが昔のまま独身制であったら生じなかったであろう不満が、槍斧兵(バルタジ)、庭園士(ボスタンジ)の間にひろまっていた。俺はもとより忠誠心など持たない。若いオスマンがどのような人物であれ、俺はオスマン帝国のスルタンを許さない。俺の心にあるのは、俺を奴隷兵にした奴らへの憎しみばかりだ。

＊＊

そうか。私の不明だった。彼らも不満を持っていたのか。

傷病兵の悲惨なさまを目にしてから、オスマンは、戦闘への意欲が減退したようだ。自ら陣頭に立ち総攻撃を、と言うかわりに、和平交渉を口にのぼらせ始めた。

「我がほうに有利な条件による講和を結ぶためには」とイェニチェリ総司令官が献言した。「優位に立つことが必須です。一度、相手を撃破し戦果をあげた上で、軍使を送り交渉に入りましょう。敵も徹底抗戦して殲滅されるより、講和をのぞむでしょう」

「相手を撃破。そちたちがそれを成し得ぬために、遠征が長引いておるのではないか」オスマンは語気強く返した。

「今までは、兵力の温存を慮り、総攻撃といっても多くの兵を本陣に残しておりましたが、この総攻撃に全力を賭けます」

「これまでは、全力ではなかったというのか」

城塞の防衛軍を渇水で苦しめようと、川の水を上流でせき止める計画もあったのだが、土木作業を始めるやポーランド側の抵抗にあい、頓挫している。

川の向こうにポーランド軍が伏兵をおいているという物見の報告もあり、渡河して城塞を包囲し糧道を断つのも困難だ。

ポーランドがホティン防衛にこれ以上の兵力を割けないのは、ロシアやスウェーデンとの間が険悪だからだ。

オスマン帝国もまた、ペルシアのサファヴィー朝をはじめとする周辺国と不安な関係にある。

「陛下」と総司令官は声音を改めた。「これまで、陛下が御自ら戦場に出られるのをお止めしてまいりました。しかし、この度は、我々一同、賛同いたします。率先して陣頭にお立ちください。兵らは感激し、身を捨てる覚悟で戦うことでしょう。それでこそ勝利は得られます」

イェニチェリ総司令官の言葉に、私はぞっとした。

この一月近い滞陣の間に、首都に残った大宰相と本陣との間には、さかんに使者がゆきかっている。遠く離れているため時間の大きいずれが生じるが、意思は疎通している。

大宮殿(セラーリオ)の後宮(ハレム)には、オスマンが帝位にあるのを喜ばない者が二人いる。鳥籠(カフェス)に閉じ込められた者の母たちだ。ムラトとイブラヒムの母、キョセム。ムスタファの母、ハンダン。

大宰相と黒人宦官(シャーフ・アーラル)長アリを、キョセムは味方につけたのではないか。イェニチェリの司令官は、改革を目指すオスマンを廃したいという点では利害が一致する。家族を持つことも身内を世襲制のようにイェニチェリの軍隊に入れることも公認し、改革は行わないと、キョセムが確約したら……。

アリは、後宮における黒人宦官(シャーフ・アーラル)の長であるとともに、槍斧兵(バルタジ)軍団の総司令官をも兼ねる。戦場に同行してはいないが、軍部と意を通じあっている。

矢羽根、銃弾が飛び交い、投槍が宙を裂き、彎刀がきらめく戦場で、オスマンが命を失う。何の不自然もない。

スルタンが死ねばオスマン帝国軍は敗北を喫することになるが、前もって、イェニチェリ総司令官とホティン城塞守備軍の司令官の間に、密約がかわされているということは考えられないか。相互に損のない条件で和議を結び、オスマン軍は撤退するとか……。

私の考え過ぎかも知れなかった。

ともあれ、このとき、私の心は決まった。仰ぐに足りぬ主(あるじ)であっても、不当な反逆からは護り抜く。

ハス・オダの長イルハンを始め、他の小姓たちはどう思っているか。後宮とイェニチェリ総司令官が結託した、というのは私の邪推にすぎないか。疑惑を、誰にも語らないことにした。臆測が噂となって広まってはならない。

だが、イェニチェリたちが——槍斧兵(バルタジ)、庭園士(ボスタンジ)らまで——オスマンに不満を持っている状態で、どうなることか。

私はひたすらオスマンを不慮の死から護る。

イルハンら小姓も、忠誠心があれば若い主を護るだろう。

＊＊

数日後、指揮官から公に告げられた。

スルタンが自ら戦場に出られる。敵を殲滅する。汝らは尊い陛下をお護りせよ。出撃に備え、武器の手入れをしておけ。

銃を点検し、彎刀を研ぎ直しながら、「勝利したら、掠奪し放題だ」「強姦もな」兵たちの声が行き交う。

ミハイがそっと天幕を出るのを、俺は目の隅に見た。

しばらくして戻ってきたミハイは、天幕の隅にうずくまり、石になった。

俺は隣に腰を下ろし囁いた。「コンスタンタのところに行ったのか」寡婦（やもめ）だという農婦の名を言い、レミリアの名は敢えて口にしなかった。

「物騒なことになるから、どこかに隠れているようにと教えたのか」

ミハイはがくりと首を垂れ、その姿勢のまま、再び固くなった。レミリアが真相を知ったのだと、察しがついた。ミハイが告白してしまったのか。レミリアが感づいたのか。

21 Untergrund

今回、シュテファンから受け取った手記は、ここまでだ。書きしぶっているようだ。

大きい（グロース）ミヒャエルが作業中に海に落ちて死に、小さい（クライン）ミヒャエルを同居させることになったのだそうだ。十二歳になったミヒャエルは外に出ており、会えなかった。

私もまた、ペンが進まない。

生（せい）の――あるいは〈時〉の――あらすじを私は語っているような気がする。人の生は、些事で成り立っている。大きい転機や危機の間にある平穏な日々は、昨日とほぼ同じ今日、今日とほぼ同じであろう明日――いや、明日はわからない。〈明日〉は、存在しない〈時〉だ。〈明日〉が存在したとき、それは〈今日〉になる。

過ぎた〈時〉は、確かに存在した。

いや、私がいた部分だけだ、私にとって存在したのは。

いや、そうではない、私が記憶していることだけだ、私にとって存在している過去は。

記憶。これが、あてにならない。

シュテファンが記した私の言動。私がおぼえていないこともある。シュテファンも、私の記した部分を読んで、そう思うだろうか。

私はシュテファンの手記を読む。シュテファンは、彼が一人残る立場になるまで、私の手記を読む機会はない。彼はその不平等に気がつかないのか、興味がないのか、不満を言ったことはない。

私は、いつ、気がついたのだろう。私の記憶に大きい欠落があることに。

少なくとも、互いに過去を書いて一冊の書物にまとめようと提案したとき、私は自覚していなかった。ホティンの戦闘は、過ぎた時の、もっとも重大な記憶の塊の一つだ。最初の大塊が強制徴募(デウシルメ)であり、それに続く大塊がアフメトの命令による私への処置だ。そうしてホティン戦まで、中くらいの塊、小さい塊は幾つもあり、それらを一繋がりの〈過ぎた時間〉にする日常が記憶から抜け落ちているのは当然だ。

で、私は今、ホティンの戦闘について記そうとするのだが、自分がその中にあった戦闘を詳細に正確に記述するのは難しい。不可能だ。と言い切ろう。

互いの砲撃。轟音。着弾。空をおおう煙。硝煙のにおい。

いくらかでも客観的に記せば、オスマン軍の戦法は、砲火を交わした後、軽装備の騎兵隊によって始まる。敵が応戦し始めると機敏に相手を攪乱しながら退却し、突進してくる敵にイェニチェリの部隊が火縄銃の斉射を浴びせる。

そう、知識はあっても、いざ実戦の場に立つと、何がどう動いているのやら、自分の目では確認できない。

私はあのとき、オスマンを護ろうとしていたか。していた。と肯定したい。かくありたい、かくあるべき、という身勝手な願望だ。若い主を護り抜こうとする悲劇的な人物に己を当てはめたいのだ。

事実そうであったら、私はしっかりと記憶していただろう。空(エーゲ)にうちまたがり、オスマンと馬首を並べ、短弓を引き絞り、主に打ち掛かる敵に向って放つ。彎刀（わんとう）をかざし、馬上の敵に斬りかかる。私は第三者の目が見るように、己の姿を記憶に残しただろう。

あたりの様子を認識するどころではなかったのだ。馬の背に身をかがめ、遮二無二走らせていた。肉体の鍛錬はこういうときのためであった。だが、殺戮の武器を持った敵の群れに向って突っ走るとき、理性も沈着さも消滅する。

ポーランド有翼騎兵（フサリア）の、陽を照り返す銀の甲冑からのぞく服は、真紅だ。背丈を超えて頭上で弧を描く細い支柱に鳥の羽を並べて植えつけた翼を二本、腰から背に沿って垂直に並べ立て、赤と白の細長い布を槍先になびかせ、疾駆してくる有翼騎兵（フサリア）は、その外観だけでも威圧的だ。

一騎ずつの姿を見分ける余裕はない。周りの空気が熱い。巻き込まれた。熱風に削られる中で、時折、目の前の敵の細部が、ひどく鮮明に視野に映った。馬の首筋の、毛が擦り剝けた痕。露出した部分が黒い。すぐにぼやけた。抜き払った彎刀を闇雲に振りまわす。あらかたは空を切るが、時折、腕がしびれるほどの衝撃が刃から腕に伝わる。相手を甲冑の上からたたきつけたのだ。好運というべきか、相手の喉首に刃が食い込み、勢い余って骨を断ち切る。僅かな肉と皮膚一枚でつながって垂れ下がった首は、噴き上がる血を浴びながら、自らの重みで千切れ、地に落ち、疾駆する馬の蹄に踏み潰される。

衝撃が私の肉の奥にひびく。甲冑の上から突かれたり打たれたりしているのだ。

一つの小さい点に過ぎない自分を、巨大な力が包み込み押し潰す。恐怖。もっとも強烈に記憶するのは、その恐怖感だけだ。

私を支える空（エーゲ）の躰が、いきなり、横倒しになった。

どのような言葉でも言いあらわせない闇の記憶が、それに続く。

文字どおり、闇の中にいた。

戦闘の恐怖。闇の恐怖。

二つを結ぶ部分の記憶が、ない。

遠い小さい星ひとつから届く雫ほどの明かりもない。全くの闇であった。

どうして、私は、そこにいた？

どうして、シュテファンと私はそこにいた？

どうして、その繋ぎ目が思い出せない？

私は最近までその空白を意識していなかった。

記憶は、その強度と、追憶の反復によって意識に刻み込まれるのだと、私は実感する。

三つの記憶はあまりに強烈で、持続するのに反復は不要であった。しかし、二つを繋ぐ部分は、忘却するほど些細なことであったのか？　逆に、保持するにはあまりに巨大すぎ、私の中の、私の知らない力が葬り捨てたのか。

真の闇は、重量と質感を持ち、私を締め付け、押し潰した。旁ら（かたわ）に仄かな体温を感じた。誰だ？　シュテファン。声が返った。ヤーノシュだな？　そうだ。手探りで相手の躰を確認し、

Ⅱ

密着させた。

闇の記憶はそのあたりから始まる。

思考がほぼ停止していた。意味のある言葉など、思い浮かばなかった。

私が腕に力を込めると、シュテファンも同じようにして、互いの存在を確認した。

時々、名前を呼びあった。

出口を探すためには、移動せねばならない。互いの片手を相手の背にまわし、一つの躰のようにして、空いている方の手で闇を探った。慎重に右側に横歩きし、五十歩ほど歩いても何も触れるものはないので、逆に、左に横歩きした。左側を探るのは私だ。指先が固い壁に触れた。土の感触だ。鼻孔が感じるのも湿った土のにおいだ。

攻城作戦の一環としてオスマン軍が掘り進めていた地下道じゃないだろうか。私が言うと、たぶん、とシュテファンは肯定した。戦闘の最中、お前が地に伏し倒れているのを見つけた。放置したら踏みにじられる。安全なところへ、と引きずっているとき、落ち込んだ。そうシュテファンは言った。彼自身も混乱しているようで、歯切れの悪い口調だった。

地下道がどこからどのように掘削されつつあったのか、私は知らない。図面を見てもいない。スルタンの側近とはいえ、軍議に加わることはなかった。後に控えていただけだ。

落馬したとき、頭部を強打したのだろう。ほかに怪我はしていない。

闇の中にいた。

そう一言記して、書き進めよう。

シュテファンも私も地に膝をついた。目の前に穴があってもわからないのだ。突然墜落しないためには、這いずって進むほかはなかった。私の左手は常に壁に触れており、右手はシュテファンの背から腰にまわしている。シュテファンの左手が私の背から腰を抱く。地面と前方の安全を確かめるのはシュテファンの右手に託されている。私の役目は左手を壁からはずさないことだ。

生き延びたい。その本能が私たちの躰を動かす。動けば体力を消耗する。死に近づく。しかし、戦闘の最中だ。行方不明の者を捜索救助する余裕などない。勝利、敗北、どちらで終わるにせよ、撤退に際しても行方不明者は放置だ。ここにうずくまったままでいれば、確実に、死ぬ。

二本の前脚と四本の後脚を持った双頭の獣となって、進んだ。前脚の一本は壁の確認に用いるから、前進力にはならない。

時間の経過がまったくわからない。空腹と疲労。意識喪失に似た睡り。

渇きは、時折行き当たる湧き水でいやされた。

その間も、私たちは躰のどこかを触れ合っていた。相手の感触を失ったら、ひとりだけになったら、正気を保てない。死より恐ろしい。

正確に記そうと、しきりに記憶を探っているのだが、呆れるほど不鮮明だ。疲労と恐怖で朦朧としていたのだろう。ついには恐怖さえ意識にのぼらぬほど疲労し衰弱していたのだろう。

何度か、置いて行かないでくれというふうにシュテファンにしがみつき、あるいは、もう動けない、一人で行ってくれ、と手を離そうとしたり、そんなことを繰り返していたと思う。覚醒すると、夢の内容は忘れる。夢ではなかったはずなのだが、手応えがない。

シュテファンは決して、私の腰にまわした手を放そうとはしなかった。その感触は、記憶にある。厄介な荷物となった私を引きずって、シュテファンは這った。彼は、私を棄てなかった。

無数の鳥が頭のなかで啼き騒ぐ。

現実の音ではないから、追い払いようがない。

ズボンの膝が擦り切れたと見え、痛みがじかに皮膚に伝わる。これは確実に現実の痛みだ。

短弓はいつの間にか失っていた。矢筒ごと、矢を捨てた。シュテファンも銃は手にしていない。穴に落ち込むとき、手放したか。

帯に下げた彎刀が腰骨にあたる。もう一つ邪魔になるのは、帯に提げた金袋だ。指輪さえ重い。

捨て去ろうかと思いながら、決心がつきかねていた。それだけの余力はあったのだろう。ぎりぎりになったら、身ひとつのほかすべて邪魔ものとして捨てる。

ちょっと待ってくれ。声を絞り出して、シュテファンに言った。剣を捨てる。重い。

シュテファンは私と一緒に立ち上がった。私は壁に背をあずけ、腰帯に吊るした彎刀を外そうとした。シュテファンの手が私の腰帯を探った。外して自分の腰に吊っているようだ。「捨ててくれ」私は言った。「武器なら、短剣がある。彎刀を捨てても丸腰にはならない」短剣は帯に差している。

そうか、とシュテファンは言い、「金袋は捨てるな」と続けた。「外に出たら、必要だ」

脱出の希望をシュテファンは失っていない。

そのとき、私は感じた。極度の疲労が、少し薄らいだような。餓えきっていたのに、飢餓感が幾分薄れたような。

重い彎刀をはずしたせいか。

あのときの奇妙な感覚はおぼえている。

左手に触れる壁の感触がこれまでと異なると感じたこともおぼえている。

わずかではあるが、病の恢復期のように、躰が楽になった。

深々と息を吸い込むと、躰の中に快い何かが流れこむ。

行く手に、仄かな明るみ。

上の方から。

見上げた。

岩の天井がたたみ重なって光源はわからないが、互い違いに突き出た幾つもの岩の陰に地上への穴があり、外光はそこから差し込んでいるようだ。

私たちは立ち上がった。浴びるというほど強い光ではない。暗い厚い霧を透してほんのり明るみが見えるという程度だ。

シュテファンと私は向き合って、岩壁の一部が浮きだしたような互いの姿を視認した。次の瞬間、強く抱擁しあっていた。光だ。外からの。

だが、攀じ登れるような壁ではなかった。上のほうが狭まっている。

肩に乗れ。シュテファンは言い、かがみこんだ。またがると、壁に両手をついてゆっくり立ち上がった。しかし、私の両手は、どれほど伸ばしても天井には届かなかった。

弱い光に浮き上がった石壁が、眼に近い。

シュテファンがよろめいた。飛び降りて、私は唾で濡らした指先を壁にこすりつけた。舐めて確かめた。

シュテファンに言った。「ここは、岩塩鉱だ」

仄かな明るみの中に塩の結晶の層を見た。今でも、眼前に思い浮かべることができる。

味覚と嗅覚の記憶は、視覚のそれより再現が難しい。だが、あのときを思い返すと、口中に唾が湧くのだ。少しも美味ではなかった。ただの塩。しかし、希望の味だ。

正体のわからない闇。

岩塩鉱であるとわかった闇。

その違いは途方もなく大きい。

岩塩鉱であれば、地上への通路がどこかにあるはずだ。見棄てられた廃坑であったら、通路はすでに閉ざされているかもしれない。それは考えないことにし、希望の裾に取り縋（すが）った。

岩塩の層には国境はない。モルドヴァからワラキア、私のエルデーイ——トランシルヴァニア——、ポーランド、ハプスブルクのオーストリア、バイエルン公国の東端にまで広がっている。太古、海底であった証だと今では知識を持っている。それが絶対に正しいのかどうかは別として。知識は、次の時代の知識で否定される。それはさらに次の時代に否定される。真実は一つであるはずだが。

海。不思議な存在だ。なぜ、海は常に塩分を含んでいるのか。太古から今に至るまで、生き物は塩を摂取しているのに。人は海水を陸に引き入れ、水分を蒸発させて塩を得ているのに。雨も、海に注ぎいる川水も、塩を含んではいないのに。ふと、さらに思った。海で死んだ夥（おびただ）しい人の数を。その骸（むくろ）はやがて溶け、内包していた塩分を海に返すのだろうか。幼児のように愚かしいことを、今、これを書き綴りながら思っている。

外光は坑道の底までは届かない。私たちは闇の中にいる。

〈外〉は、確実に存在する。その証であるかすかな光から離れられない。また闇の中を這いずるのか。

進もう、と決断したのは、シュテファンであったか。私か。

どちらからともなく。私たちの意思は一つのもののようであった。自分の怯懦（きょうだ）をごまかしてはいないか？　シュテファンの決断に私が従ったのではなかったのか。私の記憶は〈どちらからともなく〉だ。記憶は、とかく依怙贔屓する。だがシュテファンに引きずられて進み出したという記憶はまったくない。私がシュテファンを促したという記憶は、もちろん、ない。

何にしても私たちは動いたのだ。岩塩鉱であるなら、地上との通路があれ一つということはあるまい。

しかも、気のせいか、地面は上り傾斜であるようだ。四つん這いをやめ、両足で立って歩いた。それまでの経験から、突然足元に穴があるという危険は少ないと思えた。壁に沿わせた左手は放さない。手のひらが擦りむけたようだ。地を探っていたシュテファンの右手は前方に突き出され、闇を探る。

何日経ったのか。あるいは何週間？　あるいは何ヶ月？　いや、そんな長期間、耐え得るはずはない、食糧は何もないのだ……。というようなことを、岩塩鉱をさまよっているとき、考えなかった。飢餓感をおぼえなくなっていたためだろう。

シュテファンと私は、時折、小用を足すために立ち止まらねばならなかった。金の細管を使う姿を見られないですむ、このときだけは、闇を好ましく思った。私が将来大宮殿（セラーリオ）の内廷（エンデルン）にあって権力を持つ白人宦官（アク・アーラル）となるべく施術されたことは、秘密ではない。シュテファンも知ってはいる。それでも見られたくはなかった。

「まさか、小人はいないよな」
シュテファンが冗談交じりに言った。岩塩が層をなす地下には、小人の一族がいる。シュテファンは幼年期、乳母からその話を聞いたと言っていた。私もいつからともなく、誰からともなく、伝承を聞き知っていた。地下の小人たちが老爺のように萎びているのは、塩に生命を吸い取られるからだ。

突然、シュテファンの躰が大きく揺れ、同時に声を上げた。坑道が急に狭まり、頭上から下がった岩に額をぶつけたと、後で知った。傷痕は残っていない。私は、左の小指と薬指の先端を、迷路彷徨の間に失っている。岩塩の層の隙間が、手探りして進む私の指を咥え込んだ。不思議なことに激しい痛みを感じなかった。甘噛みしながら力の加減を知らない子犬を、私は連想した。引き抜こうとすると、いっそう強く噛む。もちろん、私の錯覚だ。私が彼ら――彼、と単数で呼ぶべきだろうか――の関心をことさら引く要素は何もない。たまたまそういう時期に私たちは坑道にいたのだ。

強引に引き抜いた。指の先は咥えられたまま岩塩の間に残った。痛みではなく、何か快い感覚が先端を失った指から全身に流れ入る心地がした。外科の名医が切断縫合したように、切断面の周囲の皮膚が骨を包み、血は流れ出ないのだった。

膚を接して立つシュテファンが大きく呼吸するのを感じた。私も同じようにした。深く肺をみたす闇の中の空気は、遥か後になって知った言葉を使えば、細胞の一つ一つに行き渡った。

海の中にいる、と感じた。人は、海中では棲息できない。私は、そうしてシュテファンは、このとき、人ならざるものであった。

ふたたび、前方に淡い明るみを見た。和毛（にこげ）のそよぎのようなやわらかい明るみだ。足を速めた。私が転びかけたのは、何か固いものを踏んだからだ。光の裾がわずかに届き、茶褐色のものが散っていた。屈（かが）んで、一片を拾い上げた。湾曲したそれは肋骨の破片らしい。人のそれより大きい。さらに注意深く見ると、頭骨が転がっていた。人頭ではない。おそらく馬だ。砕いた岩塩の運搬に酷使され、太陽のもとに解放されることなく、地底で生を終えたのだろう。さらに行くと、人骨とおぼしい骨も散っていた。死ぬまで坑道から出ることを許されない罪人も多く働いていたと聞く。おびただしい骨を踏み砕きながら進む。

光を導き入れる穴は、頭上に開いていた。攀（よ）じ登るのは不可能な高みだ。地上に滑車を設け岩塩塊を引き上げていたのだろう。その痕跡は地底には残っていない。廃坑だ。
光の届く壁は一面、岩塩の結晶が紫水晶のように煌めく。穴に落ちて以来初めて目にした色彩だ。神々しく感じた。これほど美しいものを、人間は作り得ない。神はここにやどり給う。と、そのとき感じた。人が掘り当てるまでこの美しいものは地の下に潜んでいた。

光が薄れるあたりに、私は掘り窪めた壁龕（へきがん）を見出した。

祭壇の痕跡があった。

私の肩におかれたシュテファンの手に力がこもった。

「そうなのか？　これなのか？」

「違う」私は言った。記憶にある祭壇とは、重ならなかった。信心深い鉱夫たちがマリア様の祭壇を作るのは、私の父祖の領地に限らないだろう。

「そうだな。遠すぎる。まだモルドヴァの内だろうな」

稚拙に彫り込まれた祭壇を見つめながら、私は、自然に跪いていた。シュテファンも同じ行動を取った。

私の生家はカルヴァン派であり、シュテファンはルター派、どちらもプロテスタントだ――ムスリムは形ばかりだ――。カトリックのような聖母崇拝の習慣はないのだが、おのずと祈りの姿勢をとった。お救いくださいとも、お許しくださいとも願わなかった。ただ無心に祈った。

鉱夫たちは何を祈ったのだろう。神に届きはしない祈りだ。彼らは塩の岩壁を掘り崩すのみだ。かつては、地底で命終わる者がほとんどであったろう。

報われることのない祈り。それでも、彼らは祈ったのだろう。

私も祈った。何も願わずに。

そうして、シュテファンと躰を寄せあい、歩き始める。靴底が擦り切れ剥き出した足の裏の下で、古い骨がしゃりしゃりと砕ける。

頭上から光の洩れ入る箇所に、何度か出会った。達することのできない高みであった。落胆はするのだが、次第に、明るみに浮き出す岩塩層の美しさを楽しむ気持ちのほうが強くなった。純白、あるいは淡い碧、薄(う)っすらと紅を含んだ層もあった。

時に、私は笑い声を聴いた。もちろん幻聴であったが、頭のなかで啼き騒ぐ鳥の声のような不愉快さはなかった。

今、王立図書館内の私室でこれを書きながら、ふと思った。私は夢の中にまだいるのではないか。大宮殿のハス・オダで目覚めるのではないか。それならまだよい。目覚めたら暗黒の洞窟の中、であったら。

恐怖感にいたたまれなくなり、立ち上がった。机においた数冊の書物と、この紙の束、筆記具。目に入るのはそのくらいだ。部屋の外に出て広大な開架室に足を運べば、書物のほかには何も目に入らなくなる。書庫にはそれに数倍する蔵書がある。それゆえ自室には余分なものを置かないのだが、壁にただ一つ、写真をおさめた額をかけている。シュテファンと私が並ぶ湿板写真(ティンタイプ)だ。キールを訪れたとき、写真館で撮った。銀板写真(ダゲレオタイプ)という奇妙なものが発明されたのはつい先日のように感じるのだが、わずか数十年の間に技法は湿板、ガラス板を用いた乾板と目まぐるしく改良され、私は呆気にとられるばかりだ。印刷物にも木版画や銅版画ではなく写真が取り入れられるようになった。筒型に丸めることのできるフィルムが出現し、さらに、スクリーンに投影された映像が動く映画というものまで普及している。

存在の感覚がおぼつかなく不安になることは、これまでにも何度かあった。いや、不安は常に意識の底にあり、時折それが鮮烈に表層に噴出する。そういうとき、シュテファンの写真を見ると、私は安定感を取り戻す。

　吹き荒れる嵐に風景が一変するように、外界は変わっていく。だから、シュテファンに会うと、私は灯台の灯を見出した捨小舟(すておぶね)のように安堵する。彼の〈時〉は、私とほぼ同じだ。シュテファンはすべてを受け入れ、動じない。彼には存在を続ける拠所(よりどころ)がある。彼は奴隷兵にされた怒りがなお消えぬことを綴ってはいるけれど、両足を〈現在〉に踏み据えている。私は宿り木のように、彼がいることによって、かろうじて生(せい)を耐えてきた。

5　U—Boot

　四時間直と休憩を繰り返すうちに、日にちの感覚がわからなくなる。雪でも降るのではないかと思われる寒さだ。

　ミヒャエル・ローエは艦橋勤務に就いている。

　北の荒波を受け左右上下に大揺れしながら、U19はシェトランド諸島とオークニー諸島の間を抜けるべく艦首を西に向け進む。

　せっかくの獲物である商船を、今回の目的は通商破壊ではないから、何度も見逃してやってきた。先輩の水兵たちは口惜しがる。畜生、魚雷が泣くぜ。みすみす逃すのか。射程距離にいるのによ。そうして、何隻もの仮装巡洋艦や哨戒艇を、その都度潜航してやり過ごした。

潜望鏡深度を超えると、艦は視覚も聴覚も持たない状態になる。去年、音響ビームを一方向に放ち反響波を受信する装置をアメリカの科学者が開発したが、実用化には至っていない。駆逐艦の対Uボート攻撃力も、さして高くはない。ドラム缶に似た爆雷を備えるようになったが炸薬の量が少なく恐れるに足りない、深度三〇なら、たとえ投下されても被害は及ばないと情報が入っている。爆雷でやられたUボートはまだ一隻もない。とはいえ、撃沈される最初のUボートとなる可能性もある。敵駆逐艦が去るのをひたすら待つのは厭な気分だ。静かなはずなのに、得体の知れない音が全身に伝わる。

波が盛り上がる。艦橋よりはるかに高く、どこまでも迫り上がる。視野は液化した金属の色の壁で占められる。壁は崩れてなだれ落ち、甲板の上のものすべてを攫う勢いで退いて行く。艦は谷に落ちる。と見るや、次の波がそそり立ち、泡を噴きながら迫る。

甲板上に据えられた口径八・八cmの備砲は、砲口栓によって腔内への流水を防いでいる。砲身には常から獣脂や油脂を厚く塗りたくってある。怠ると、敵の根拠地に近づくにつれ頻繁になってきた潜航によって錆びる。

乗艦する時支給された青いニットの下着と青いセーターを重ね着し、革の上着の上に油布の防水合羽を羽織ってもなお、寒気は内臓まで凍らせる。九月下旬でこれだ。真冬の艦橋当直は、凍死する思いだろう。

吹きつける風はなまじな武器より強烈だ。艦首は棒立ちになり、逆立ちして波の谷に沈む。手摺にしがみつく。

雨の乱打が加わった。八方から鉄の杭を打ち込んでくる。垂直になるほど盛り上がった巨大な波の壁は、薄く裂けて、櫛の歯のように向こう側が透けて見える。

ハッチから艦長が顔を出す。泡立ち砕ける波を頭から浴び、防水帽の縁がへし折れる。双眼鏡で様子を見るまでもない。

叫び猛る嵐をやり過ごすため、「潜航配置につけ！」の命令が下る。

艦橋勤務の者たちは、太い滝となってなだれ落ちる海水と一緒に梯子を下りる。床は水浸しだ。ハッチが閉まる。あらゆるものが揺れている。

波に平行になるよう艦の位置を定める。艦首から艦尾にかけての上方を波の山が一様に走り去るのを感じる。

深度一〇。二〇。横揺れが徐々におさまる。

深度五〇メートルまでは安全だと、ミヒャエルたち新兵は教えられている。それ以上は危険を伴う。一〇〇を超えると頑丈な船殻がきしみ始める。二〇〇。鋼鉄の艦は紙細工のように、水圧に潰される。

深度三〇。揺り籠の中にいるように穏やかだ。ただし、限度は二十時間。それ以上になると蓄電池が切れる。電気はUボートを生かす血液だ。長時間の潜航は、酸素の欠乏をもたらす。ボンベの栓を開き酸素を艦内に放出するにも電気は必要だ。

勤務時間を終えたミヒャエルは吊床に横になる。両舷の下段ベッドでは非番のものが数人集まってトランプに興じている。先任ジングフォーゲル中尉がかけているレコードがかすかに聞こえる。シューマンの歌曲だ。

客人は便所にでも行ったのか、上段ベッドは空だ。枕の下から何かはみ出しているのが目についた。一瞬、光った。身を乗りだした。何かの柄の先端らしい。金属にはめ込まれた青い石が、弱い灯りを照り返したのであった。

いっそう身を乗りだしたとき、客人が戻ってきた。視線が合い、ミヒャエルは間の悪い思いをした。梯子を上って客人はベッドに横たわった。はみ出したものを枕の下に押し入れ、ミヒャエルに微笑を見せた。何を意味する微笑か、ミヒャエルは見当がつかなかった。意味などないのかもしれない。少し怖かった。ハンスと親しいのだから、とミヒャエルは思った。怖い人じゃないさ。ミヒャエルは微睡（まどろ）み、ハンスにじゃれついている自分の夢を見た。そのそばに誰かいて、顔は見えないのに、誰だかわかった。目覚めたとき、楽しい気分と少し厭（いや）な気分が入り混じって、あとを引いていた。「浮上！」の声が頭にある。伝声管から響いたその声で目覚めたのだと気がついた。誰かが吊床を下から突いた。「交替だ。急げ！」夢のあとの妙な気分はたちまち消えた。Uボートの現実には、夢の入り込む余地などない。吊床から飛び降りる。

非番になったやつが替わってよじのぼる。ミヒャエルは走る。艦内の移動は常に、走れ、走れ、だ。視線を背に感じる。気のせいだ。

通路はごったがえしている。隔壁の穴をくぐろうとしたら、こっちに向かってくる奴に蹴飛ばされそうになり、よけたはずみに尻餅をついた。相手は一瞬早く上端に手をかけ、両足を持ち上げ、穴を飛び越えたのだ。「のろま!」怒鳴りつけて走り去った。ビアホフ一等水兵。さして大柄ではないのだが、敏捷で腕っ節は強い。ボクサーの経験がある。前部発射管室のベッドに寝る一人だ。若い娘の肩を抱いた写真を壁に貼っている。婚約者だ。任務を終えて帰港したら結婚式をあげる。いいな。ミヒャエルは、キールで好きな女の子に二度ふられた。めげた。ミヒャエルの目には、ビアホフはいい年こいたおっさんに見える。額が禿げあがっている。こんな綺麗な子を、どうやって口説き落としたんだ? いきなり、指を突っ込みゃあいいんだ、とビアホフは伝授した。相手は硬直する。すかさず、抱きしめてキュッセを浴びせる。そうか。帰ったら、やってみよう。

22 Untergrund

私もシュテファンも、なぜ、不審を抱かなかったのか。

いや、何かおかしい、と感じてはいたのだ。靴が擦り切れ、服がぼろぼろになるほど歩く間、食べ物はなく、湧き水を飲むだけだった。餓えと疲労で動けず、救いはなく、餓死するのが当然なのだ。なぜ、衰弱すらしていないのか。その疑問を、二人とも口にしなかった。

洞窟、それもごく狭い、崩れかけた場所にいつのまにか入り込んでいる。

大小の岩塊が積み重なって立ち塞がる、その先の斜面に細く瞼を開いたような隙間があるのを触覚が伝える。腹這いになって攀じ登る。このあたりは、塩鉱の層はないようだ。ただの土と岩だ。

指が摑んだこれは、地中に長く伸びた樹の根ではないのか。

出口があるのか。岩塩鉱に後戻りするべきではないか。何かが私を引き止めているような、けれど、その同じ何かが、逆に、行け、とはげましているような。もちろん、錯覚だ。

しかし道を逆に取ったところで、もとの場所に出られるかどうかわからない。一人であったら、私は完全に狂人になっていただろう。傍らに常にシュテファンがいた。シュテファン・ヘルクは前に進む。私、ファルカーシュ・ヤーノシュも、進む。

岩塊の隙間を抜け、あるいは攀じ登り、たしかに少しずつ高みに登りつつある。そう感じる。登る。それは地表に近づくことだ。だから道――ともいえぬ隙間――が下り坂になると気が滅入る。

遠い向こうに、かすかな明かりを感じた。シュテファンと私は、互いの腰に回した手に力を込めた。

進むにつれ、明かりは徐々に大きくなった。積み重なった岩石の上のほうだ。攀じ登るためには、手を離さねばならないが、もはや、暗黒の中ではない。

シュテファンのほうが先に光源である隙間に辿り着いた。


外に這い出したとき、眩しさに瞼を閉じたが、光は眼球にとどいた。

光は、皮膚を刺した。赤剝けになった弱い肌に塩を擦り込まれるような痛みだ。

光に押し潰され、地にうつ伏せになった。重ねた両手の甲の上に額をのせた。少し顔をあげると、地を踏みしめて立つシュテファンの両足が視野に入った。柔らかい革の靴は形をとどめないまでに擦り切れ、破れ、親指が露出していた。伸びた足の爪の筋にも裏側にも岩塩が食い込み、淡い紅色になっていた。

光は樹々の梢の間から差し込んでいた。傾斜地だ。

光を透かす葉の群れは、やがて黄葉にむかう気配を含んでいた。

立ち上がり、振り返った。斜面の途中に大小の岩が転がり、私たちが這い出したのは、その隙間であったようだ。

シュテファンと私は、葉漏れ日の下でまともに向き合った。

腰帯で止められた切れぎれな襤褸(ぼろ)が、かろうじてシュテファンの膚を覆っていた。

私もまた同様であったろう。

私は思わず手を伸ばし、シュテファンに触れた。相手が幻影ではなく実体であると感じた。シュテファンもまた同様にした。同時に抱き合っていた。互いの心臓の鼓動を己のものと感じた。

「まさか、俺たちは……」シュテファンがつぶやいた。「カルパティア山脈の下を突き抜けた」

「そうしてモルドヴァからエルデーイに」

「ジーベンビュルゲンに」

トランシルヴァニアに。

南へ南へと進めば、

「クロンシュタット！」

「ブラッショー」

同じ都市が、三つの名を持つ。ミハイならブラショヴと呼ぶ。

私の左手を、シュテファンがとり見つめた。

中指の宝玉ではなく、彼の目は小指と薬指に注がれた。

「どうした」

洞窟の中で起きたことを、そのまま伝えたら、精神状態を疑われそうだ。

「岩の隙間に挟んで、怪我をした」

事実だ。

「潰れたのか。よく音を上げなかったな」

シュテファンは両腰に彎刀を一振りずつ提げていた。隙間をくぐり抜けるとき、さぞ邪魔であったろうにと思いながら、私のを受け取り、腰につけた。

歩き始めた。

林を抜ける、台地に出た。視野が開けた。下の斜面に林はまだ続く。その向こうが見渡せた。平地を挟んではるか彼方にあるのは疎林の傾斜地で、木々の間に人馬の群れが蠢く。遠目ながら、ポーランドの有翼騎兵隊の大軍であることが見て取れた。

右に視線を移すと、広い平地になり、天幕の群れが望めた。天幕の頂点にはためくのは、オスマン帝国の旗だ。

敷かれた砲列と天幕群の間に、軍馬や兵が群れる。

地下道、坑道、洞窟と歩きまわり、方角もわからぬ長い彷徨の果て、カルパティアの西どころか、もとの場所に戻ってきてしまったのだ、と知る。

景色が少し異なる。オスマンの天幕が数倍に――いや、もっと――増えている。ホティン城塞は見当たらない。兵力を補充し、戦線を移動させたのだ。

足首に長い黄金の鎖がついている。いっとき自由にさせても、結局は引き戻される。

これが神の御心なのか。そのとき、私はそう思ったのだった。幼いころから、すべては神の御計らいである、と教えられてきた。今では信仰のかけらも持たないが、当時はまだ心に沁み込んでいた。

　異教徒の中で生きよ、と神は望まれるのだろうか。

「俺は、陣に戻る」シュテファンが覚悟を決めたように言った。「ミハイが残っている」

「心配しているだろうな」君を、と私は小声でつけくわえた。

台地の下の林に下る。樹々にさえぎられ、眺望がきかなくなる。やや広い空き地に出たとき、人の気配を感じた。

　熱い風が一瞬頭上をかすめ、ピシッと音を立てて樹皮の破片が飛び散った。幹に矢が突き刺さっていた。

　とっさに彎刀を抜き払った。次いで飛びきたった縄が首にかかったが、ぐいと絞め上げられる前に、左手を縄の内側にいれ、防いだ。縄を緩めようとあがくとき、ふいに呼吸が楽になった。シュテファンが短剣で、縄を断ち切ったのだ。

　相手は複数だ。

「射殺せ！」

「やれ！」

　声はトルコ語だ。

「待て！」

樹の幹を背に立ち、シュテファンと私はトルコ語で叫んだ。

「射るな。俺たちはオスマン軍のものだ」

「身なりでわかるだろう。俺はスルタンの槍斧兵(バルタジ)だ」シュテファンが言ったが、ぼろぼろの衣に槍斧兵(バルタジ)の制服の名残はわずかだ。

「私はスルタンの側近の小姓だ」私も告げた。しかし、この身なりで説得力があるだろうか。

嘲笑とともに、木陰からイェニチェリが三人あらわれた。徒(かち)の二人は短弓に矢をつがえ、もう一人は馬上にあった。これが隊長だろう。巡回警備の役についている兵らしい。

矢の先端は我々に向けられている。引き絞り放つ、その前に、手元に飛び込めるか。

「スルタンの小姓が、なぜ、ここにいる。スルタンはイスタンブールにおわす」

隊長が言い、二人は短弓の弦を引き絞る。目と鼻の距離だ。放てば必ずあたる。

オスマンは、首都に引き上げたのか。戦闘は軍に任せて。ならば、小姓たちも、スルタン護衛の槍斧兵(バルタジ)も、帰国したのか。

「まず、武器を捨てろ」

相手は命じた。

シュテファンと私は短剣と彎刀を足元に落とした。

「よこせ」

馬から降り、男は言った。指輪を指している。

この男が指揮をとっているのだろう。

「スルタンからの賜り物だ」私は応じた。「スルタンのイェニチェリが、ハス・オダの小姓に、野盗にひとしい行為をしたと知れたら、お前たちは首を刎ねられるぞ。ハス・オダの長イルハンのもとに我々を案内しろ」

「ハス・オダのことなど俺たちは何も知らねえが、スルタンがおられないのに、ハス・オダの長だけウィーン包囲に加わるわけはねえだろうが」

「ウィーン包囲？」シュテファンが聞き返した。「ウィーン？」

オスマン帝国のスルタン、スレイマンがウィーンにまで攻め上ったのは、はるか昔の話だ。シュテファンと私は言葉が出ない。洞窟内の……岩塩鉱の彷徨は、時を遡ることであったのか。と、一瞬、愚かしいことを思った。オスマン二世は、ホティンを落としウィーンまで攻め込んでいるのか。

「ウィーンという名を生まれて初めて聞いたような面だ」

「いかれてやがる」

「いかれたふりをしたキリスト教徒の諜者だ」隊長が断言した。

「スルタンは首都に帰られても、宰相らが指揮を取っているだろう」私は高飛車に言った。

「ハス・オダの小姓にして白人宦官のラマザンが帰陣したと、宰相に伝えろ。戦闘で負傷し、民家で臥していたが、傷癒え、帰陣した、と」

三人のイェニチェリが少し躊躇いを見せたのは、内廷にあって白人宦官の権勢がどれほどのものか、承知しているからだろう。

狙いを定め力いっぱい弦を引き絞った姿勢を長く保つことは難しい。強弓だ。矢の先端が下を向き、絞る力が弱まったのを、見て取った。

すかさず、私たちは屈んで短剣を摑み取り、鞘を払い、目の前に立つ二人に頭から突っ込んだ。切っ先は相手の腹を突き刺した。私はさらに横に引き裂いた。

隊長は打ちかかってはこず、馬に飛び乗り、逃走しようとする。

地に落ちている短弓と矢を拾い、我々は狙いをつけた。

放った二本の矢は背に立ち、男は落馬した。馬は走り去った。

短剣で切り裂かれた腹からはみ出す内臓を手で押し込もうとしているイェニチェリを視野の隅に、落馬した男に駆け寄った。

もう一人は腹に突き立ったシュテファンの短剣を抜き取り、我々に向けて投げたが、力は弱く、草むらに落ちた。

落馬した隊長は地に仰向けになり、そのために矢はいっそう深く刺さって矢羽根は折れていた。

男が投げ縄に使った縄で、三人を縛り上げた。腹を割かれた奴は、じきに死ぬだろう。冷淡に、私は思った。

隊長に、スルタンの天幕に案内しろと命じた。

「スルタンは首都だ」

矢傷の痛みに呻きながら、男は言った。

「おおかた、エディルネの森で狩猟三昧だ。ハス・オダの小姓たちも一緒だろう」

オスマンが戦闘を家臣に任せ狩猟で遊び呆けるなど信じ難いが、戦に倦んだのか。

「ならば、総司令官の天幕に案内しろ」シュテファンが言った。

唇をふるわせて、男は首を振った。

「あんなお偉い大宰相さまのところに、俺などが伺候できるものか」

大宰相は首都に残ったはずだが。

「さっき、お前はウィーン包囲がどうのと言ったな」私は確かめた。「ホティン城塞は陥落したのか。モルドヴァからウィーンにまで軍を進めたのか」

「ホティン戦？　六十年の余も昔の話じゃないか。俺なんか、生まれてもいねえ」

いかれてやがる。男は小声でつぶやき、痛え、と呻いた。

こう、詳細に記したが、そうして、その場面は脳裏に鮮明なのだが、理に適（かな）った行動は冷静な思考の結果ではない。短弓の矢が間近で狙いを定めているとわかったとき、私は逆上していた。実戦で鍛えられていない。意志が判断し命じる前に、肉体が、本能に従い的確に行動していたのだろう。

三人のイェニチェリを我々が倒したのは、事実だ。

事実か？

奴が馬であらわれたとき、私の脳裏にまず浮かんだのは、私の空であった。これは、正確な記憶だ。空よ、戦場で死んだか。生き延びられたか。

詳細な記憶が実は不正確なものであったとしても、私を殺そうとした相手にあのとき私が抱いた怒りと憎しみは、現在も、思い返すと炎立つ。汝の敵を愛せよ。聖職者は説く。殺されかけたことのない者の戯言だ。憎しみは、恐怖は、愛よりはるかに強い。歳月もそれを薄れさせることはない。

宮殿のように立派な天幕が大宰相様の御座所だ、と男は言った。てめえらのようなのが近づいたら、それだけで、取っ捕まって殺されるぞ。

私の中指に、未練がましい目を男は注いでいた。

抵抗力を失ったイェニチェリの帽子と服、靴を私たちは奪い、身につけた。私が腹を斬り裂いた奴のは、血に濡れているので、他の二人のを使った。帯に彎刀をさげ、短剣をはさみ、矢を容れた矢筒と短弓をとった。こいつらは、火縄銃は持っていなかった。林の中の見回りには、弓矢のほうが効果的だからだろう。

身なりをととのえる私たちを、縛り上げられた半裸の隊長は見つめていた。

私は釘を刺した。「お前が我々になした所業を、私が宰相様に告げたら、お前は処刑されるぞ」

放置して行きかけたが、私は立ち戻り、男の首筋を彎刀で斬った。飛び退いて、噴出する血を避けた。ふたりの配下にもとどめの一撃を与えた。

驚いた目を向けるシュテファンに、「私は、極度に臆病なんだ」私は言った。

納得できない表情をシュテファンは見せた。そうして歩き出した。私も並んだ。無言で歩いた。

私はめったに自発的な行動はしない。できない。何が正しい行動か、私には判断できない。だが、三人のイェニチェリの命を断ち切ったこのときは、判断した。なすべきことをなした。そうして自分が毒蛇の牙を持つことを自覚した。哀しいことだ。

シュテファン、君がこの部分を読むことはない。私が先に死なない限り。私はあからさまに書いた。敵への慈悲心は、ときに、危険をもたらす。私には、慈悲心は、ない。敵は、あくまで敵だ。シュテファン、私の行為は、私に対する一抹の不安、不信を、君にもたらしただろうか。哀しいことだ。

だが、同じような状況になったら、私は同じ行動を取る。私は臆病なのだ。我々に危険をもたらすものは、必ず事前に排除する。

現在(いま)でも、私はそう思っているよ、シュテファン。

ウィーン包囲。私が殺したイェニチェリが口にした言葉を反芻する。

やはりオスマン軍はホティンを落とし勝ち進み、ウィーンを包囲するに至ったのか。そうであれば、ここはウィーンの森か。迷路をなす地下の道はホティンからウィーンに達していたのか。

ホティン戦？　六十年の余も昔の話じゃないか。俺なんか、生まれてもいねえ。

イェニチェリはそうも言っていた。

四十前後に見える男であった。

私がその疑問を口にすると、

「からかったんだろう、俺たちを」

シュテファンは言い捨てた。

地理の正確な知識を、あのころシュテファンも私も全く持たなかった。ホティンからウィーンまでの距離がどれほどのものか知っていたら、イェニチェリの言葉はすべて冗談だと思ったことだろう。故郷からオスマンの首都までの道程（みちのり）より遠い。

もし、ここがウィーンの近郊であるならと、地理に関しては幼子同然であった私は胸を踊らせたのだった。

ドナウ川沿いに下れば、ハンガリーだ。その程度の知識はあった。住人はマジャール人だ。私と同じ言葉を話す人々だ。強制徴募（デウシルメ）でイェニチェリにされたが、脱走したのだ。そう告げれば、ハンガリーのマジャール人は味方してくれる。物乞いをしながらでも、エルデーイ――トランシルヴァニア――を目指すことは不可能ではない。そんな希望さえ持った――ああ、希望は常に裏切られる――。

林を抜け平地に下りると、視野は一変する。

見渡す限り延々とつらなる天幕の群れは、遊牧民が作った大集落のようであった。

屯（たむろ）するのはイェニチェリたちやオスマンの騎馬兵だ。鎖は断ち切られていなかった。

ホティン戦の陣よりはるかに大規模だ。天幕群は、密集し、まばらになり、さらに進めばまた大集落が立ち塞がる。イェニチェリはあちらこちらに群がっている。戦闘を繰り返したからだろう、裂け目や血痕のある服をまとった者も少なからずいて、イェニチェリから奪ったシュテファンと私の服に残る少々の血痕や裂け目に不審を持つ者はいなかった。

頭上にあった太陽が天幕群の向こうに低くなり、厨房らしい天幕の煙穴（けむりあな）から煙とともに肉を焼くにおいが漂い流れる。口中に唾が湧いて当然なのに、飢餓感はなかった。果てしなく続く天幕の間を歩いた。大宰相の天幕は宮殿のように立派だという。

粗末な天幕の裏で酒を酌み交わしている一群が目についた。その服装はイェニチェリではない。農民のように見える。ムスリムは飲酒を禁じられているはずだ。

シュテファンも私も、思わず足を止めた。彼らはルーマニア語で喋っている！

「こんにちは（ブナ・ズィア）」

私は呼びかけた。

「ブナ・ズィア」

シュテファンも言った。

「ブナ・ズィア」

数人が返した。

「あんたたち、ルーマニア人か」

私たちのイェニチェリの制服をじろじろ見ながら、一人が訊いた。

「トランシルヴァニアの出身だ」

「ほう、トランシルヴァニアのルーマニア人が、オスマンのイェニチェリか」

「強制徴募（デウシルメ）で引っ張られたんだ」

珍しく、私のほうがシュテファンより雄弁になっていた。シュテファンも饒舌ではないけれど、私は本来、さらに他人にたやすく心を開かないのだが。

「トランシルヴァニアでは、まだ強制徴募（デウシルメ）をやられているのか」

「ここ何十年も、俺っちのほうじゃ強制徴募（デウシルメ）はないがな」

口々に言う。

「俺っちの殿さんが、オスマンに忠義立てして、こうやって農奴まで兵隊に仕立てて引っ張り出すんだから、これも一種の強制徴募（デウシルメ）だ」

「飲め」と酒坏を手渡された。

シュテファンと私は並んで腰を下ろした。

とろりと甘い。

「蜜酒だな」シュテファンが私にささやいた。「子供のころ、盗み飲みをしたことがある」

酒で口がほぐれたシュテファンは、「どこから?」と、ルーマニア語で男たちに問いかけた。

「モルドヴァだ」

モルドヴァ!

「ホティンはどうなった?」

「ホティン?」

「ホティンのことなら、コステルかボグダンに訊け。ホティンから二十人ぐらい来ている。あ、ミハイ、ちょっとこっちにこい」

群れの中から呼ばれてきたのは十五、六に見える少年であった。

「こいつは、ホティンの出だ」

ミハイ。

私たちの知るミハイ・イリエではなかった。私たちのミハイは、もう少し年長だ。面差しに似通ったものを感じたが、気のせいだろうと思った。

「ミハイというのか?」

少年はうなずいた。

「姓は？」

「イリエ」

シュテファンと私は顔を見合わせた。

ミハイ。イリエ。どちらも珍しい名、姓ではない。

しかし、ホティン、ミハイ、イリエ。この三つの符合はどういうことなのだ。

何か奇妙だ。認識の関節がどこかで外れている。

モルドヴァの兵たちは少年にも蜜酒を満たした酒坏を渡した。旨そうに飲んで、少年はくちびるの周りを手の甲で拭った。

「ゆっくり飲め」

モルドヴァ兵は笑いながら少年の酒坏に蜜酒を注ぎ足した。

「俺たちを知っているか」

シュテファンが訊いた。

「知らねえ」

「君のお母さんは、レミリアか」

シュテファンは少年をみつめていた。

レミリア。その名前を、私はこのとき初めて聞いたのだった。

「レミリアは、ばあちゃんだ」

「じいちゃんは？」

「ミハイ。父ちゃんもミハイ。おれもミハイ。じいちゃんは英雄だからね。息子も孫もミハイ」誇らしげに少年は言った。

「英雄？」シュテファンが聞き返した。

「オスマンやポーランドの兵隊だの土賊どもだのが荒らしまくったけど、じいちゃんは、どっちの兵隊にも土賊にも負けなかった」

「モルドヴァは」と、他の男たちが割り込んだ。「荒らし尽くされて、ひでえもんだ」「雇われ兵（セイメニ）や土着兵（ドロバンチ）が叛乱を起して貴族を殺すわ、館を焼き討ちにかけるわ」「オスマンの遠征隊がロシアに攻め込む通り道になるわ」「タタールが侵入してくるわ」「ポーランド軍が出しゃばってくるわ」「モルドヴァの殿様を、オスマンが取っ替え引っ替えしやがる」「一年ももたねえ殿様もいたな」

「じいちゃんのミハイ……英雄ミハイは、元気なのか」喉仏を大きく動かしてから、シュテファンがかすれた声で少年に訊いた。

「死んだ。おれが小さいとき」

「レミリアは」シュテファンの声はいっそうかすれた。

「おれが生まれる前に死んでいる」

「お前の父さんは」

「死んだ」

「母さんは」

「死んだ」

「誰と暮らしている」

「一人だ」

「こいつ、土地も家も取られちまってよ」他の者が口を挟んだ。

「誰に」

「領主によ。年貢をおさめられねえから」

「どうやって暮らしているんだ」

「あちこちのよその家の野良仕事を手伝って、そこの納屋で夜を凌いでるってさ」他の者が訳知り顔で説明する。

「コンスタンタを知っているか」シュテファンは質問を重ねた。

「名前は父ちゃんから聞いたことがある」

「レミリアに……コンスタンタにも……許されたのか、ミハイは」

そのときの私にはわからない言葉を、シュテファンは口にした。心の中が溢れて言葉になったというふうだった。

「おれのばあちゃんを知っているのか」少年の問いに、シュテファンはうなずいた。

「食えよ」

木の匙を添えた椀が私たちに差し出された。

少し離れたところの焚き火に大鍋がかけられていた。

イェニチェリの大鍋と似ているが、中身は異なっていた。

匙で掬って口に入れたシュテファンが「ラウラ……」とつぶやいた。そうして、コンスタンタ……と吐息のように小さく続けた。

私も口に運んだ。イェニチェリの厨房天幕から立ち上る煙には食欲をそそられなかったのに、この味は、私の心を摑んだ。子供のころ、家の食卓で馴染んだ味であった。

「食えるうちにたっぷり食っときな」兵の一人が言った。「戦闘開始となったら、飯どころじゃねえ」

「余分な着替えがあったら、売ってくれないか。二着」私は兵たちに言った。「この、イェニチェリの服を脱ぎ捨てたいんだ」

「イェニチェリがイェニチェリの服を捨てて、どうするんだ」

「オスマンの奴隷兵は嫌だ。戦うなら、ルーマニア人の軍隊のほうがいい」

「俺たちと一緒に？」

「そうだ」

「高いぞ」冗談交じりに一人が答えた。

「一番安い値をつけた者から買おう」

「かってにイェニチェリを脱退して、咎めを受けないのか」

「だれか密告するやつがいて、ばれたら死刑だ」シュテファンが応じた。

代金を袋から取り出すとき、彼らに見られないよう工夫せねばならなかった。指輪も用心深く宝玉を内側にし、手のひらの陰に隠していた。金目の物を持っていると知ったら、結託して賊となる可能性は大きい。シュテファンが衝立(ついたて)になって、巧みに私の仕草を隠した。前もって言い合わせたわけではないのに、シュテファンは私と同調する行動を取っていた。

これで、モルドヴァ農民兵の溜まりにいても目立たない。

その指、と言われて、指輪の宝玉を見られたかと、ぎくりとしたのだが、欠けた指頭に相手は目を向けていた。「それでは銃を扱うのに不自由だろう。除隊にならないのか」「イェニチェリになってからの怪我か？　生まれつきなら強制徴募(デウシルメ)を免れただろうに」

曖昧にごまかし、私はそれとなくシュテファンを誘って天幕群の人気(ひとけ)のない裏に行った。オスマン軍の陣のはるか彼方(かなた)、西から南にかけて起伏する丘陵地の、有翼騎兵(フサリア)隊を包み隠しているであろう樹々は、沈む陽の逆光に縁取られ沈黙していた。

「レミリアというのは、誰なんだ」

私はドイツ語で訊いた。ここでドイツ語を使うのは危険だが、トルコ語で語り合いたくはない。通りかかる者に聞こえないよう、極度に声をひそめた。

シュテファンは黙って首を振った。

そのとき、突然、何の脈絡もないのに、私は識(し)った。

〈識った〉と言うのは、適切な語ではない。啓示のように、閃めき走った。

生命を、与えられたのだ。シュテファンと私は。塩鉱に。

躰が慄えた。

理屈が後に続く。

岩塩鉱が閉鎖されるまでに、無数の鉱夫が、そうして馬たちが、死んだ。その生命は、坑道の層をなす岩塩がすべて吸い取った。生命を。海綿のようにだな、と、今の私は苦笑とともに書き添える。飽和状態になり、吐きだした。吸った液体を海綿が吐き出すには、外からの力が必要だ。岩塩層は吸った命を自らの力で吐きだしていた。廃坑となったあの閉ざされた場所は、死と、そうして生命が充満していた。

塩に与えられた生命は、決して、清らかでも、尊くもない。生命は、ただ、そこに在った。水を浴びれば濡れるように、私たちは塩の生命を浴び、吸収した。じきに失せるだろうと思った。かくも長く続くとは。一人の人間が負うにはあまりに膨大な量だ。原初から存在する塩は、生の不可知の本質を含有しているのかもしれない。それをしも神と呼ぶか。

シュテファンに、私は訥々(とつとつ)と伝えた。

長い沈黙が続いた。

やがて、シュテファンは罅の入った声で言った。「否」ナイン、ナイン、と首を振り、「俺には、そんな恩寵を受ける資格はない」とシュテファンは続けた。

「恩寵とは思わない」私は言った。「恐ろしいことかもしれない」果てしない苦痛かもしれない。——私の指先を毟り取ったのは誰なのだ。何者だったのだ。答えはない。単に岩の間に挟まり潰れた指先を無理に引き抜いただけのことかもしれない。

「劫罰か……」

少し気が楽になったようにシュテファンは言い、口がほぐれ、私よりいっそう途切れ途切れに、弟の首を取り返しにきた若い娘を手籠めにしたことを語った。シュテファンが語ったのは、このとき一度だけだ。私が告解を聞き神に取りつぐ聖職者であるかのように、彼は私に語った——もう一度文章に記すとき、魂は酸で焼かれただろう——。

レミリアの左の眼の白い部分に星の破片のような小さい痣が散っていたこと、瞼の上から高頬にかけて淡い痣があったことを、シュテファン、君は語った。レミリアとミハイの孫であるという少年にも、同じ特徴があった。

ホティンの戦いは六十年の余も昔の話。

地下での六十年におよぶ彷徨。

洞窟の中で夢に囚われているのかと思いもした。

Ⅱ

夢を見ながら、これは夢だ、と気づくことがある。悪夢を見ているときだ。覚めようとつとめる。成功して覚醒し、楽になる。

しかし、どこからが夢なのか。覚醒すれば洞窟の闇か。

それより、奇妙な現実を夢ならぬ事実として受け入れるほうがはるかにましだ。

夢の中にいるときと現実の中にいるときとでは、感覚がまったく異なる。不条理で不安に満ちているのは夢も現実も変わらないが、夢の中ではすべてが歪んでいる。

私たちのミハイ・イリエの孫に当たるミハイ・イリエが、目の前にいる。

奇妙だ。奇妙だが現実だ。

いかに受け入れ難くとも、レミリアという娘の特徴を持ったミハイの孫が、現実に存在する。

「オスマン帝国のために戦いたくはない」私は言った。

「俺もだ」シュテファンは応じた。

「脱走するか」

「俺はとどまる」シュテファンは言った。「オスマンのためには戦わないが、ミハイとレミリアの孫を見守る」

ならば、私もとどまる。私たちの知るミハイは、自分の意志でオスマン軍から離脱し、レミリアのもとに行った。シュテファンは自分の意志で、ミハイの孫を見守る。私は……私には意志はないのか。私は自分の意志でシュテファンに従う、と己に言う声は弱かった。

「とりあえず、戻ろう」と、私は言った。「さっきの天幕に」

兵たちはすでに天幕の中で寝(しん)に就(つ)く準備をしていた。

「お前たちはそこに寝ろ」

薄汚い服の代償にかなりの額を渡したからだろう、服の売り主二人が愛想よく私たちを迎え、地べたに敷いた毛織りのぼろ布を指差した。

少年ミハイは、シュテファンと私の間に身を横たえた。私たちのミハイがかつてそうしたように。

少年の祖父、即ち私たちのミハイについてシュテファンが訊ねたが、幼い時に死別している。記憶は乏しく、少年が知っているのは父親から聞かされたミハイという名の由来だけであった。

少年はじきに寝入った。

私は眠くならなかった。陽が落ちれば自ずと眠り、暁の光とともに目覚める、その律動を、私の躰はまったく忘れてしまっていた。

地下をさまよい歩いたとき、私たちはどのようにして眠ったのだったろうか。記憶は曖昧だ。眠ったに違いないのだが。

六十年余を経たと聞かされても、シュテファンの外貌は全く変わっていない。私もおそらく。塩鉱にいた間は、外の〈時〉が肉体に作用しなかったのだと、そのときの私は思った。

現在(いま)の私は、思っている。途方もない歳月を経ることによって、シュテファンと私の肉体もいくらか変化した。我々の肉体も、〈時〉の経過によって次第に老いる。その速度が普通より遅い――極端に遅い――だけだ。

天幕の中はざわついていた。ミハイのように早々と眠りに落ちた者もいるが、雑談に興じている者も多い。水煙草のにおいが漂っていた。

私の躰は、環境に慣れようとつとめていたらしい。陽が落ちたら眠らねばならぬ。明るんだら、目覚めねばならぬ。

まだ陽の昇らぬ早暁、「戦闘配置！」命令が下った。ルーマニア語であった。

私の躰は眠っていたらしい。

兵たちは火縄銃をとり、ゆるい輪にした火縄の少し垂らした先端に火をつけ左腕にはめる。

「お前たちの銃は、イェニチェリの天幕においてきたんだな」

服の売り主が言い、予備の銃と薬包（やくほう）の盒（ごう）をよこした。

私は戸惑った。内廷の小姓（イチュ・オウラン）は、銃を見る折すらなかった。ホティンの戦場では騎乗し、武器は長槍と彎刀（わんとう）であった。シュテファンは慣れている。使い方を私に教えた。内側にまわした宝玉が邪魔をし、指頭を失った二本の指は銃をささえる助けにならない。

「こんなのは、まるで役に立たねえんだよな」

兵たちが口々にぼやく。

「お前たちも知っているだろう。あっちの銃の、速いのなんのって」

「作りが違うらしい」

「こっちが一発撃って、また弾込めしようともたもたしている間に、あいつら、三発は撃つからな」

陣形を組む。

最前列に砲兵隊がおかれ、歩兵の群れがその後ろに居並ぶ。服装から見て、いずれもイェニチェリではない。属領の軍団だ。砲列の第二陣が背後にあり、イェニチェリの制服の軍団はその後方にいた。両翼を騎兵隊が固める。騎兵隊もまた、属領軍団の後ろにスルタン直属の軍団が位置する。

属領騎兵はウクライナ・タタールが主力をなす。

少年ミハイも、彼を見守るシュテファンも、私も、真っ先に突撃する集団の中にいた。戦場にあるとき、一つの点にすぎない一兵卒には全体の見通しはわからない。眼前の敵を斃(たお)さねば自分が死ぬ。それだけだ。まして、突然、六十年あまり後(のち)の戦場にいる私には、まったく何もわからなかった。

有翼騎兵隊(フサリア)を相手に突っ込むのか。またも。ホティン戦の恐怖が生々(なまなま)しくよみがえった。陽を照り返す銀の甲冑からのぞく真紅の服、背丈を超えて頭上で弧を描く二枚の翼、けら首に結んだ赤と白の旗がなびく恐ろしく長い槍をかまえ、疾駆してくる群れ。

馬が欲しい、と私は思った。エディルネで、大宮殿(セラーリオ)の内廷(エンデルン)で、肉体を鍛えられ武器の扱いを学びはしたが、その課目に射撃はなかった。火縄銃を持つのは歩兵のみだ。

馬の命は人よりはるかに短い。空（エーグ）も太陽（ナフ）も、いない。ああ、ラメスよ。あなたとの乗馬は、損なわれた躰、支配された躰を忘れるひとときであった。使い方もろくにわからない火縄銃を手に、私は失ったものたちを思った。

よほどぼうっとしていたのだろう。どうしたのだ、というふうにシュテファンに肩を軽く叩かれた。

砲撃の応酬から、戦闘は始まる。

驚いた。

オスマン軍の大砲は攻城用の巨砲だ。ホティン戦でも用いられたが、運搬には馬数頭、人力なら少なくとも三十人を必要とし、上り坂の曲がり角では一々轆轤（ろくろ）を据えて、砲架に繋いだ綱を巻き上げていた。いったん砲列を敷いたら動かすことは困難だ。

相手の大砲は数人の兵によって運搬できる軽量のものであった。砲を効果的に使える場所に、戦闘中でも移動する。兵とともに前進すらする。オスマンの鈍重な攻城砲は、一発ごとの破壊力は大きいが、野戦には向かない。

攪乱戦術に出たオスマンの騎兵隊は、砲火を浴び散り散りになった。倒れ伏す馬。兵。乗り手を失って、砲火銃火の行き交う中に立ち尽くす馬。

相手も騎兵隊が出てきたが、オスマンの騎兵が弓矢であるのに対し、銃身の短い短銃を用いている。替えの短銃を持った従者らしいのがこれも騎馬で寄り添い、一発撃つごとに弾込めしたのを渡し、受け取った空の短銃に弾丸を込める。その交換は手際よく素早い。

有翼騎兵隊(フサリア)ではない。旗手がなびかせる旗も、ポーランドのそれではなかった。

ハプスブルクの皇帝直属軍か。

タタールの騎兵は見るからに戦意に欠けていた。相手の騎兵団が突っ込んでくるや、さっさと逃げる。タタールの利害に関する戦いではないからだろう。他領に侵入し掠奪を行うときは剽悍無比(ひょうかんむひ)なのだが。

相手の歩兵集団が前進してくる。モルドヴァ兵は火縄銃をかまえるが、意気消沈し、早くも逃げ腰になった。

歩兵集団は整然としていた。最前列の兵は片膝を折り敷いた姿勢をとり、二列目は立ったま ま、同時に発砲する。即座に後ろにまわり、その間に隊は前進し、三列目と四列目が同様に二段構えで撃つ。

オスマン軍の歩兵はそのような訓練は受けていない。一発撃つと、その場で弾込めをするので、間があく。相手は素早い交替により間断なく撃ち続けることができる。二段撃ち、発砲しつつ前進という戦法に加えて、銃の性能がオスマン軍の火縄銃よりはるかに進歩していた。こっちが一発撃つ間に敵は三発撃つというモルドヴァ兵の言葉は大げさではなかった。

後に、私は知ることになる。シュテファンと私が地上にいない六十二年の間に、神聖ローマ帝国において、プロテスタントとカトリックの闘争に端を発した悲惨な戦争が三十年にわたって続いた。双方が神の名のもとに戦い、フランスやスウェーデンなどの大国まで介入し、戦場となったドイツは荒れ果てた。フランス、スウェーデン、イングランドなどが国王のもとに統一され強力な国家を形成するのに反し、ドイツは、大小の領邦が分立し、それらがかってに他国と条約を結び、ハプスブルク家当主は名目は神聖ローマ帝国皇帝であっても実態はオーストリア大公に過ぎなくなっていた。スウェーデン軍は、改良した軽量大砲で野戦に大勝利した。ヨーロッパ諸国ではこのころすでに、銃の点火に火縄ではなく燧石(ひうちいし)を用いるようになっていた。二段構えの斉射法や野戦に効果を上げる軽量大砲はスウェーデンが開発し、戦争終結後ヨーロッパ各国で取り入れられるようになった。オスマン軍は武器も戦法も古すぎた。現在(いま)、私は思う。強力で効率のよい武器を持つほど、集団は——国は——強くなる。効率。より素早く、より多数を、容赦なく殺すことだ。〈時〉の転換点は、〈戦争〉だ。〈戦争〉と〈戦争〉の間に、わずかな休らいの時がある。

モルドヴァ兵は弾丸が尽きた。補給が間に合わない。相手の歩兵集団は斉射しつつじりじり進んでくる。後方で弾薬の補給もなされているようだ。木の人形のようにモルドヴァ兵は倒れる。

短銃を撃ちつつ騎兵隊も攻め込んでくる。

このとき、轟音が全身を襲った。地が震動した。

オスマンの属領歩兵団の背後に敷かれた砲列が、火を噴いたのだ。突き進んでくる歩兵集団の後方に、たてつづけに砲弾が落下した。

攻城用の巨砲である。機敏に移動はできずどっしり居座っただけだが、殺傷力は凄まじい。頭上を越えて飛び、集団の後方を破壊した。一弾は弾薬箱に落下したらしい。数十の大砲が炸裂するような轟音とともに、燃え上がった。

相手の隊形は乱れた。すかさず、第二砲列の後ろに控えていたイェニチェリが、出撃してきた。

同時に、属領騎兵団の後ろに待機していたスルタン直属の騎兵隊が行動を開始した。

敗走する相手を追撃する。

突撃！　突撃！

地に倒れた重傷者や死者を馬の蹄が踏みにじる。

乗り手を失った馬があちらこちらでうろうろしている。乗り手に命令されることに慣れている馬たちだ。どう行動すべきか、自分では決められないのだろう。

面倒な火縄銃を捨て、私は一頭に飛び乗った。左の手首に巻いた火縄が邪魔だ。外して捨てた。そばに寄ってきたもう一頭が、火縄を踏み潰し、私の馬に鼻面を寄せた。馬同士、親しいのか。

戦場であることを忘れた。手綱を手繰り寄せる。二頭の馬は鼻面をすりつけあって、話を交わずかのようだ。

二つの鞍の上に両足をおき、私は立ち上がった。手綱を軽く煽る。二頭は足並みを揃え、常歩(なみあし)で歩み始めた。二本の指頭を欠いた左手は手綱を扱いにくいはずなのに、少々の違和感をおぼえたのみで、じきに馴染(なじ)んだ。

私の頭は、ひときわ高く抜きん出たのだ。射撃の恰好な的だ。誰も私に銃口を向けないのは、なぜだ。

空(エーグ)よ。太陽(ナブ)よ。

愛する師、ラメスよ。

あなたの弟子は、弟子の肉体は、身につけた技を忘れていない。

躰は、思考に先んじて、馬に命令を与えている。わずかな手綱の動きを肌に感じて、馬は私が望むように動く。

私の傍らを、模範を示すかのようにラメスが……いや、シュテファンであった。

二頭の鞍に両足を据え、シュテファンはすっくと立ち、しかも一頭にはミハイもまたがり鞍の前部にしがみついている。その馬には、二つの異なった命令が伝わるはずだ。ミハイのわずかな動きも、馬にとっては乗り手の命令であろう。

しかし、馬はシュテファンの指示のみを的確に受け止めていた。

シュテファンと私は笑みを交わした。

なんと久々の笑顔か。笑いを忘れていた。

ラメスのもとで馬術を学んだ期間は、私のほうが長い。それにもかかわらずシュテファンの技術は私を超えている。私には他人を乗せた馬を同時に操れる自信はない。

速歩。モーゼの杖が海を二つに分けたように、戦う群れは、分かれて私たちに空間を提供した。鞍上に屹立し二頭を一つの馬体のように操るのを神技と畏敬したか。

特殊な訓練を受けてはいない馬たちが、唯々としてシュテファンと私の指示に従う。

やや腰を引き前傾姿勢になって手綱を煽る。馬の脚はいっそう疾くなる。

少し離れた場所は乱戦の真っ最中なのだ。奇妙な空間が、私たちの動きにつれて移動する。

天空と地の間を翔る。理性は、束縛の鎖とともに引き千切られ霧散する。我が存在は我が理解を超える。捕らえられ死刑にされようと。岩塩に与えられた生命を、この騎乗で使い尽くす。

ある場所では兵が密集し、ふと途切れ、やわらかな起伏を持った草原が血に濡れて茫漠とひろがり、またも人馬が密集し、喚声、悲鳴、怒号、銃声、蹄の音、落馬する地響き、それらが爆裂音に似た一つの塊になる。徒であれば耳朶を灼くであろう銃弾の熱い風は、馬上の私には届かない。

乗り手を失った馬が数頭、我々の後に従って疾駆する。仲間が走る。自分も走ろう。それが馬の本能だ。

広くひらけた場所に出た。人馬の屍が折り重なる野に、数人のイェニチェリが、皇帝軍かと思われる二人に襲いかかろうとしていた。剣を抜いてかまえる皇帝軍らしい二人の、一人は猫背気味の貧相な小男だが、身なりはやけに豪奢だ。鍔の広い帽子に羽飾りをつけ、レースの襟飾り、白い絹の飾り帯を肩から斜めにかけている。もう一人は従者らしい。従者はすでに頭部から血を流していた。

イェニチェリは弾尽きたであろう火縄銃を捨てており、彎刀をかざす。斬りかかろうとするその間隙に、私は馬を突っ走らせた。馬蹄にかけられまいと、双方、分かれ退く。ミハイを乗せたシュテファンの馬が、後に続いた。

二頭の鞍を踏まえて立った姿に恐怖したか、イェニチェリは逃げ去った。

シュテファンが馬首を返したので、私もそれにならった。

他の馬は、勢いにまかせて突っ走り去った。

小男と従者が前につんのめりながら走り寄ってきた。

シュテファンが馬の足をとどめた。私も手綱を絞った。二頭は一つの生き物のように私の指示に従った。

「何者だ」

息を切らせながら小男は言った。

農民服だ。兵には見えまい。

「馬をよこせ」小男は、まず、要求し、「お前たちは野盗か」尊大に言った。ドイツ語であった。

「下馬せよ」

従者らしい負傷兵の言葉に、シュテファンが鞍を下りた。

「皇帝陛下におわしますか」

農民帽を脱ぎ、胸にあて、シュテファンは訊ねた。

「貴様らはブランデンブルク選帝侯の公子の御前(おんまえ)におるのだぞ」

従者が嵩(かさ)にかかる。

ブランデンブルクという土地の名も私はろくに知らなかったが、神聖ローマ帝国の皇帝は何人かの定まった司教、諸侯によって選ばれる、その諸侯は選帝侯と呼ばれる、という程度のあやふやな知識は持っていた。故国にずっといたら、もっと正確な知識を得ただろうが、十三歳で離れている。エディルネの学院(メドレセ)では、ドイツの歴史など教えなかった。

私も鞍から下りた。少年ミハイは、きょとんとした顔で鞍にまたがっている。ドイツ語を知らない彼には、成り行きがさっぱりわからないのだろう。

シュテファンは、乗り手のいないほうの馬の手綱を差し出した。

ドイツの事情に私よりは詳しいのだろう。敬意を払う態度であった。

ブランデンブルク選帝侯の公子と名乗る小男が鐙(あぶみ)に片足をかける、その臀(しり)をシュテファンと従者が押し上げて騎乗を助けた。

「余を護衛して陣屋にまいれ」小男は言った。「よき報いを与える」

シュテファンは私に言った。「俺は公子に従う。ブランデンブルクは、ザクセンに隣接する公国だ。お前は戻るなら、ミハイを連れ帰ってくれ」

シュテファンはミハイにもルーマニア語で言った。

「戻るなら、ヤーノシュの馬に同乗しろ」

地元のものと間違えられているのを幸いに、どこへ戻るのか、シュテファンは具体的にオスマン軍の陣に、とは言わなかった。

「あんたと一緒に行くよ、シュテファン」

馬上のミハイは躊躇(ためら)いなく言い、シュテファンはその鞍にまたがった。

私の馬の一頭に、従者が乗った。

私も再び騎乗し、空を、草原を、見渡した。異様な昂揚感は消失していた。戦場を、駆け抜けた。無意味な愚かな行為だ。〈自由〉は、束縛された身が渇望する幻影だ。その幻影を一瞬現実に体感した。塩鉱で得た生命は、この昂揚の一瞬で使い果たされただろう。――そう思ったのだが、まだ、終わらない……。

シュテファンは、新たな生の道を自ら選び取った。ザクセンと隣り合う公国というだけで、シュテファンは惹かれたのだろう。だが、ミハイは？　ルーマニア人であり、ルーマニア語のほかには何も知らないミハイがドイツ語しか通じないドイツ人の国で暮らすのは、トルコ語を一から叩き込まれたシュテファンや私と同じ苦痛に耐えねばならないということだ。私たちのミハイは、シュテファン、君からドイツ語を少しずつ学んだ。しかし、孫にまでその知識は伝わっていないだろう。

〈ミハイとレミリアの孫を見守る。〉君は、そう言った。シュテファン。二頭の馬の鞍上に立ち疾駆した、あの昂りは、君の判断力をも狂わせたのか。ドイツ語が、さらに君を惑わしたか。

二人のドイツ人が乗る馬に従いながら、私はそんなことを思っていた。

私にはもはや、判断力も行動力も残っていない。二度とオスマンの奴隷にはならない。その決意の他には。

戦闘はオスマン軍陣地の近くに移っているらしく——つまりオスマン軍は皇帝軍に攻め込まれているのだ——私たちはその後方を進んでいるらしかった。

皇帝軍、とそのときは思ったのだが、正確に記せばブランデンブルク＝プロイセン軍であり、ポーランド軍やザクセン軍、バイエルン軍などと同じく、反オスマン同盟を結んだ連合軍の一つであった。

後年、王立図書館の年とともに増殖する史書によって、私は当時の布陣、戦況などを知る。

キリスト教の暦でいえば一六八三年のこの年、ウィーン包囲の戦いを始めたのは、カラ・ムスタファなるオスマン帝国大宰相であった。

ハプスブルクが領有する王領ハンガリーで、反ハプスブルク勢力が蜂起した。主導する貴族がオスマン帝国と手を結んだ。

これを好機とし、大宰相カラ・ムスタファは、ウィーン侵攻の軍を進めた。当時のスルタンは、政務、軍事をすべて大宰相に任せ、エディルネの森で狩猟に夢中になっていた。

七月半ば、堅固な城壁で護られたウィーン市の、ドナウ河に面した北側を除く三方をオスマンの大軍は大包囲した。

ハプスブルク家の神聖ローマ皇帝レオポルトは、ポーランド王、ザクセン公、バイエルン公らと反オスマン同盟を結び、宮廷をパッサウに移した。

ウィーン市は高さ一二メートルの城壁と深さ六メートルの堀を周囲にめぐらし、城壁の上には砲座を設け、防備を固めた。市内にいる守備隊は一万数千に過ぎない。皇帝軍と反オスマン同盟諸国の救援軍到着を待ち望む。

私たちが地上に還ったこのときまでに、すでに二ヶ月ほど包囲戦は続いていた。

史書は述べる。

大軍を擁しながらオスマン軍が二ヶ月も手こずったのは、ウィーン市を護る城壁がきわめて堅固であったこと、そうして、三十年にわたる戦争を経て、ヨーロッパ側の武器が格段に進歩したのに引き換え、オスマン・トルコの武器も戦法も旧態のままであったこと——これは私も実感した——、さらに、オスマン遠征軍は糧秣の補給が間に合わず不足がちであったことなどによる。

ハプスブルクの皇帝軍と反オスマンの同盟を結んだ国々による連合軍は、ドナウ右岸を進撃し、ウィーン西方の高地に布陣した。

左翼即ちドナウ河に近いほうに皇帝軍とザクセン公軍。ブランデンブルク公軍。

中央にバイエルン公軍とフランケン及びシュヴァーベンの軍。

右翼にポーランド軍。この有翼騎兵（フサリア）を、私たちは暗い地底から地上に出たとき見下ろしたのだった。

対するオスマン軍は、一部がウィーン攻撃を強化し、残りの兵力を三分して連合軍に当たる。ポーランド軍にはブダの太守（パシャ）、中央のバイエルン軍には大宰相カラ・ムスタファ自ら、皇帝軍・ザクセン軍にはディアルベキルの太守（パシャ）が、それぞれ軍団を率いて対峙する。

これらの記録を読んで、私はようやく当時の戦闘配置を理解した。シュテファンと私は、天幕群のあいだを歩きまわるうちに、中央に設置された宮殿に紛うという大宰相の天幕のはるか裏を通り過ぎ、皇帝軍・ザクセン軍に対峙する軍団の陣にまで達していたのだった。

皇帝軍、ザクセン軍、ブランデンブルク軍が本陣をおいたのは、ウィーンを一望におさめるカーレンベルクの丘であった。皇帝軍と記したが、皇帝自身はパッサウに移した宮廷におり、軍を率いるのはロートリンゲン公であった。シュテファンと私にはまったく関わりない戦闘だ。

公子の兵力の大半は出撃中だが、守備兵団その他が残っており、戦闘中に公子が行方不明になったとの報が伝わっていたのだろう、大勢が走り寄り馬上の公子を囲み歓びの声をあげ、共に群れをなす天幕のほうになだれ込んで行った。

シュテファンと私、そうしてミハイは、騎乗したまま取り残された。

ミハイが少しも心細げでないのに、私はいささか驚いた。いつから、シュテファンにこれほどの信頼感を持ったのか。共に過ごしたのは天幕での一夜だけだ。自在に二頭の馬を操るシュテファンと同乗したそのとき、私が馬術の師ラメスに抱いた敬慕の想いと同質の感情をシュテファンに持ったのだろうか。言葉の通じない他国であっても、シュテファンと一緒なら、他所の家の野良仕事を手伝い、その家の納屋で夜を凌ぐ暮らしより好ましいと思ったのか。知識の欠如が思い切った行動をもたらすこともある。ミハイは異国で暮らすことがどれほど辛いか、知らない。

「お前たちは何者だ」衛兵が殺気立った声を投げた。

「公子に訊ねてみろ」シュテファンが言い返した。「俺たちを粗略に扱ったら、公子のお怒りを買うぞ。公子は騎士道をわきまえた方だ」

わきまえた方だと期待する、というのが本音だ。私も期待したかった。

数人の護衛兵が戻ってきて、私たちが身につけた彎刀、短剣を取りあげた上で、来い、と親指で示した。公子の危機を救った者に対して、敬意を欠いた仕草だが、人は服装で他人を判断する。農奴の身なりだ。小銭でもくれて追い払うつもりか。

天幕の一つに導かれた。ホティンの戦いでスルタン・オスマン二世が使用した天幕の豪奢からみれば粗末なものであった。

公子はテーブルを挟んで、年長のこれも豪華な身なりの男と酒を酌み交わしていた。後にこの男は宰相ダンケルマンと、名と素性を知った。

「これが、そうですか」

「そうだ」

名乗れ、と命じられた。

「シュテファン・ヘルク。祖はドイツ騎士団員でした」

「ドイツ騎士団の末裔とあれば、プロイセンとは所縁(ゆかり)が深いな」年長のほうが言った。

ドイツ騎士団が開拓植民したプロイセンの地を、ブランデンブルク選帝侯——公子の父——が相続したと私が知ったのは後年だ。シュテファンも、当時は知らなかった。私たちがオスマン帝国に連れ去られた後に生じた事態だ。

其方(そち)は？　と目で促され、「ファルカーシュ・ヤーノシュ」私は言った。

「マジャールか」

「そうです」

「彼は貴族の出です」とシュテファンが言い足した。

年長の男は口元がむず痒いような顔になり、ミハイを指し「こちらのお小さい方もどこぞの貴公子かな」と笑いを爆発させた。

公子は誘われたように微笑んだが、「この者らの馬技は、農民にはできぬ。しかし、ハンガリーの貴族がこのような馬術を嗜（たしな）むとは思えぬ。ウクライナ・コサックだというのなら納得もするが——広大な草原に棲む彼らは馬を自在に扱うと聞く——、コサックにも見えぬな。身なりは農民だが、振る舞いは教養ありげだ。何者だ、其方は」

「友人シュテファンが申しましたように、マジャール人の貴族の息子です。馬術は、エジプト人に学びました」

「ますます、不可解な。ハンガリーにエジプト人がおったのか。ウィーンの戦場を駆け巡っておったのは、如何なる理由による」

私はシュテファンに目を向けた。うなずいたように思えたので、「私たちは、トランシルヴァニアの出身です」と言い、きょとんとしているミハイの肩を抱き、「彼はモルドヴァですが、祖父がトランシルヴァニアのルーマニア人です」と言い添えた。

「モルドヴァ、トランシルヴァニア」公子はつぶやき、知らん、という仕草をした。ドイツの北の国とトランシルヴァニア。互いに地の果てのように遠い。

「ジーベンビュルゲン」とシュテファンがトランシルヴァニアのドイツ名を言うと、いくらか思い当たったようにうなずいた。

「オスマン帝国の強制徴募（デウシルメ）により」と言いかけたとき、武将らしい男が「殿下」と声をかけながら入ってきた。「伝令が参りました。大勝利です。オスマン軍は総崩れで退却中。全軍、ただちに追撃、而してウィーン救助に向かえと、ロートリンゲン公からの指令です」

この者たちを留めおけ、なお話を聞かねばならぬ、と言い置いて、公子は年長の男とともに慌ただしく天幕を出て行った。

丁重に扱え、の一言がなかったため、私たちは捕虜並みに拘留された。手足を縛り上げられ、天幕の支柱に繋がれた。

助けてやったのに、などという言葉はシュテファンも私も口にしなかった。公子が帰陣すればわかることだ。

このまま忘れ去られ、戦争捕虜として扱われるかもしれないが、格別不安をおぼえないのは、これまで以上に酷い目にはあわないだろうと思えたからだ。オスマンは捕虜を奴隷に売り飛ばす。ブランデンブルク軍が捕虜を如何に扱うか、知るところはなかった。

ミハイは時折シュテファンに目を向け、シュテファンが動じていないのを確認し、安心したようにくつろいだ顔になる。

ウィーン救出に成功した後も、敗退するオスマン軍を追撃し、戦闘はなお続いたが、天幕内に囚われていた私たちは、何も知らない。

6 U-Boot

夜明けが近いミンチ海峡を、艦は浮上したまま南下する。ヘブリディーズ諸島の峻険な岩壁が黒々と聳える。

荒波に揉まれる艦の中でジャガイモの皮を剝くのは、なかなかに難しい。ミヒャエルは手を切らずにナイフを扱い、「新米、見所があるぞ」と烹炊員のフィンケ二等水兵は、傾くバケツを足で押さえながら機嫌がいい。Uボート乗りになる前はパン焼き職人だった。艶のいい頬が焼きたてのパンの皮を思わせる。ホットプレートが三つ付いた電気レンジ一つ、小さなオーブン一基、流し一台、スープ鍋一つを備えた、縦七〇センチ、横一メートル半の空間で、烹炊員フィンケは三十六人分の食事を毎日作る。生肉は傷まないうちに使い切ったので、塩漬け肉ばかりだ。

「今度は目的がはっきりしているからいいよ」フィンケは言う。「通常の任務ってのはな、割り当てられた区域を獲物を求めてうろうろするばかりだ。うんざりだぜ。商船にはなかなか出会わず、獲物発見！　と思うとこいつがQシップだったりな。くそQシップには、仲間がひどい目に遭っている。奴らが囮船を使い始めて、こっちにはまだ情報が入っていなかったころだ」

そのときの情景を、実体験したかのようにミヒャエルが感じるほど、熱を込め詳細にフィンケは語る。

「奴らのやり口の汚えったら。服装から何から、すっかり民間人のふりをしやがってな。芝居なら劇場でやれってんだ。こっちは騎士道精神だ。民間人には手を出さない。浮上して近づくと、いきなりユニオンジャックを掲げて、艦砲。四発だぜ。騙し討ちだ」

しかも、とフィンケは唾を飛ばして続ける。

「かろうじて海上に脱出した乗員を、奴ら、救助せずに撃ち殺しやがったんだ。囮船の実態をこっちに知られないために。一人だけ、幸運なことに、漂流中を我が方のUボートに助けられた。彼の口から、イギリス野郎の陰険な手口がわかった」

Qシップへの憤怒と罵倒をフィンケから聞くのはこれが初めてではない。何度も同じ怒りを新米水兵にぶちまけている。郷里で彼が親しくしていた男が、沈むUボートから救命具をつけて脱出し、助けを求めて水上を漂い、囮船の砲撃でぶち殺された一人なのだ。

「俺だけじゃねえぜ。少し古顔なのに聞いてみな。Qシップの騙し討ちには、皆、頭にきている。やられたのは一度や二度じゃないからな。艦長はもちろん、先任も機関長もな。囮船の特徴に注意するようになったこの頃は、そう易々と騙されはしねえさ」

包丁の角を立てて、芽をえぐり取る。

「その代わり、奴らの巡洋艦のでかい土手っ腹に一発ぶちかましたときの」

床が激しく左に傾斜した。体感としては垂直だ。バケツは敏速に横に倒れ、ジャガイモを散乱させた。床は右に揺り返す。この野郎！　嬉しがるな。踊るジャガイモにフィンケが毒づき、屈んで拾おうとしたとき、

「船影見ゆ！　巡洋艦とおぼしい」

伝声管から声が響いた。

「潜航急げ！」

「注水！」

狭い通路を皆が走る。ジャガイモのせいでこける。ドジなジャガイモは踏みつぶされる。

「下げ舵いっぱい」

荒れていた。高波に押し上げられる。

不意に艦が前のめりになった。手近なものに掴まり、滑落を防ぐ。

「深度三〇を維持せよ」

急速に動く深度計の針は、無造作に三〇を過ぎる。三五。四〇。安全深度五〇を通り越す。五五、六〇。

艦首潜舵が固着して動かない、と知らされる。

「補整タンク排水」

効果はなく、

「補整タンクさらに五トン排水」

針が七〇を過ぎた。

「補整タンクブロー。両舷上昇」

針の動きは鈍くなったものの、下降は止まらない。一〇〇を超えたら、船殻がきしみ、二〇〇、潰れる。

艦長バウマン大尉は決断する。

「圧搾空気噴射！」

一六〇気圧の噴射音とともに、艦首がゆっくりと持ち上がる。突如、急角度に艦首が上向き、急上昇をはじめた。逆立ちしていた艦が、逆に、艦尾を下に傾斜した。全員仰向けにひっくり返り折り重なる。

U19の上半身は、踊るイルカのように海面に飛び出した。司令塔はまだ水の下だ。下半身は海中にある。

「全員艦首に集合」

人体の重みをバラストにする。

急激な傾斜はバッテリーの液漏れを生じさせ、致命的な毒、塩素ガスの発生を招く。艦は密閉された棺桶になる。幸い、まだ液漏れは生じていないが、敵の面前に全身をさらすことになろうとも、艦を水平に安定させることが急務だ。

壁と床が斜めになった不安定な状態だ。物は――人体も――落下しがちだ。四五度ぐらいだが、垂直な懸崖のように見える。階段のない斜塔を、入り組んだパイプだのベッドの枠だの手当たり次第に摑まり、あるいは脚をからませて支えにし、重力に逆らい皆黙々と昇る。落下して床と隔壁の接点に溜まった野菜やハムの塊を踏みつけねばならない。パイプを摑んだ手がオイルで滑り、人間も墜落する。上の方が空気は汚染されていないような気がする。幾重もの隔壁の穴を抜け、塔の上部のようになった前部発射管室にたどり着く。

全員――機関長と機関兵らをのぞき――の重みをかけても、艦首はほとんど下がらない。頭から足先までオイルとグリースにまみれ真っ黒な機関長が報告にくる。

艦尾が急に下がったのは、係の一等機関兵が、吹っ飛ばされないために操作輪にしがみついてぶら下がり、圧搾空気弁が誤作動したためと判明。

「誰だ。軍法会議にかける」

「すでに、絶命していました」機関長は言った。「鉄パイプに頭部を強打し、操作輪にしがみついたまま、パイプの間で押しつぶされていました。他の機関兵は、艦首潜舵の修理に専念しています。大丈夫です。じきに直ります。艦尾が下がりっぱなしなのは、舷側の吸気弁に不具合が生じて漏水しているためですが、これも修理中です。必ず、直します」

慌ただしく戻っていく。

艦長バウマン大尉はさらに新作戦を打ち出す。

重みを均等にすべく、乗員のうち半数に、艦尾に溜まった漏水を艦首の船室の底に運ぶよう命じる。

ミヒャエルはその一員になった。前部発射管室からオイルの浮いた黒い水で一杯の後部発射管室まで——その途中に機関室がある。機関兵らは真っ黒だ——一列に並び、臭い水をバケツに汲み入れリレー方式で前部に運び上げる。重いバケツをミヒャエルは隣の奴に渡し、相手が客人フリードホフ氏であることに、このとき気づいた。「平気?」客人は微笑してうなずいた。

空のバケツが戻ってくる。空のを下の奴に渡し、黒い臭い水で重いバケツを客人に渡す。足下が緩やかに角度を下げる。両手がバケツでふさがったまま躰の平衡を保つのは困難を極める。一瞬でも気を抜いたら墜落だ。

上から臭い水が降り注ぎ、バケツが落下してくる。馬鹿野郎、と怒鳴る気力のある者は一人もいない。荒い息をしながら無言でバケツリレーを続ける。

途中で、残る半数と交替し、前部発射管室でへたばりこむ。

後部発射管室の水をほぼすべて汲み出したころ、床もベッドも水平になった。

「修理完了」

伝声管から聞こえる疲れ切った機関長の声に弾みがある。

ハッチが開いたのだろう。新鮮な、しかし湿っぽい空気が流れ入った。

敵襲はないのか。

Ⅱ

「海上は濃霧だ！」

艦橋に出た艦長の声が降る。

「手の空いている者は甲板に出ていいぞ」

訓練は行き届いている。列をなし、ハッチから外に出る。

「静かに。敵艦は霧の向こう、すぐそこにいるかもしれんのだ」

甲板上も霧の中にある。オイルとグリースで汚れた笑顔がそここに薄ぼんやりと浮かぶ。静かに、と口の前に立てる指が見える。

艦橋もその上に立つ艦長の姿も、淡い影だ。

両側にいる者と、自ずと腕を組み合う。触れあう相手の躰が頼もしい。やったぜ！　と叫びたい気持ちを込めて、ミヒャエルは両腕に力を入れた。相手もぐっと力を入れた。左隣はビアホフ一等水兵であった。服の上からでも腕の筋肉の強靱さが伝わる。右隣は客人だ。ミヒャエルが目一杯の笑顔を向けると、静かな微笑が返った。

束の間の安堵だ。霧が晴れたら目の前に敵巡洋艦の舷側がそそり立っているという状態もあり得る。

「故障部分の修理は完全か」艦長が確認する。

「大丈夫です」

「潜航に耐えるか」

「霧が薄れ始めたら、即、潜望鏡深度まで沈下する。今のうちに、皆、十分に外気を吸っておけ。蓄電池も充電だ」

「大丈夫です」

「蓄電池の漏れはないな」

「大丈夫です」

潜航障害を起こしたばかりの艦で再潜航することと、敵巡洋艦の砲撃を受ける可能性と、どちらの不安が大か。どっちも厭だな、とミヒャエルが思ったとき、客人の手が肩におかれた。ハンスの大きい手の温かみを、ミヒャエルは思い出した。厭なことがあって落ち込んでいると、ハンスは黙ってミヒャエルの肩に手をおくのだった。口先で励まされるより、効いた。客人の手は、芯に氷があるみたいだ。

「死亡した機関兵は誰だ」

「シュミット一等機関兵です」

「遺体は」

「帆布でくるんであります」

「安置した場所にカーテンを引いておいてくれ」

「到着は予定より遅れますか」客人が静かな声で艦長に訊いた。

「予定など、立たんのですよ」艦長も静かに返す。「定期航路の客船とは違う」

拳銃を抜いて向かい合っているようにミヒャエルは感じた。灯台下で待つハンス。間に合わなかったら。

濡れた舌のような感触をミヒャエルの頰に残し、霧は薄れ始めていた。

「潜航」命令が下る。「潜望鏡深度」

23 Untergrund

シュテファン、昨日、私はキールから帰ってきた。

一九一二年、と、現在(いま)の〈年〉を書き留めておこう。

君は一枚も書き進めていなかったから、私が綴る。

君と私の〈時〉は遅々としている。小さい(クライン)ミヒャエルの〈時〉は疾風のように進むなあ。

十六歳になったミヒャエルは、私をまったく憶えていなかった。まあ、当然だ。

二人で手記を綴り一つの書物にまとめることを相談するためにキールに行ったあのとき、小さいミヒャエルは五つだったな。一九〇一年、新しい世紀の始まりの年だ。大きい(グロース)ミヒャエルもまだ健在だった。

訪れると、先に電報で知らせておいたから、君は小屋……失礼、住まいで待っていた。

なぜ、俺に書かせるのか？　君は訊いた。

私は言った。「二人の〈時〉を一つにするためだ」

そうか、と君は言い、その後、行きつけの居酒屋に私を伴った。大きいミヒャエルの女房がやっている店だ。ちょろちょろする小さいミヒャエルを見守る君の目はやさしかったな。小さいミヒャエルにも、大きいミヒャエル同様、レミリアから連綿と伝わるとおぼしい特徴が左の眼のまわりにあり、眼の白い部分には星のかけらが散っていた。

大きいミヒャエルが作業中に海に落ち生を終えたのは、四年前だったな。一九〇八年。君の手記を受け取るために訪れ、君に知らされた。小さいミヒャエルを同居させることにした、と君は言った。ミヒャエルは外に出ていて会えなかった。

大きいミヒャエルの墜死を、君は格別悲しんではいなかった。代々の死を見続けてきたのだから、当然なのかもしれない。病。怪我。死に至らしめた原因が何であれ、終わりはある。齢(よわい)長く生きたからといって、それがよいとは限らない。老い衰えて死に至るまでの苦痛をも、君は見ている。君は、彼らの生に干渉しないと決めたようだ。外から危険が迫ったときは、身を挺して護る。成功しなくても悔いない。それが君が選んだやり方だ。レミリア。そうしてレミリアと私たちのミハイの孫。二人の生に君は介入した。ルーマニアの少年をドイツの北の涯(はて)まで伴ってしまった。それを君はよしとしていない。

だが、小さいミヒャエルに対する君の態度は、以前と少し異なるように私には感じられるのだよ、シュテファン。君は孤児になった小さいミヒャエルと積極的に関わっている。孤児という境遇が、我々がドイツに連れてきてしまった少年ミハイと重なるからか。

もう小さいミヒャエルとは呼べない十六歳のミヒャエルは、のどかな若者に育っていたな。およそ屈託など知らないかのようだった。


公子は私たちを忘れてはいなかった。ウィーンを救出し残敵を掃討した後、ブランデンブルク公軍が帰陣すると、私たちの処遇は捕虜並みではなくなった。武器は取りあげられたままだが、新しい優美な衣服を与えられた。ウィーンで調達したものか。

オスマン帝国の首都で新しい服を与えられたとき、あれほど不快であったのに、この服に嫌悪感を持たないのは、強制の有無によるものか。

戦勝の祝賀会が陣中で催された翌日、帰国の準備で人々が騒々しく動き回っている最中、公子はシュテファンと私、ミハイを引見し、改めて素性を問うた。椅子を与えられたのは、危機を救われた礼心からだろう。

私はかい摘んで話した。強制徴募でトランシルヴァニアからオスマン帝国に連行された。そこで私はスルタンの小姓にされ、シュテファンは槍斧兵として、「バルタジ?」公子が遮った。「スルタンの護衛兵です」と説明し、「馬術はその時学びました」と言い添えた。モルドヴァのホティンの戦場で戦っているとき、攻城のために掘った地下道らしい場所に落ちた。さまよい歩き、いつか岩塩鉱の坑道に迷い込み、ようやく外に出ると、ウィーン包囲戦の最中であった。ドイツ語の分からないミハイは退屈そうだったが、毛足の長い犬――公子が戦場まで連れてきた飼い犬か。手入れが行き届いている。兵士の身なりより――が入ってきたので、椅子を下り床に腰を落としてじゃれあいを始めた。

公子が知るのは、北ドイツを中心にオーストリア、ポーランド、ハンガリーあたりまでであった。ホティンからウィーンまでどれほどの距離があるか、ホティンの戦闘からこのウィーンの攻防戦まで、どれほどの歳月が経っているか、公子が知っていれば、私は即座に狂人と断じられただろう。

少し調べればわかることだ。すべて話した。

「六十年の間、地下をさまよっていた？」

「はい」

公子は当然のことだが、私の正気を疑う顔つきになった。

「其方も、同じか」シュテファンに目を向けた。

「はい」

「信じる、信じないは、殿下の御意のままです」私は言った。「事実を申しただけです」

そうして私は、岩塩鉱がシュテファンと私に〈生命〉を与えたという直感を語った。

短い沈黙の後に、「そのような法螺話を余に語る真意が知りたい」公子は言った。

「事実を申しただけです」

「生命は神が与えられるものだ。異端にもそのような教えを説くものはいない。其方らは異教徒か」

「キリスト教徒です」

「カトリックか。プロテスタントか」

「プロテスタントです」

「其方は」公子は視線をシュテファンに向けた。

「プロテスタントです」

そう言いながら、シュテファンは表情の動きを抑えた。

裸体にされ、躰を調べられることがこの先あるだろうか。シュテファンの肉体にはムスリムの証が刻まれ、私は、その証もろとも、欠落している。

強制徴募(デウシルメ)されたものは必ずムスリムにさせられるということを、北の果ての地の公子が知らないのは幸いであった。私は、ムスリムではないと、心疚(こころや)ましいところなく言える。他が認めまいと。

異教徒か。公子に訊ねられたときは、これも心疚しいところなく、キリスト教徒だときっぱり言えた。だが、現在(いま)、私は信仰を持たない。キリスト教の習慣には従うが、教会が説く神は、私の中にはいない。拠(よ)って立つ宗教がない。信仰する対象がない。信仰の対象を神と限らず何らかの思想に置き換えても、やはり、信奉し得る思想は、ない。宙吊りという状態は、吊っている紐が実在する。その紐さえない。

確固たる足場を持たずに存在する。何のために存在するのか、という不毛な疑問を、私は消し去ることができない。ベルリンに居を定めてこの方、私が直接知るのはプロイセンを中心としたわずかなことのみだが、そこに教会が説く神を感じることはできない。

シュテファンと私が浴び、吸収した生命。それは決して、キリスト教が説く――イスラム教も説く――神ではない。

あの洞窟で息絶えたほうが望ましかったのか。否。断固として、否。

無意味であろうと、生き続けていたいのだ。小さい羽虫、糞虫と同様に。剽悍な鷹、臆病な兎と同様に。

今にして思う。このように過ぎた〈時〉を綴ろうと思い立ったのは、印刷、製本に憧憬を持つシュテファンの内心を酌み取ってのことと理由づけていたが、実のところ、私自身が、無意味な生の虚を書き綴る行為で埋めようとしていたのではないか。

このような感慨を綴るのは、それこそ無意味なことだ。

宗教に、信仰に、そうして〈神〉に思いを致すことが、私にとっては危険なのだ。袋の中に頭を突っ込み、つぶやき、はては喚(わめ)きちらすのと変わらない。

信仰に疑いを持たなかった時代と、神の非在を認識した時代と、どちらがより良いのか。

非在であっても、信仰がそれを実在せしめるのか。

哲学者。思想家。神学者。彼らは己の模索の果てに辿り着いた思考を、唯一絶対のものとする。私はそれに同調し得ない。

ここで、書きとどめておこう。

シュテファンと私が地下をさまよう羽目になったホティンの戦闘は、オスマン軍の大敗に終わった。スルタン・オスマン二世は和平交渉を申し出、オスマン軍は撤退した。

私たちの知るミハイは、おそらくこのとき、軍を脱走し、もう一度レミリアのもとに許しを請いに行き、そのまま留まったのだろう。

私が側近として仕えたオスマン二世は、ホティン敗戦の翌年、イェニチェリによって殺された。史書は淡々とそう告げる。

ホティンの大敗でスルタンの権威は大いに損なわれた。若いスルタンが解体を目論んでいると確信したイェニチェリらは暴動を起こす。メッカ巡礼に旅立とうとするオスマンを襲い、イェディクレ城塞に連れ込み絹の紐で絞殺した。

事実とされることがほんの数行記されているだけだ。

オスマン二世はイェニチェリに殺された。こう書くだけで、いまだに私は胸苦しさをおぼえる。あの少年皇帝は私にとって、印刷された文字の連なりではない。肌にぬくもりを持つ人間だ。

文字の上を、目はしばらく上滑りした。その後、他の書も調べたが、それ以上に得られる情報はなかった。

私が内廷（エンデルン）にいたときすでに、狂王ムスタファが廃位されるなどスルタンの権威が失墜していたことは明らかだが、皇帝が奴隷兵に絞殺された……。

市民が国王を斬首したフランスの大革命に先立つこと百七十余年。

史書は、過ぎた時の事象を冷静に綴る。その時を生き、その時に死んだものたち――名も無きものの一人ひとりまで――の心の奥は記さない。

私はスルタン・オスマンと共にいるべきであった。地下道に落ち込むという事故がなかったら、私はオスマンを護ってイェニチェリらと戦っただろう。彼が縊（くび）り殺されるのを手を束（つか）ねて傍観してはいなかっただろう。そのとき彼とともに生を終わるのが、もっとも順当な成り行きであった。シュテファンとミハイはどのように行動したか。槍斧兵（バルタジ）の一員としてオスマンを護っただろう。彼らは生き延びたかもしれない。反逆したイェニチェリらはスルタン殺害の責任を当時の大宰相にのみ負わせ処刑して事態を収拾したというから、シュテファンはオスマン帝国の軍人として出世したかもしれない。シュテファンが共にいれば、ミハイも戦線を離脱逃亡して娘のもとに奔（はし）りはしなかったのではないか。いや、彼らには、娘を手籠めにした負い目があった。どのように償ったか。

オスマンの後継として、狂王ムスタファが再度王位についたものの一年そこそこで再び退位を強いられ、オスマンの異母弟ムラトが即位、彼の死後、ムラトの同母弟でそれまで鳥籠（カフェス）に幽閉されていたイブラヒムが後を継ぐ。これがムスタファと変わらぬ狂人であったという。長い幽閉。いつ殺されるとも知れぬ恐怖。狂うのが当然だ。いや、ムスタファは哀しい狂人であったが、イブラヒムは手に負えぬほど凶暴な狂人であったと、史書は記す。イブラヒムが後宮（ハレム）の女たちを袋詰にして海に投じたと述べるが、事実かどうか、私は知らない。イブラヒムもまた、廃位され、イェニチェリらに殺害された。ムラト、イブラヒムの生母キョセムと、イブラヒムの息子を産んだ寵姫とのあいだで、どれほどの権力争いがあったことか。この寵姫は黒人宦官長（シャーフ・アーラル）に命じて、キョセムを暗殺させたと記されている。

イブラヒムの息子が、ウィーン包囲時のスルタンだ。国政は大宰相らにまかせきりで、狩猟に夢中になっていた。

あのウィーン包囲の敗戦が、オスマン帝国の衰亡の始まりだと、後世の書は説く。

オスマン帝国もドイツ帝国も、私からは等距離にある。どちらにも私は祖国という感情は持てない。生まれ育った地も、もはやあまりに遠い。祖国。いつ、私はこの言葉を知ったのだろう。かつては使われたことのなかった言葉だ。

ブランデンブルク公子は、私の話を信じた様子はなかったが、さりとて手離し難いのか、帰国する時に其方たちを伴う、と言った。「参れ」

私はこのとき、明確に意志を表明した。

「人々の前で、馬技を披露せよと仰せになるのなら、お断りします」

「何故?」

思わぬことを言われたというふうに、公子は問い返した。

あの昂揚感。自由の幻影が実体を持った一瞬。二度と得られない。他人の面前で披露し喝采を浴びたとしても、スルタン・アフメトの前で演じ、それが屈辱の因（もと）となった記憶が甦るのみだろう。

「見物人は初めて見る珍しいものには喝采します」私は言った。「しかし、彼らはじきに飽きます。さらに珍奇なものに好奇心は移っていきます。飽きられたものは、ぼろ靴のように棄てられます」

私が賢明であれば、参ります、と即答しただろう。拠（よ）るべき地はない。スルタンに逆らうものは鞭打ちあるいは死刑にさえ処せられた。この公子も、逆らうものを許さないか。

シュテファンの反応はわからなかった。私の目は公子のみを見据えていた。

「あの見事な技を二度と見せぬというのか。ならば其方は何を以（も）って余に仕える」

「私は貴方に臣従してはおりません」

「其方は?」と公子はシュテファンに問いかけた。

「私の友と同じ答えをお返しします」シュテファンは言った。

「其方らの途方もない話が事実か否か、確かめたい。余に仕えよ。見世物にはせぬ」

「役をお与えください」私は応じた。

「余の扈従(こしょう)にする」

「書物の整理係を仰せつけください」

「欲のないことだ。出世は望まぬのか」

「望みません」

「あれだけの馬技を持ちながら、書物に埋もれて過ごしたいのか。その若さで」

「見かけは若くありますが」

もっとも、空白の六十余年は人生のいかなる経験も私に与えていないのだから、思考の熟成度も見かけと同程度だ。

これまで、潮流に運ばれ漂い流れるように、外の力に動かされてきた。一点に楔を打ち込み、これを私の居場所としたい。

「馬術の教師を勤めるのはどうだ」

「書物の整理係を望みます」

「余の父が創設した図書館が、首都ベルリンにある」

「ぜひ、そこに」

後に知ったことを記す。

シュテファンと私が地上にいない間に行われた、三十年に及ぶ戦争。それは、ドイツの土地を荒廃させたのみならず、ドイツの図書館を空にもした。

勝者による書物の略奪は、当時、いや、はるか昔から、正当な行為とみなされてきた。宗教改革の推進者マルティン・ルターは、図書館設立を奨励したが、その蔵書はカトリックの教会や修道院から掠奪したものが多かったという。出版業が盛んになっていたから、印刷本の収穫は豊富であった。

三十年戦争において、〈神聖ローマ帝国皇帝の圧政からプロテスタント諸領邦を解放する〉〈ドイツに信仰の自由を〉を旗印にドイツ北部に侵攻してきたスウェーデン軍は、各地のイエズス会の神学校や学寮が有する膨大な書物をごっそり掠奪し、自国の図書館を潤した。貴重な書物は鎖で書棚に繋いであるのだが、何の役にもたたなかった。もっとも多大の恩恵を被ったのは、スウェーデンのウプサラ大学図書館だそうだ。掠奪はプロテスタント側ばかりではない。カトリックであるバイエルン公国のさる貴族は、ハイデルベルク大学のパラティナ文庫を洗いざらい奪い、勝利のトロフィーとして教皇に捧げ、ヴァティカン図書館の蔵書は潤沢さを増した。

プロテスタントが多いブランデンブルク公国とザクセン公国は、カトリックを強いる皇帝に対し共に戦えと、スウェーデン国王から強要された。

ザクセンはしぶしぶながらスウェーデンに協力した。ブランデンブルクは中立を保とうとつとめたが、両軍に踏みにじられ掠奪された。

「其方は何を望む」公子の問いはシュテファンに向けられた。

「私はこの者を後見しています」

シュテファンが指すミハイは、すっかり親しくなった犬をそれとなくかまっていた。公子の前でおおっぴらに戯れ遊べば叱責されるとわきまえるだけの分別はあるようだ。

「彼と共に貴国で生活できることを望みます」

「この者の素性を聞いておらぬが、弟か」

「シュテファンが深く愛した娘の、孫にあたります」私は言った。

ミハイのことまで説明するのは好ましくないし、シュテファンも答えたくないだろうと思い、当たり障りのないことを私は口にしたのだった。

「孫」戸惑ったように公子はシュテファンとミハイを見くらべ、「そうであった」と、苦笑した。「其方らは、見かけより六十年の余は年を経ているのであったな」

「彼は孤児です」シュテファンは言った。「私が唯一の身寄りです」

帰国の途についた。公子は馬車をもちいた。私たちは衣服と馬を与えられ、公子の馬車を護衛する一隊のなかに混じえられた。トルコ型の彎刀(わんとう)と短剣は取り上げられたのだが、公子は代わりに十字鍔(つば)の短剣を我々に下賜した。柄に小さいサファイアが嵌めこまれていた。これも救助への礼心だろう。またも、長い旅。北西へ。

オスマン帝国の首都やエディルネの図書館は、それぞれ数十万の書を蔵していた。百を超える読書用の小部屋は豪華な絨緞が敷き詰められ、こよなく居心地のよい場所であった。すべての書を整然と分類した目録を完備していた。

公子の父ブランデンブルク選帝侯——大選帝侯と呼ばれる——が個人の資金でベルリンに創設した図書館は装飾性皆無の無愛想な石造りで、印刷本およそ二万冊、写本が千六百冊ほど。比較にならない。

選帝侯の居城ベルリン城自体、規模は図書館より大きいが四つの四角い棟が中庭を取り囲むだけの素っ気ないものであった。物見の角塔が一基聳えていた。

あれほど嫌悪感を持っていた丸屋根が連なる間に尖塔が屹立するオスマン帝国の建造物に、私の眼はいつか馴染んでいたようだ。ドイツの北の建物は、冷ややかに感じられた。もしここに強制的に連行されたのであったら、オスマンの宮殿よりさらに強く〈牢獄〉と思ったことだろう。

私は見てはいないが、公子の居住部分内部はきらびやかに飾られているという。青や金の彩色陶板で壁から丸天井まで埋め尽くされたスルタンの宮殿内部とは異なる趣ではあるが、金ぴかであるのは同じで、大強国であるフランスの王宮を真似たのだと後に知る。

公子の口添えのおかげで、私は特別に一室を与えられた。

老館長は私をどのように扱うか、困惑したようだ。公子のお声掛かりとあっては粗略にできず、そうかといって、貴人でもない新入りの若造にへりくだった態度もとれず、といったふうであった。

館員はほかに数人いた。目録をととのえるのが館員の主な仕事であったが、これまでの蔵書目録が不完全なところに新たな書物が加わるので、なかなかに多忙であった。内容によって分類し、アルファベット順に並べる。とりあえず、整理できた分だけを印刷してある。漏れている分、新しく増えた分は余白に書き込まれ、何年か経つと印刷し直す。そのころはまた、未分類、未記載の書が増えているという、きりのない作業であった。シジフォスよりはいくらかましか。

私が有能な働き手であることを、老館長はじきに認めるようになった。オスマンが帝位に就く前、共に学んだラテン語、ギリシア語、フランス語など異国語の豊富な知識が役に立った。内容を読まねば分類できない。蔵書は一般に開放されている。その応対も館員の役目だ。

公子はその後、私たちを顧（かえり）みる暇はなくなった。ウィーンの戦線から帰国して程なく、公子の妃が没したのである。翌年、二十七歳の公子は、十六歳の妃を迎える。その四年後に、父、大選帝侯が没し、公子が選帝侯位を継ぐ。数年にわたり、弔事慶事が立て続けに繰り返され、そのたびに盛大な儀式が行われ、公子——選帝侯——は多忙を極めた。

大選帝侯は自費で図書館を創設するくらいだから書物の蒐集に興味を持っていたのだが、後を継いで選帝侯となった公子は無関心であった。館長の熱意が図書館の経営を支えていた。

私の〈時〉は、この時点で前進をとどめた。姓名をドイツ風に変えたのは、私自身の意志による。マジャール人がなぜプロイセンの王立図書館に、などと問われる煩わしさを避けるためだ。強制的にトルコ人の名を名乗らされたときとは異なる。ヨハンはヤーノシュのドイツ名だ。墓場という姓も、自ら選んだ。

外は激動する。十七世紀最後の年、一七〇〇年、選帝侯は大行列を仕立て、所領の飛び地である東プロイセンに赴き、翌年、初代〈プロイセン王〉としての即位の大祭典を執り行った。〈王〉の称号を、選帝侯は強く欲していた。

ブランデンブルクは神聖ローマ帝国の一領邦であり、皇帝の——ハプスブルク当主の——許可無くして王を名乗ることはできない。相続によって領有することになった東プロイセンは、ドイツ騎士団が開拓した地であり、一時ポーランドの支配下にあったが、ポーランドとスウェーデンの戦争に際し、公はうまく立ちまわり、東プロイセンをポーランドの支配から脱せしめた。ハプスブルクの支配下ではない地なので、王を名乗ることができた。

他国も承認する〈プロイセン国王〉となるのは、一七七二年、ポーランドが——あの強国であり大国であったポーランドが——衰微し、ロシアとオーストリアそうしてプロイセン＝ブランデンブルクの三国が分割したさい、東プロイセンとブランデンブルクを隔てるポーランド領を手に入れてからだ。

私をベルリンに伴った公子——初代プロイセン王——は、二十五年間王位にあった、その晩年に、私を思い出した。呼びつけられて当然なのだが、父大選帝侯が設立した図書館に王は自ら足を運んだ。貴賓室で面会した。初老の王は私をつくづく眺めた。

「年をとるということがないのだな。不老不死か」

「私にはわかりません」

「魔女裁判にかけられてもやむを得まいな」

「特殊な呪法など何も知りません。呪いをかけてミルクを腐らせる程度の能力も持ちません」

公子――初代国王――は私にいささかの畏怖を持ったのか、心の内はわからないが、私の望みを聞き入れ、すでに代が替わっていた館長に指令書を渡した。私が望む限り、王立図書館内のこの一室に住まわせ給料を支払うこと、私の素性について詮索しないこと。

王が逝き、後を継いだ息子は、すべてを節約して軍事力の拡大に努め、軍人王と呼ばれる。図書館には関心を持たなかった。私は誰の干渉も受けず図書館の一室を我が終の棲家として生きつづける。ダイアモンドの指輪および所持していた宝石のたぐいのほとんどを金地金に替え、プロイセン王国銀行の保管庫にあずけた。この銀行は、後にライヒスバンク（ドイツ帝国銀行）に発展する。

相続によって東プロイセンをも領有しただけであったブランデンブルク選帝侯がやがてプロイセンの王を名乗り、さらにブランデンブルクを含めたプロイセン王国の王となり、普墺戦争、普仏戦争を経てドイツを統一し、プロイセン国王を皇帝とするドイツ帝国となり、プロイセン国王はドイツ帝国皇帝となる……といった経過を詳細に綴る必要はあるまい。誰もがよく知るドイツ帝国の歴史だ。

一つの大帝国が衰退し、一つの小公国が大帝国となる。その激しい振幅の中で、人は生まれ、短い生を終える。

私は王立図書館の一室に隠棲し、書物を通して過ぎた時の動きを知る。オリエントからヨーロッパの東部にまたがる大帝国であったオスマン帝国はいまや小さく縮み、瀕死の病人とさえ言われている。その経緯を私は傍観し続けてきた。シュテファン、君は外で〈生活〉し、多くの人々の生と死を見てきた。

いささかでも私に関わりのある〈時〉といえば、後世「フリードリヒ大王」と讃えられる三代目プロイセン王がなかなかの文人であり、自分の著作を印刷製本するために、ベルリン宮殿内、薬室の上に当たる部分に小さい印刷所と製本所を設け、ベルリン王立図書館は王の著書のほぼすべてを蔵したこと、十九世紀、社会主義という思想が世にひろまり、労働者の群れがベルリン宮殿に押し寄せたこと……などか。

その前に、十八世紀、フランスで、国家のありようが覆り、無秩序状態となる大変動があったな。

プロイセンはオーストリアと連携して王党軍を助けるべく出兵した。

あのときも、私はその外にあった。〈自由〉〈平等〉。私には未知の観念だ。いや、〈自由〉それを私は知っている。束の間、実在した幻影。決して永続はしない。

シュテファン、君は後に革命と呼ばれるようになるあの大擾乱に際し、プロイセン軍の一兵卒として戦闘に従事したのだったな。何代目かのミハイ――ミヒャエル――が兵であったから。君が私に告げたのは、戦闘が終わり――王党軍は敗北した――、帰国してからだ。君は語らなかったが、ヴァルミーの戦闘がいかに凄まじいものだったか、他の者から話は広がっていた。勝手に死地に赴くな。私は激昂し、放蕩息子を叱りつける逆上した母親のようだったと、君は後で笑いながら言ったのだった。フランス国王は新発明の斬首機械で頭部を切り落とされた。オスマンのスルタンも配下に縊り殺されている。衝撃を受けはしなかった。

後年、フランス革命を論じる書は多く刊行され、多くは啓蒙思想の立場から革命を讃えるものだが、擾乱の最中(さなか)である一七九〇年にロンドンで刊行されたエドマンド・バーク『フランス革命の省察』は負の面に目を向けている。フランス国王ルイ十六世がギロチンにかけられる三年前に著されたものだから、革命の全貌を把握してはいないが、「革命派は国をばらばらにした」「平等主義は社会を狂わす」などと、強く批判している。私は英語はあまり堪能ではなく、ドイツ語の訳書で読んだ。

ナポレオンが皇帝位に就くことで、自由も平等も実態のない言葉だけになり、……ことさら記すまでもない。ヨーロッパほぼ全土を支配するに至ったナポレオンはしかしロシア遠征で大敗し、なお変転の後、流謫(るたく)の地で没する。フランスは帝政と共和政を繰り返し、今は共和国だ。

ベルリン城は改築増築を重ねて大王宮となり、王立図書館も増改築され、蔵書は膨大になる。周囲は慌ただしく移り変わる。ベルリンの情景だけでも、同じ都市とは思えない変貌だ。風俗も変わる。工業というものが盛んになる。

それは私の〈時〉ではない。私はめまぐるしく変転するドイツおよび他の国々の〈時〉から外れている。時折、図書館を出て街並みを歩く。美術館や劇場を訪なう。歴史画が、ヨーロッパの幾多の戦争の様子を伝える。奇妙な気分だ。私は自ら求めて、我が足の甲を鉄の杭もて貫き、杭の先端は床に食い込んだ。それで満ち足りた。そう思っていた。突然、私は喚きたてたくなる。烈しき狂躁、我が上に来よ。そういうとき、私は、王立の馬場に行く。王の許可を得ている。馬を借り、走らせる。馬場の中だけだし、曲技をやるわけでもない。ただ、疾駆させる。

24 Untergrund

三年の間、未完のまま放置していた手記を、ふたたび綴る。
現時点。一九一五年九月十二日。
今日、海軍大臣フォン・ティルピッツ閣下に呼ばれた。
君がUボートで出撃したことすら私は知らなかった。
君を救助するUボートに私は乗艦する。
ともあれ、手記を一応まとめねばならない。

ミヒャエルとともに海軍に志願すると、シュテファン、君から知らせがきたのは、去年だった。

去年。一九一四年、夏。開戦の報が伝わるや、ベルリン市民は熱狂した。王宮前の広場は群衆で埋まり、皇帝陛下がバルコニーに出て歓呼に応えた。キールもそうだったのだろうか。軍港の街だ。ベルリン以上だったかもしれないな。

君と私の間は、やや疎遠になっていた。君が手記をまったく書き進めておらず、私が一人で書き継いだのだが、私もまた、意欲を削がれた。君と私の……何というか、〈生〉への対応とでも表現するか、それが正反対だ。私は一点にとどまった。君は外の動きと共に動く。公子──初代プロイセン王──は君にミハイと一緒に軍に入ることを示唆したが、君は拒み、労働で日々の糧を得ることを選んだ。検査で裸体を他人に見られるのを忌避したのだろう。

去年、ミヒャエルと共に海軍入隊を志願したとき、全身を検査されたはずだが、ムスリムである証は見逃されたのか。目立たなくなっていたか、あるいは、キリスト教徒であっても医学的見地から行われることがある手術の被施術者をよそおったのか。

職人に弟子入りするには、ミハイはともかく、君は年が行き過ぎている。徒弟修業は十代の前半から始めるのが普通だ。しかし、公子の意を受けた者が何か手立てを講じたのだろう、煉瓦工の親方に弟子入りしたのだったな。

ここから先は君が書くべきなのだが。

ミハイはドイツ名のミヒャエルを名乗るようになる。知り合った娘と愛しあい、結婚する。

私は以後の君について、詳細は知らないのだ。君が語ること、君が伝えてきたこと、それ以上を詮索することはしなかった。図書館内の一室という砦を得た私と違い、君は外の〈時〉と君自身の〈時〉の食い違いを周囲に怪しまれないようにせねばならなかった。君は身寄りなく死んだ者の名前と過去をひそかに、もらい受けあるいは買い取り、それを繰り返す。

君もまた、出世に関心がない。ミハイ――ミヒャエル――は老いる。老いて、生を終える。君はその子を、見守る。その子も老いて生を終える。見守る相手の生に、君は干渉しない。女の子の場合もある。結婚し、姓が変わる。男の子が生まれた場合ミヒャエルと名付ける。それは、理由のわからない言い伝えのようになって受け継がれてきた。男の子が複数な場合は、最初の子に命名する。他の名にすると災いが起きるというふうな誤った意味づけまでまつわりついた。

港町キールのあるホルシュタインがまた、帰属の厄介な土地だったが、普墺戦争の当時はオーストリア領であった。戦争が勃発するや、オーストリア軍はキールに本営を置いた。シュレスヴィヒに駐屯するプロイセン軍が南下、キールをはじめホルシュタインの諸都市を占領。

プロイセンが大勝した帰結として、ホルシュタインはプロイセン領となった。今は、キールはドイツ帝国の重要な軍港だ。

戦争に継ぐ戦争。

小さいミヒャエルには祖父に当たる男ミヒャエル・ローエが、プロイセンの兵士としてホルシュタインで戦い、戦争終結後、土地の娘と結婚してキールに居着いた。君は、この戦争で死んだ兵士の一人ハンス・シャイデマンという若い男の名前と素性を、ただ一人の遺族であるキール住まいのハンスの祖母から譲り受け、その代償として婆さんの世話をした。そう、君から知らされている。君の言うところでは、婆さんは雑貨屋の屋根裏に一人住まいしていた。足が弱り、粗末で急な階段を下りられなくなった。買い物が必要なときは、注文を書いた紙を入れた笊(ざる)に紐を付けて、窓から垂らす。気のついた者が買ってやり、勘定書といっしょに笊に入れ紐を引くと、取り付けてある鈴がじゃらじゃら鳴る。婆さんは笊を引き上げ銭を入れてもう一度垂らす。品物だけとって銭をよこさないということはなかった。信用を失い、だれも買い物代行をしなくなったら、婆さん自身が飢え死にする。そんな暮らしだったから、当てにしていた孫が帰還しないと知って、婆さんは君の提案を受け入れた。

婆さんはほどなく生を終わった。ハンス・シャイデマンは老いない。

そのあたりのことを、君は書き記す気はないようだ。

私は思う。君はもう、書き尽くしたのだと。レミリアとのいきさつは、君の心の中に巌(いわお)のように居座り、言うなれば君の魂を石化させていた。書く行為は、岩を打ち砕くことだった。そう、私は推し量る。疲れ果てる行為だったろう。全力疾走あるいは峻険踏破の後のように。魂も砕けたか。

君が敢えて書かなかったこと——、いや、君はそれを意識していなかったのか。意識したくなかったのか——は、私も、賢しらに記すことはすまい。ミハイの末裔は、すなわちレミリアの末裔であることを。君がどれほど強くレミリアを……それをミハイに、そうして代々のミヒャエルにすり替えて、いや、推察はやめよう。地下道に落ち込むという馬鹿げた事故がなかったら、君が、ミハイと同じ行動をとった、などと想像するのは。

先を書き続ければ、何が君の行動の推進力になっているか、いやでも思わざるを得なくなる。どうして秘める。君はレミリアを深く——おそらくミハイ以上に深く、強く、想っていた。想っている。レミリアと君の関わりについて、私は、君が語り、君が記したこと以外は知らないのだ。コンスタンタに庇護を託したレミリアを、君がどれほど想っていたか、一言も記されていない。

そうか。君が書くのをやめたのは（以下、抹消）

昔……と、ひどく老人めいた言葉を記してしまう。実際、並外れた老人なのだが、日常の暮らしの中ではつい忘れる。肉体は壮健だ。昔、海は表面だけが戦場だった。今は静謐であった海の中までが戦闘の場となっている。空を飛ぶ乗り物さえ発明され、最初は敵情偵察だけだったのに、今年の春、フランスがこの乗り物に銃を据え付けることを考案し、ドイツの偵察機を撃墜した。ドイツも早速同じやり方を取り入れて応えた。空もまた、流血の場となりつつある。

どうも懐旧的になっている。つい、昔の戦闘は、と思い返す。人間同士が相対した。そのほうがよかった、などとは言わない。相手の顔が見えないほうが殺しやすいのだろう。互いに、顔の見えない相手に殺される。

間に合わない。いくらか手を入れたけれど、未完、未整理のまま、これをティルピッツ閣下に託す。何も人目にさらすことはないのだ、とも思う。

シュテファン、君の、印刷製本された書物への興味——というか、愛着というか——は薄れたようだが、私は惹かれてならないのだ。

人は、……と、一括り（ひとくく）にはできないなら、人の多くは、と言い換えよう、記録したいという欲求を持つ。〈紙〉——この貴重な有用なもの——が発明される以前から、石や粘土板に刻み、樹皮や獣皮に記し、記録を残してきた。

紙。遠いアジアの大国で発明され、イスラム世界に伝えられ、ようやくヨーロッパにも広まる。

私は、革装の書物の手触りに魅入られている。一枚一枚の紙の質感にも。印刷された文字は紙に食い込む。その微かな凹凸が好ましい。

箔押しの模様やタイトル。そこに私の名前もまた箔押しされていたら。私の著作。内容はこの手記より、もう少しましなものでありたいが。

シュテファン、ティルピッツ閣下の言によれば、君は危険きわまりない任務に自ら望んで就いたというな。

何のために。

成功の可能性はごく低いらしい。任務完遂以前に、イギリス側に発見される恐れがある。自殺的な行動を、なぜとった。

君は生に執着を持たないのか。異常に長い生を与えられても、なおかつ、私は死を恐れている。君と私は、不死ではない。不老ではない。致命傷を受ければ死ぬ。重篤な病でも死ぬ。不毛の生に倦み果てて当然なのに、私は生にしがみついている。君は自ら求めて死を賭した任に就いた。なぜだ。

ふと思いついたのだが、君は、ミヒャエルのもとに早く帰り着くために、賭に出たのではないか。捕虜は、脱走を試みたり反抗を企てたりしない限り、身は安泰だ。戦争が終われば帰国できる。捕虜交換という事態もある。君は、待ちきれなかったのか。

君の救援に向かうUボート——私はそれに乗艦するのだが——の乗員の中に、ミヒャエルもいるのだ。

これは、単なる偶然だ。たまたま、点検整備を終え待機しているUボートの乗員の一人がミヒャエルであった。

君の脱出と救助艦の到着が成功すれば、君はいち早くミヒャエルに会える。成功を祈ろう。だが、何に向って禱(いの)る？　禱りに応える存在は、ない。そう、知りながら、禱る。君の脱出の成功を。脱出に成功しても、君にはもう一つ、なさねばならぬ任務があるのだったな。鹵獲(ろかく)されたUボートを沈める。私は潜水艦の構造に疎いが、遠隔作業というわけではあるまい。困難なのだろうな。監視人の目をかいくぐって、艦内に入り込み自沈装置を作動させるのか。無理だ。僥倖を得て成功したとする。その後に厳重な捜査が続く。無謀だ。シュテファン、君は愚かだ。なぜ（以降インクで抹消）

成功。させよう。君と私が生きていることは奇跡だ。奇跡は、空虚ではない。意義あらしめよう。奇跡。成功。Viel Erfolg!

𝔘―Boot 7

グレイト・ブリテン島とアイルランド島の間の左手にスコットランド西岸のフィヨルドが幾重にも重なって聳えるノース海峡を、U19は針路を南に、浮上したまま進む。見渡す限り船影なし。

アイルランド島の向こうに沈もうとする夕陽が対岸のフィヨルドに照りつける。

ミヒャエルは不思議な音楽を感じる。キールの暮らしにあるのは水夫たちが銅鑼声（どらごえ）で歌う流行歌ばかりだった。ヴィオラやピアノの奏楽を聴いたことはない。ましてや交響楽は知らないのだが、彼が感じたのは、響きあう壮大な楽であった。複雑に裂けた岩壁と散らばる島嶼の間に奥深く入り込む海は、聴覚ではない感覚が感じ得る楽を奏している。

帆布でくるまれたシュミット一等機関兵の遺体は、丁重に海に葬られた。潜航障害の原因の一つとなった兵だが、死者となった彼を罵倒する者はいなかった。帰投した後家族に渡すための遺品は、艦長が狭いロッカーに収めた。

最も危険な場所に入り込もうとしている。艦長も機関長も切迫した様子を見せないので、ミヒャエルも不安を感じない。いや、あの潜航障害の後だ。恐怖は内在するのだが——時が経つにつれ、かえって恐怖は強まるのだが——意識しないようにつとめている。下っ端の水兵がおろおろしても、状況は何も変化しない。よく切り抜けたなあと、口にする者もいない。思い返すのは、任務を果たし安全な母港に帰着してからだ。あるいは戦争が終結し平穏な歳月を経て、年老いてからだ。

目の前にあるのは、さらなる危険だ。

イギリス側がノース海峡に対潜網と機雷原を敷設したと宣伝しているが、艦長は脅しに過ぎないとみなしている。ドーヴァー海峡が対潜網と機雷で封鎖されているのは確実だが、ノース海峡は海流の強さと水深からして、敷設は不可能だと艦長は断言し、機関長も同意している。

寒くて辛い、波に攫われ海に放り出される恐れもある艦橋勤務を終え、ハッチから臭気のこもる艦内に戻る。まだ、目的地に着かないのだ。ハンスを救出してやっと半分だ。またこの臭くて寒くて辛い航海を、同じくらいの期間やりとおさなくちゃならない。うんざりするが、フィンケの言葉を思い出す。「今度は目的がはっきりしているからいいよ。通常の任務ってのはな、割り当てられた区域を獲物を求めてうろうろするばかりだ」

そうだよな。ハンスを救出する。最高じゃないか、と気を取り直し、缶詰の空き缶を利用して焼いたパンとソーセージをのせた皿とコーヒーのカップを烹炊所(ほうすいじょ)でフィンケから受け取り、混み合う狭いライプツィヒ通りをよろめきながら前部発射管室に戻ろうと急ぐ。

発令所のそばにきたら、艦長と先任の交わす言葉が聞こえた。

「警戒が馬鹿にゆるい」

「哨戒艇を全くみかけませんな」

「やはり、罠か」

25 Untergrund

私は少しずつ君に近づいている。

ノース海峡をすり抜ける。グレイト・ブリテン島とアイルランド島の間にアイリッシュ海がひろがる。真ん中に浮かぶマン島が視野に入ってくる。相手が無警戒なので、浮上したまま進む。どこかから監視しているのか、艦長が言ったように罠なのか。替え玉かどうか確認するのが、客人の任務だ。――俺一人でいいんだけど……。俺とハンスの関わりを上層部が知らないのは当然だ。やむを得ない。

Uボートが接岸できる場所は、灯台の近辺にはない。艦に備えてある小型の手漕ぎディンギーで岸に行き着き、ハンス・シャイデマン――あるいはそう名乗るスパイ――を収容する手はずだ。

漕ぎ手にはビアホフ一等水兵が選ばれている。

艦に乗り込ませた上で、真偽を確認するか。先に陸上で見定めるか。艦長は後者の案を採択した。

ミヒャエルは特命を受けた。ビアホフと共にハンスを迎えに行く。

もし、スパイであっても、その場で糾弾はしない。ディンギーで艦に連れ込む。乗艦させるとき、前もって決めた合図でそれとなく艦長らに知らせる。

U19がオームズ・ヘッドにたどり着けば、灯台の下に長身のハンスが待っている。そう信じ切っていたけれど、フリードホフに言われて気づいたのだった。収容所脱出。それだけでも、困難だ。U13が繋留してある場所に辿り着いたとする。自沈させるためには、監視の目をくぐって艦内に潜入し、装置を作動させねばならない。その時点で逮捕される可能性は大だ。U19の潜航障害も、予想もしない事故だった。ハンスだって、絶対成功するという保証はないんだ。これまで楽天的に考えていた反動のように、不安が募る。

他の乗員も冗談口が少なくなった。潜航障害を生じた艦は、本来ならいったん帰投して徹底的な点検修理を行うべきだ。故障した潜舵と漏水箇所に応急の修理をしただけで任務を続行している。その不安は、誰も口には出さないが意識の底にわだかまっている。危険とみたら即座に潜航できるよう、ハッチは閉め、必要最小限の要員だけが艦橋上にいる。

マン島を右手に見て過ぎると、アイリッシュ海に張り出したブリテン島の陸地が水平線上にかすかに望める。

潜望鏡深度に沈下し、潜航する。ゆっくり進めば、電力は二十時間は保つ。急速度であれば一時間も保たないが。

敵地のただ中にあるにもかかわらず、妨害を受けることなく目的地に近接する。

陽が落ちてからは浮上して進んだ。蓄電と換気を十分に為すべく、給気筒が開放され、新鮮な夜気が艦内に流れ入る。

外海にくらべればアイリッシュ海は平穏だ。闇に紛れ、静かに陸地に接近する。黒い空を薄墨色の雲が流れる。雲の切れ目に明滅する星は監視人のように険しい。

長く伸びた一条の光の裾が艦橋を掠めた。オームズ・ヘッドの灯台が放つ光だ。

それと知らされ、乗員の間に歓喜の声が起きる。

捕虜収容所から送られてきた暗号文によれば、〈救助艦が派遣されることを期待し、自沈後、実行者は、毎夜オームズ・ヘッド灯台の真下で、深夜午前二時に懐中電灯を点滅させ合図します。敵に発見され逮捕された時点で、救出作戦は失敗です。救助艦は、午前二時に合図を視認できなければ、彼は逮捕処刑されたとみなし、即刻、去ってください。〉

灯台の明かりは遥か遠くを照らし、その直下は闇の中にある。

再び潜航する。高く切り立つ岩壁に近接したところで沈座し、約束の時刻まで待つことになる。

このあたりの海底の様子は、調査がなされている。開戦前はドイツの船舶も航行していた。秘境ではない。海底の地質は粘着質ではないから、くわえ込まれる危険はないと艦長は判断した。ゆるやかに速度を落とし、艦が前後に傾かないよう釣り合いを保ち、徐々に降下する。

軽い衝撃が着底を教える。深度二八。

電力を節約するため、艦内の灯りは最小限にしてある。のんびり休息しろ。先任ジングフォーゲル中尉は水兵たちに言い、静かな曲を流した。

吊床に体を休めたミヒャエルに眠りは訪れない。

潜航障害対処の真っ最中には感じる余裕もなかった恐怖が、時が経つにつれ強まる。

静かな沈座が、恐怖をさらに増幅する。時が止まったと、ミヒャエルは感じる。新鮮な空気の補給はなく、U19は着座したまま。午前二時は永遠にこない。氷の中にいるみたいに、腹の底から慄えがわきだし、全身を走り、歯の根があわなくなる。

上段ベッドのフリードホフと視線があった。

この人はいつも、微笑するだけだ。

あんたって、死人みたいですね。心の中だけでミヒャエルは毒づく。少し笑いながら死んでいる人みたいだ。

26 Untergrund

真実とは、人を殴り殺す棍棒だ。誰の格言だったか。ギリシアかローマの賢人だったと思う。棍棒。いや、切っ先の鋭い短剣だ。うかつにもてあそぶと自分の胸を貫く。文字に記すとき、真実は幾重にも虚偽あるいは自己欺瞞のやわらかい布に包まれる。

ティルピッツ卿に託した手稿に、私は事実を記した。記さなかった多くの言葉、多くの文章に、真実は在る。

片鱗を私は記してはいる。抵抗力をすでに持たない三人のイェニチェリの命を断ち切った経緯を綴ったとき、〈自分が毒蛇の牙を持つことを自覚した。哀しいことだ。〉と吐露している。しかし、記さなかったこともある。〈哀しい〉だけではなかった。私はあのとき、強者の立場にある喜びをも感じてはいなかったか。あの行為が〈私に対する一抹の不安、不信を、君にもたらしただろうか。〉とも書いている。君は確かに、私に対する疎ましさを、あのとき持った。自覚の有無はわからない。たぶん、明確に意識することなく。疎ましさは意識の底で次第に育つ。哀しいことだ。

君は、私とは関わりのない日々を選んだ。

私が君に憎しみを抱いたことが、ないと思うか。肉体に欠落のない君を、私が妬まなかったと思うか。君が弟の首を取り返しにきた娘を陵辱したと告白したときの、私の感情の動きのすべてを記すことはできなかった。ついに私が知ることのない、躰の感覚。自制心など消滅するほど強烈なのか？

前部発射管室の狭苦しい上段ベッドで時をやり過ごしていると、思い返したくはなくとも、自ずと浮かぶ。世紀を幾つか超える長い時間を経ようと、私の〈時〉は王立図書館の中で止まっているから、私の不穏な感情もあのころのまま、動かない。艦に持ち込んだ私物のなかに、額装した湿板写真がある。額のガラスが割れないよう、布でくるんである。時間は流れ過ぎるのに、時の一瞬を固定する写真というのは奇妙なものだ。十七世紀の初め頃、シュテファン、ミハイ、私が強制徴募(デウシルメ)でオスマン帝国に運ばれた、そのことは、シュテファンと私の記憶以外に、事実であることを証すものは何もない。が、湿板写真は、シュテファンと私が、半世紀も昔である十九世紀の半ばに、今とほとんど変わらない容姿で存在していた事実を証明する。
たぶん、すべては、すでにあるのだ。そう思いもする。始まりも終わりもない無限の〈時〉の中で、たかが数百年の生は、始まりと終わりが一つである微少な点に過ぎない。人の……私の、といっても同じことだが、知覚しないところに、〈時〉は始めなく終わりなく、在る。私はかつて、〈明日〉は存在しないと記したが、在る、と、時折感じる。私のいない明日は、すでに、在る。海中を行くUボートのように、人は……私は、何かの中で生きる。そうして、何かの中で、終わる。小さい点は海に消える。が、
消えるが。
不安だ。鉄の塊(かたまり)である船が海中を行く。鉄の塊が空を飛ぶ。きわめて不自然な事象だ。ゆえに些細なことで均衡が破れるのは当然だ。生を機械に委ねる。それだけでも十分に不安の原因になる。機関長と機関兵たちに、私は深い尊敬の念を持つよ。この複雑にからまったパイプや計器の集合体を、肉体の細部を知る医師のように知悉(ちしつ)し、治癒させる。

見張りは三倍に増やされた。ミヒャエルと客人も艦橋に立ち双眼鏡を目に押し当て、懐中電灯の合図を探す。屹立する灯台の背後には、廃墟なのか手入れして何かの施設に用いているのか判然としない古城の姿が薄黒く浮かぶ。

切り立った岸壁は襞(ひだ)をなし、その窪みに眼を凝らした。見逃すまいと、岸壁沿いに往復を繰り返した。

〈救助艦は、午前二時に合図を視認できなければ、彼は逮捕処刑されたとみなし、即刻、去ってください。〉

苦難を経て目的地に到達したのだ。あっさり諦めることはできない。ハンスの到着が予定より遅れることもあり得る。

「あと、二夜、待つ」艦長は言った。「一週間でも十日でも待ちたいところだが、敵に発見される恐れが増す。二夜が限度だ」

「燃料の問題もある。長期間は保たない」機関長が言い、背後から烹炊員フィンケが「食い物もな」と言い足した。このごろは缶詰料理が多くなった。新鮮な野菜はない。得体の知れないごった煮料理が頻繁に供される。古い革靴を煮てるんだろうと、水兵たちは陰で言う。

敵の監視は相変わらずゆるい。哨戒艇の姿はなく、灯台の明かりの他は探照灯も機能させていない。

罠であれば、替え玉が乗艦し艦内を十分に観察した後に、脱出あるいは救出の手段を講じているのだろう。それまでは、見逃されている。襲撃はない、と思っても不安は減じない。

曙光が差し初める。陸に監視人がいれば、丸見えだ。

沈下する。

海峡の底で、小麦粉に発生した黴を取り除くフィンケに、雑用当番のミヒャエルは手を貸した。かびた部分は紙袋に捨てる。

「ハンス・シャイデマンってのと、親しいんだよな、お前。シャイデマンその人が、イギリス側のスパイってことは」

「殴るぜ、おっさん」

双方とも嚔混じりだ。顔がまだらに白くなる。

敵地のただ中で、時間の経つのをひたすら待つ。いたたまれないような欠伸のでるような、奇妙な気分だ。躰の底からわき出す発作みたいな力に耐えきれず、ミヒャエルは立ち上がって吠えようとし、フィンケに腹をど突かれた。

吊床に戻る。眠れない。

午前二時は、かならず、くる。

指定時刻より早めに、浮上の命令が下った。沈座すると海の底に艦底がくわえ込まれることがあるぞ。先輩に脅されている。万一艦が海底に固着し両舷全速前進でも動かなかったら、圧搾空気噴射だ。死人の手が臀の穴からもぐりこんできて内臓を摑む。艦首が突如上向き海面に飛び出したときの恐怖が、全身によみがえる。

こともなく、浮上した。

夜を貫く灯台の灯が鋭い。乗員の士気は前夜より低下していた。期待と気合いを込め、前夜、合図を探した。肩すかしを食らった。そのためだ。脱走に失敗したのかもしれない。救出作戦は徒労かもしれない。

艦橋に立ち、ミヒャエルは双眼鏡を眼に押し当てる。ハンス、俺が必ず見つけてやるから。同じように双眼鏡を構えた客人が、ミヒャエルの隣に立つ。何だか怖い、とミヒャエルは感じる。なぜ怖いのか、わからない。穏やかな人なのに。ハンスの合図を見出すために、他を寄せ付けないほど集中し、それが殺気さえ感じさせるのだろうか。

レンズに弱い光の点が一瞬映った。

客人が身を乗りだし、何か言った。ミヒャエルの知らない言葉であった。アズ、というふうに聞こえた。「あれだ」とドイツ語で言い直した。

艦長も同じ光を認め、針路の変更を命じた。

かすかな光は点滅を続ける。

ミヒャエルは自分の鼓動の音を聞く。躰の中で膨れあがり、はじけて喉から小さく漏れる。

水深八メートルの場所まで接近し、停止する。これ以上は進めない。浅くなると、いざという場合潜航できない。八メートルは艦橋の頂部露出が避けられるぎりぎりの深さだ。

手漕ぎの小型ディンギーを水面に下ろす。ミヒャエルは拳銃を腰につけた。ビアホフ一等水兵が、先ず乗り込む。続こうとするミヒャエルを客人フリードホフが制した。「確認は私の使命だ」

「俺の任務だ」ミヒャエルは言い返した。

艦長の指示を仰ごうとすると、ビアホフが、「急げ」と身振りで示した。大声は上げられない。

フリードホフが身軽にディンギーに乗り移った。ミヒャエルも続き、ビアホフと並んでオールを握った。艫(とも)のほうにフリードホフは座を占めた。舳先(へさき)に背を向けた二人の漕ぎ手に方角を指図する。本来ならミヒャエルの役目であった。漕ぎ手が二人いるほうが、速度は増す。

灯台から長く伸びた光が頭上を掠(かす)める。身を低くして漕ぐ。

漆黒のビロードに塩の結晶を撒いたような空だ。陸に背を向けたミヒャエルの目に、浮上して停止するU19の姿が少しずつ遠ざかる。

しっかり漕げ。ビアホフが小声で叱咤する。左に曲がりがちなのは、ミヒャエルの力が劣るからだ。

てめえ、退け。俺が一人で漕いだほうが速い。

ミヒャエルはオールを握る手にありったけの力を込める。先端を深く差し込み、重く粘る海水を抉る。

小さい光の点滅が、「消えた」とフリードホフが切迫した小声で告げた。振り向いて確認する。光はない。

捕まったか。諦めて立ち去ったか。

救出に向かっていることを、こちらから知らせる手段はない。

電池が切れたんだ、きっと。

ハンス、そこで待ってろ。

「左に寄せろ」艫のフリードホフが小声で指図する。「岸だ」

ミヒャエルは漕ぐ手を止める。ビアホフが大きく身をかがめ、仰のき、舳先がぐいと動く。

鈍い衝撃が躰に伝わる。

整備された桟橋などない。岩場だ。オールをおさめ、ロープの先端を持ってミヒャエルは濡れた岩に飛び移る。滑りかける足を踏ん張り、ディンギーを引き寄せる。手近な岩に繋留した。

わずかな星明かりを頼りに手探りだ。

声を上げて呼ぶわけにはいかない。

そのとき、点滅が再開された。

三人は這いつくばり、岩角を抱いて滑落を防ぎつつ進む。

動きを認めたのか、小さい光が点滅しながら近づいてくる。

フリードホフが立ち上がり手を振った。ミヒャエルとビアホフも続いて立った。

相手の顔はフードの陰にある。

不意に、その躰が大きく揺れた。背後から襲いかかった人影は、全身から水をしたたらせていた。懐中電灯が岩の間に落ちた。ミヒャエルは拾い上げたが、点灯をためらった。監視人に見咎められないか。

フードの男がよろめきながら身を起こす。ずぶ濡れの襲撃者と縺(もつ)れあい、一塊(ひとかたまり)の岩が動いているみたいだ。

ミヒャエルの目の前を、何かが掠めた。

黒い塊が二つに割れた。一つが地に倒れた。駆け寄ったフリードホフが飛びかかった。闇に馴染んだ目はその動きをどうにか見て取ったが、何をしているのかはミヒャエルにはわからない。

ビアホフと一緒に足場の悪い岩の上を走り寄った。

闇の中で何が起きたのか、ミヒャエルはとっさには理解できなかった。

ずぶ濡れのハンス・シャイデマンはフリードホフと抱擁を交わし、ミヒャエルの肩を抱いた。

フリードホフがかがみ込み、倒れている男の背から短剣を引き抜いたが、直前、深々と突き刺し大きく抉るのを、ミヒャエルは見た。太い黒い蚯蚓(みみず)が背を這った。静かに流れる血だ。滲んで止まった。ビアホフは旁(かたわ)らに屈みこみ、服を探った。何もない、というふうに仕草で示した。その間に、フリードホフは短剣の刃を男の服でぬぐい、鞘に収め帯に差した。あらかじめ短剣を帯びていたのだと、ミヒャエルは知った。枕の下にあったやつだ。フリードホフはビアホフを促し、二人がかりで屍体を静かに海に落とした。濡れ鼠のハンスが頭を垂れた。死者のために祈っているように、ミヒャエルには見えた。頭蓋に沿って貼り付いた髪の毛の先から、たえず水が滴り流れていた。

ディンギーに乗り込んだ。ハンスは漕ぎ座につき、並んだビアホフと握手を交わした。

漕ぎ戻る。四人を収容したU19は、潜望鏡深度まで潜った。

乾いた服に着替えたハンス・シャイデマンが艦長に報告する。救助に当たったビアホフとフリードホフ、ミヒャエルは、その傍(そば)に並ぶ。ビアホフ一等水兵は重大な任務を完遂した殊勲者の顔つきだ。ディンギーを漕ぐ間に波をかぶり、三人ともハンスと同じくらいびしょ濡れになっていた。服は替えても肌は湿っている。艦を下りるまで、この湿っぽさは抜けないのだろう。

艦長の傍には先任と機関長が立ち、非番の者たちも集まっていた。

先任が艦長に代わって潜望鏡を覗く。深夜だ。

「U13の自沈は成功したのか」艦長が真っ先に確かめたのは、それだ。

「はい」

「完全に水没したところまで確認したか」

見届けていたら、捕まってしまうじゃないか。ミヒャエルは思う。

「すぐにその場を離れました」

当然の行動だと、艦長も認めているのだろう、咎める表情は見せなかった。

「やはり、替え玉を用意していたのですな」先任が言った。いつもレコードの音楽を流してくれるジングフォーゲル中尉に、ミヒャエルは好感を持っている。

いったん、合図の光が消えた。あのとき、追尾してきた替え玉野郎がハンスを海に突き落としたんだ、とミヒャエルは海から上がってきた海豹（あざらし）みたいなハンスを思い出す。

「救出の一部始終を敵は監視していただろう」機関長が言い、「替え玉作戦が失敗したことを、向こうはわかっただろうか」ハンス・シャイデマンに訊いた。

「それはないと思いますよ」ビアホフが気軽に請け合った。「暗かったですからね。探照灯も使ってない。よほど近くにいなくては、明瞭に確認はできなかったでしょう」

近くにいたって、よくわからなかった。

「私は思うのですが」先任が言った。「U13は、すでにイギリス側によって詳細に調査し尽くされていたのではないでしょうか。また、U13は旧式で、もはや新造はされない型です。シャイデマン二等水兵が抵抗を受けることなく自沈に成功したのは、敵が彼の行動を逐一監視しながら阻止しなかったからではないでしょうか」

艦長は笑顔で大きくうなずいた。

つまり、と言いかけて、先任は、照れくさそうに黙った。

「続けてくれ」

「艦長と同じことを思っただけです」

かまわんよ、続けろ、と艦長は仕草と表情で示した。

艦長の軍帽の金筋に緑青（ろくしょう）が浮いているのにミヒャエルは目をとめた。いつも見慣れた軍帽だが、緑青を気にしたことはなかった。

「U13自沈を阻止するより、シャイデマンを迎えにくる別の型のUボート内部を調べるほうに敵は重点を置いた」

先任の説明は、艦長ではなく、聞きいる他の者たちに向けられた。

「敵方はおそらく、救助を待つ正確な地点や、合図の方法の情報を得ていなかった。途中で入れ替わらず、灯台下まで追尾したのはそのためだ。ハンス・シャイデマンの顔を知るものが救出の任を負ったことも知らない。迎えのUボートに収容されたのが、脱走した捕虜か替え玉か、敵は見て取れなかったはずだ。脱走者であったとしたら、イギリス側の替え玉作戦は失敗だが、大きい損失はない。駄目でもともと、といったところだ。スパイをUボートに潜入させられる機会は、おそらく二度とない。替え玉作戦が成功した可能性に賭けて、我々を自由にさせている。我々は、安心して帰投できる。替え玉、すなわちスパイを、我がUボート基地にまで送り込むつもりなら、奴らは手を出さない」

皆、髭がのびたな、とミヒャエルは思った。陽光を浴びることも少ない。黴の生えたチーズみたいな顔が並んでいる。腐りかけた肉みたいに臭い。ミヒャエル自身の唇の上や顎にも、無精髭がまばらだ。フリードホフさんは、髭がないな。

「そう都合よくはいくまい」機関長が首を振った。「基地に帰投したら偽者であることはばれる。途中で奪還にかかる」

艦長の褐色の髭に埋もれた唇が動いた。「偽者の屍骸がいつ敵に発見されるか。それによって我々の安全度は左右される」

ミヒャエルは肩を軽く叩かれた。フィンケがウインクして、オレンジの砂糖漬けを一切れよこした。任務成功の褒美らしい。気のいいおっさんだなとミヒャエルは思うのだが、よくない噂をだれからともなく耳にしている。これまでの数度の哨戒勤務で、その都度、食糧を隠匿し、帰投してから闇商売の者に横流ししていたというのだ。焼きたてのパンの皮みたいに艶のいい頬に浮かぶ笑顔は、どうしたって悪い奴には見えない。フィンケの傍にいると、ミヒャエルは確かな現実の中にいると感じる。つい今し方のハンス救出の冒険が、夢の中みたいなあやふやなものに思えてくる。

ハンスの旁らに影みたいに立っている客人フリードホフのせいじゃないか、と思う。この男が俺を、割れた脳髄から流れ出した何か変なもので包み込もうとしている。フィンケのくれた砂糖漬けを口に入れる。べとつく指を舐める。子供のころ、キールの露店で売っていた砂糖漬けの味を思い出した。最初に食べたのは——一舐めしたのは——まだビール売りで小銭を稼ぐようになる前だから、四つか五つか、そんな頃だった。母ちゃんは銭をくれないし、父ちゃんは荷担ぎや船の錆落としの日雇労働で忙しく、銭をせびるときがない。ミヒャエルのポケットはいつも空っぽで、胃袋も空っぽのときが多かった。年上の子供たちが露店で買い食いしていた。口の中に唾が溜まって溢れた。あれを得るためには、銭を払わなくてはならない。そのくらいのことはわかる年だった。店主の目が逸れているときに、蓋の開いたガラス壺に手を伸ばし、一切れ掠(かす)めた。舐めた。しびれるほど甘い味が舌にしみた。そのとたん、横っ面に衝撃を受け、地面にうつぶせに倒れた。砂糖漬けを握った手が投げ出された場所は、犬の糞の上だった。店の親父はミヒャエルの髪を摑んで仰向かせ、糞ごとミヒャエルの口に突っ込もうとした。誰か大人が制止し、銭を払って新しいのを買ってくれた。その場面が、ありありと再現され、その場にミヒャエルは身をおいているのだが、買ってくれた大人が、フリードホフの顔をしている。濡らして絞ったハンカチーフでミヒャエルの手を拭き、自分の手も拭いた。労働者の手ではない。フリードホフの顔をした相手は、裾の長い黒い僧服みたいなのを着ている。だから、フリードホフ氏じゃないんだ、と、幼いミヒャエルに言うミヒャエルがいる。そうして、フリードホフの顔をした男——フリードホフでいいじゃないか——は、ハンスの小屋にいる。その場にミヒャエルはいないのに、はっきりわかる。ハンスとフリードホフは話し合っている。なぜ、俺に書かせるのか？　ハンスが言う。二人の〈時〉を一つにするためだ。フリードホフが言う。母ちゃんの店に、ハンスとフリードホフはいる。父ちゃんもいる。父ちゃんは何だか賑やかに喋っている。ミヒャエルは歩きまわりながら背中にハンスの視線を感じる。フリードホフの視線も感じる。父ちゃんがミヒャエルを抱き上げる。フリードホフが馬を走らせている。馬上に立ち上がる。ミヒャエルはハンスと共に戦場にいる。頭上で軍旗がひるがえる。見たことのない旗なのに、プロイセン軍のだとわかる。敵はフランス軍。砲弾が頭上を飛び交う。Uボート乗りは、地上戦はやらないぜ、と、その情景を眺めながら思うミヒャエルがいる。敗走する。プロイセンの兵士たちが、農家を襲い掠奪。ミヒャエルも加わろうとし、ハンスの表情を見てやめる。掠奪。どこの戦場だ。プロイセン軍じゃない。白い布を後ろに垂らした帽子。イェニチェリ。それをミヒャエルは知っている。自分が、それだ。ハンスと一緒に荷車に乗っている。ハンスとフリードホフの間に、挟まれている。ファルカーシュ・ヤーノシュ。フリードホフが言う。シュテファン・ヘルク。ハンスが言う。ミハイ・イリエ。自分の胸をさして言う。機関の音が鳩尾（みぞおち）にひびく。揺れる吊床にいる。二人の女を護っている。美しいレミリア。おっ母（かあ）コンスタンタ。眠る。

　ハンス・シャイデマンは前部発射管室の住人に加えられた。下段ベッド使用者の一人が床でごろ寝することにして、ハンスのために場所を進呈した。

一刻も早く敵地を離れるべく、U19は南進する。アイリッシュ海を抜けて大西洋側に出、英仏海峡を東進し、陸地がもっとも接近したカレーとドーヴァーの間を突破、ヴィルヘルムスハーフェンのUボート基地に帰投する。そう、艦長は方針を定めていた。イングランドとフランスを隔てる海峡は、機雷と防潜網、沈船などで厳重に封鎖されている。だからこそ、往路は北海を北上して大きく迂回する航路をとった。だが、燃料と食糧が乏しくなっていた。往路をたどれば、途中で燃料が切れ身動きがとれなくなる。大洋上の燃料切れは確実に死に繋がる。ドーヴァー・カレー海峡突破は危険きわまりないが、成功の可能性が皆無ではない。海峡の地形や潮流については、開戦前から調べが進んでおり、かなり精密な海図がととのっている。これまでの調査によれば、ドーヴァー・カレー海峡のグリネ岬とフォークストンの間に防潜網がもうけられ機雷が敷設され、それを突破しても、さらに、ディールとドーヴァーの中間地点からフランス側のダンケルクまで、東西二八海里に及ぶ封鎖線が張られている。この封鎖線の両端は砂州が多く、潜航に適さない。

二つの封鎖線に護られて、ドーヴァーとカレーの間をイギリスとフランスの船舶は自由に往き来する。ドイツは大西洋に出るためには北海を大回りせねばならず、その航路はイギリスの領海にある。ブリテン島とアイルランドを中心に北海から大西洋にかけて幾つかの区域に分け、各担当区域の船舶を虱潰し（しらみつぶし）に撃沈するのが、Uボートの本来の任務だ。

アイリッシュ海の南端セントジョージ海峡を過ぎるまで、襲撃はなかった。しかし、スパイ作戦失敗は遅かれ早かれイギリス側にも明らかになる、今後の航行は困難なものになると艦長は予測していた。

セントジョージ海峡には要塞がもうけられ、警戒は厳重だ。潜航。無事通過。

浮上。

27 Untergrund

君は下段ベッドに腰を下ろし、私は上段に横になっている。君の気配が伝わるほど距離は近い。しかし、互いに存在しない。私が知覚するのは木彫りか石像のような君の外殻だけであり、君は私の外殻にすら関心がない。

記憶をたどりかえせば、君と私が互いの体温を感じるほど間近にいた時間は、わずかなのだと気づく。生地(せいち)からオスマン帝国までの旅、そうして、あの untergrund だ。だが、他の時間をすべてあわせたよりも、あの二つの時間は長かった。他の時間は、希薄だ。消えてしまった時間は無と同じだ。ああ、もう一つ。ラメスの指導の下に馬を走らせた時間。君の技術はすぐに私に追いつき、追い越した。私は聖人じゃない。羨望、讃嘆と共に、ラメスの寵を奪われると、妬心をも抱いたさ。君がミハイをかわいがるのは、どうでもよかった。だが、ラメスは。

これ以上言葉を重ねることはすまい。誰にも聴き取れない、声には出さない文字にも記さない言葉であっても。あまりに醜い。

さらにもう一つ。ウィーン攻防の戦野を二頭の馬を駆り疾駆した。すべてから解き放たれた一瞬の自由。決して永続はしない。あの一瞬に、私の〈時〉は固着し、ほぼ動かない。世紀を過ぎようと、私は老いることができない。肉体だけではない。untergrund に落下した二十一歳で、私の内面の変化――成長と呼ぶのか？――は停止した。君は進む。私はとどまる。何度、同じ言葉を悔恨のように繰り返したことか。だが、君と共に進んでいたら、私は途中で脱落しただろう。私はもはや君を理解できない。君は私に関心はない。「私の半身」自嘲する。吊床から身を乗りだし、ミヒャエルが君に何か話しかけている。言葉は私の耳を素通りする。ミヒャエルの楽しそうな顔。それに応える君の表情は、私の位置からは見えないのだ。しかし、一枚の絵のように情景が目に映る。

前部発射管室を居住区にしている水兵たちが、捕虜収容所脱出の冒険譚を聞きたがる。君が衆目を集めるのが好きなたちなら、熱弁を振るうだろうが、艦長にすべて報告した、と君は言う。私は少し身を起こす。もういいだろうというふうに振る君の指先が見える。横になった気配だ。

10 U-Boot

北のノース海峡から南のセントジョージ海峡まで、敵の攻撃を受けることなく通過、しかもその間に脱走捕虜を救出成功。

任務は完璧に果たした。敵があまりに無防備なので拍子抜けするほど簡単にすんだ。

「しかし、幸運はここまでだ」艦長の訓示。「敵は作戦失敗に気づいたと見なすべきだ。今後はこれまで同様、巡洋艦、駆逐艦に警戒を怠るな」

洋上航行を続ける。

大西洋は荒れる。艦橋に立ち双眼鏡で海を見渡すミヒャエルは、滝を浴びる心地だ。長靴の中は水瓶だ。

「方位三〇〇に船影！」

艦橋当直の一人が叫んだ。

これも艦橋当直の次席が、同方向に双眼鏡を向け、うなずいて、艦長を呼んだ。

防水服で身を固めた艦長が昇ってくる。

「獲物です。商船です」

これを撃沈するのがUボート本来の役目だ。

双眼鏡の照準を定めながら、「今回の任務は、U13自沈の英雄を救出することだ。哨戒任務は帯びておらん」そう返す艦長に、

「救出任務は完遂しました」若い少尉は意気込んで言う。

往路、幾度（いくたび）も商船を発見しながら扼腕（やくわん）して見逃している。

「潜航」

艦長の発した指令に、

「やりますか」

少尉の声がはずむ。

「接近して様子を見る」

艦橋勤務の当直たちは慌ただしくハッチを下りる。

潜望鏡深度で静かに接近する。艦長の目に、船影がしだいに明瞭になる。距離一〇〇〇メートルにあっては、水平線に浮かぶ黒い丸太のようであったものが二五〇まで接近すると汽船の姿が明らかになった。マスト。太い煙突から漂い流れる煙。

「Qシップだ」

艦長は明言した。

「偽装した砲が甲板に備えてある。護衛船舶、なし」

先任に場所を譲った。

覗いた先任は、「くそ野郎だ」珍しく声を荒げた。「船尾舷側に、魚雷発射管まで備えている。今は蓋でふさいでいるが」

ただの商船なら、浮上したまま近接し警告を与え、積載した荷物を点検し、禁制品であれば乗員に救命艇に乗る余裕を与えてから爆破沈没させるのだが、囮船と気づかずそれをやろうとしたら、こっちが撃沈される。

「もう、ごまかされねえぞ、畜生！」フィンケが喚いた。

前部発射管室に、艦長の指令が伝声管を通じて伝わる。

「全員、戦闘配置！」

客人は邪魔にならないよう隅に体を寄せる。いっそう影めく。

ここを寝食に使っている機関兵たちが、後部の機関室にすっ飛んでいく。狭すぎて居住区には使われていない後部発射管室へも数人が走る。いつ、三番管、四番管発射の指令が下るかしれない。

「一番管、二番管、用意。目標角度左五〇、魚雷管深度七」

哨戒任務はなくとも、いざというときに備えて、魚雷は怠りなく点検、注油されてきた。補重補水タンクの水量も常に正確を保っている。

「発射管開け」

かならず、命中させねばならない。相手に反撃の機を与えてはならない。開発途上とはいえ、爆雷の使用もあり得る。

「一番管、撃て(ロース)!」

しゅっという音とともに艦首が軽く揺れる。

陸上戦の砲撃命令は、フォイア! と激しいが、魚雷発射のロースは、歌うように尾を引く。

魚雷を押し出した圧搾空気の噴出は、海面に気泡を浮かばせる。

魚雷の航跡が直進してくるのを、Qシップの連中は甲板上から認めただろう。針路を変えてかわすゆとりはない。彼らにできるのは、魚雷が船底の下を通り抜けるよう祈るだけだ。

そうか? 気泡はUボートの位置を敵に知らせる。相手も魚雷を備えているという。だが、発射管は船尾舷側にある。命中させるためには方向を変えねばならず、そのあいだにこっちの魚雷を食らうだろう。さまざまな思案が、一瞬の間にミヒャエルの脳裏で錯綜した。魚雷発射訓練は何度も受けたが、敵艦を目の前にしての実戦は初体験だ。

恐ろしく長い時が経った。

はずしたか。二番管の発射を艦長が命じる直前、激しく揺れた。

Qシップ被弾の衝撃だ。

続いて、さらに激しい爆裂音と震動。こっちが砲弾を食らったかのように激震したが、被害はない。Qシップのボイラーが引火破裂したらしい。

いったん、深度二〇まで潜る。

こちらに異常なし。

潜望鏡深度まで上昇する。

艦長は確認する。敵船は、ボイラー爆発のためだろう中央部が破損し、火を発している。

拳を突き上げ、勝利！　を示す。歓声があがる。

Qシップは船橋下舷側に砲一門。船橋の反対側にも同じ砲を備えているのだろう。

ゆっくりと沈みつつある船の、砲口が赤く閃き、次の瞬間、潜望鏡は波飛沫（しぶき）を浴びた。同時に艦が揺らいだ。

敵の甲板砲は生きていた。潜望鏡を狙ったのだろうが、距離の測定を誤ったか、逸れた。砲弾は水柱を上げて落下した。震動が伝わった。

深度五〇まで潜り、遠ざかって安全な距離を保つ。

浮上。手の空いた者が甲板に出る。ミヒャエルもその一人だ。旁（かたわ）らにハンスが立ち、その後ろに客人フリードホフがいる。客人が前にしゃしゃり出ないのは、戦闘の素人だから遠慮しているのだろうとミヒャエルは思う。

無害な商船――およそ一五〇〇トンか――をよそおったQシップは、中央部で二つに裂けようとしていた。乗員を満載した大型救命艇が三艘、波に揺られている。救命具をつける暇もなかったらしい。

「砲に就け！」

容赦なく艦長は命じた。

甲板に備えた八・八センチ砲は、すでに致命傷を受けているＱシップに砲口を向ける。榴弾が込められる。

「撃て（フォイア）！」

轟音。榴弾は救命艇の頭上を越え、Ｑシップにとどめを刺した。

かろうじて形を保っていた汽船が中央で真二つに折れ、煙と炎を吹き上げるのを、ミヒャエルは茫然と見ていた。

船首と船尾を斜めに突っ立てた形で、中心の巨大な渦に汽船は吸い込まれていく。どす黒い煙が空を覆う。

渦が静まるのを待つあいだに黒煙は薄れた。浮上したまま艦は救命艇に接近する。

海上にはさまざまなものが浮き漂っている。机だの椅子だの用具箱だの。

衣服だけが屍体のように揺れる。汽船がまぎれもなく囮船であることを、金ボタンのついた海軍制服が証（あかし）する。中身の入った服、すなわち屍体そのものも、いったん没したのが浮かび上がってくる。爆発の現場やボイラー室にいて即死した要員だろう。爆風で服がちぎれ飛び、裸体に近い者もいる。

ミヒャエルは感情の動きが麻痺していた。勝利の歓喜も悲惨な死への哀惜もなく、ただ見ていた。自分には関わりないものを遠くから眺めている。自分がはるか遠くに飛び去っていく。この感覚は、何なのだ。いぶかしむミヒャエルがいる。大地がひろがる。倒れ伏すおびただしい骸。疾駆する馬の群れ。飛び交う矢。宙をよぎる球形の砲丸を、眼がとらえる。飛行機の実物をミヒャエルは見たことがないのだが、その奇妙な機械に乗っている。操縦桿を握りしめる感触。同時に、地上から機体の腹を見上げている。機が抱えている巨大な爆弾が束縛を離れ落下する。炸裂する前に、

「船長はだれだ」

艦長の声がひびいた。

「統率者は？」

一人一人の顔が確認できるまでに、救命艇に接近していた。

民間人をよそおっているから、服装はまちまちだ。汚れたセーターの上に防水コートをまとった男が、私だが、と肘から手先までを投げやりに挙げた。

U19はその救命艇に近づき横付けした。

「船長だけ、こちらに移ってもらう」

残る者たちは、同胞の船が救助にくるまで救命艇で心細く波間を漂う。

乗艦してから、オズボーン中尉、と相手は名乗った。英語を解する先任ジングフォーゲル中尉が通訳に当たった。

「奴、最初、びびってたぜ」と、後でフィンケがミヒャエルたちに教えた。オズボーン英海軍中尉は士官室のベッドを与えられ、食事も艦長や士官たちといっしょに摂る。給仕しながら、フィンケは観察した。「あっちじゃ宣伝が行き届いて、ドイツ人は残虐無比の野蛮人てことになっているらしい。私刑（リンチ）して屍体を海に放りこむつもりだと思い込んでいやがった。こっちの艦長も士官も紳士的に応対したから、めんくらってやがったよ。実際、俺だったら土手っ腹をぶん殴って、場合によっちゃあ海にぶん投げてやる」

「あの中尉の囮船があんたの仲間をやったわけじゃないだろ」

ミヒャエルが言うと、フィンケは大きく鼻を鳴らし、「Qシップは Qシップだ」と言い捨てた。

Untergrund 28

君と私の間に、会話はほとんどない。話題がないのだ。ありすぎるのかもしれない。

11 U-Boot

水上航行でブローニュ沖を通過する。厳重に封鎖されたドーヴァー・カレー海峡突破を目指す。

捕虜の英海軍中尉は、艦長や士官らと、将校同士で親しみをもつのか、なんだかうまくいっており、ドイツ人は野蛮なゲス野郎という先入観は完全に放棄されたようだと、フィンケはミヒャエルに告げた。けどよ、捕虜のほうが水兵より待遇がいいなんて、むかつくぜ。

フィンケ以上にいろいろ情報を教えてくれるのは、通信兵の一人、マイヤー二等水兵だ。U19は通信機器を備えている。U13のような旧型にはない最新設備だ。イギリスの潜水艦のほとんどは、通信は伝書鳩に頼っているという。開戦二年目。ドイツに追いついたかどうか。通信兵曹が二人、それぞれ平(ひら)の水兵一人と組んで、四時間交替で二十四時間、無線機に張りつき、電信文の送受を行っている。潜望鏡深度まで受信可能だ。自艦宛てでなくても、すべて書き留める。

彼らが常駐するのは、発令所の直前にある小さい区画だから、艦長や士官たちの動向がよくわかる。マイヤー二等水兵は口軽で、だれそれが艦長に怒鳴られていたぞ、だの、今日は機関長の機嫌が悪いぞ、だのと教える。イギリス野郎の様子も伝える。艦長や士官たちは、イギリス海軍の情報をそれとなく聞き出そうとするんだが——そのために捕虜にしたんだ——、奴はなかなか尻尾を摑ませない。和気藹々と冗談口を叩きながら、実は決闘状態だ。

防潜網は、大型筏や無数の小さい浮遊体に吊され、日中はそれらを視認できる。夜は一連の灯浮標が封鎖線の位置を示す。暗夜であれば浮上したまま浮標の間を抜けることもできる。が、晴天だ。夜も月は陰らないだろう。

ドーヴァー・カレー間の水深は、二五メートルから三八メートル。防潜網と海底の隙間はどれほどか。絡めとられないで抜けられるか。

海図は、水深四五メートルの裂溝が約一〇〇〇メートルにわたってのびる場所があることを示している。

「貴君も、無事に陸地を踏みしめたいだろう」艦長が捕虜オズボーン英海軍中尉に、ホッケーの話でもするような口調で言った。「防潜網に引っかかったら、我々は鹵獲される前に自沈する。君が生き延びられる保証はない」

だから何だというふうに顎をあげるオズボーン中尉に、海図をみせた。

「裂溝の位置は、これで正確か」

捕虜にしても自分の命がかかっている。海図を熟視し、正確だ、と応じた。

「だが封鎖線が実際どのようになっているか、その詳細は知らん。また、浮標や筏は押し流されて位置が変わる」

さらに重要なことを英海軍中尉は付け加えた。

「潮流は夜九時ごろに変わる」

封鎖線の手前から向こうに向けて、指でなぞった。U19の動きを助ける方向だ。

太陽が没するのは五時半頃で、中空には星々が見られるが、水平線のあたりはその後二時間あまり薄紫の残照がただよう。

グリネ岬とダンジネス岬両灯台の光が夕闇を貫く。ダルブレヒト岬の付近には数多い小型汽船、曳舟、哨戒船が群れている。

「潜航！」

潜望鏡深度で英仏海峡を行く。

艦影なしとみて、浮上航行した。

月が明るすぎた。探照灯を浴びているようだ。

右はフランス。左はイギリス。ブローニュを指呼の間にのぞむ。封鎖線まであとおよそ十海里。

全員警戒配置。高速で封鎖線を目指す。

突如、警報が響く。

「駆潜艇発見！」

「沈下！」

海面に泡と油の跡を残し潜航する。

海上ではおそらく、照明弾が打ち上げられ、投光器の光が波を削り、我々を捕捉しようとしている。

安全深度五〇まで沈下する。

くぐもった轟音。

艦は激震した。

U19の乗り組み全員が、初めて経験する爆雷投下だ。頭上何メートルかで炸裂した。直接被弾はしていない。爆雷攻撃はさらに続く。避けるためにいっそう深度を下げる。前進する。

「奴、複雑な心境だろうな」ビアホフが顎で士官室のほうを示す。

連絡がつくものなら、叫びたいだろう。仲間よ！　俺は英海軍士官だ。救出せよ。このUボートを撃沈するな。俺がいる。

さらに沈下する。一〇〇までは、艦は持ちこたえ得る。長時間でなければ。それ以上は危険だ。まだ、きしむ音は聞こえない。ボルトが吹っ飛ぶほどではない。

爆雷の音が止んだ。焦るな。浮上した目の前に、駆潜艇は待ち構えているかもしれないのだ。五〇まで上昇する。そのままの深度で潜航を続ける。三〇まで上昇。バッテリーは大丈夫か。潜望鏡深度まで上昇し、潜望鏡を伸ばす。

艦影なし。

ほぼ無傷で爆雷から逃げのびた。潜舵も、無事だ。一つ、故障した機器がある。無線機が送受信不能になった。潜望鏡深度を超えると盲目状態になるUボートがさらに聴覚と発声機能も失った。

爆雷。この攻撃武器が能力を増したら、Uボートの損害は甚大になる。

九時。潮流が変わった。艦尾から艦首のほうへ、押し流す力が伝わる。強力な味方だ。

封鎖線のすぐ手前に達しているはずだ。全員、緊張する。

次の衝撃は、思いがけないところからきた。

封鎖線直前。

艦底が海底に強くぶつかった。深度二八。海底が隆起している。これで、防潜網の下をくぐれるか。

裂溝はどこだ。防潜網と海底の隙間はどのくらいだ。

「取り舵いっぱい」水深二四。「面舵いっぱい」右に左に艦は方向を変え、裂溝をさぐる。潮流が艦を前へ前へと押しやる。封鎖線を越えた後ならありがたいが、まだ手前なのだ。押されるままに進めば防潜網にひっかかり、機雷にぶつかる。

水深二八。裂溝はどこだ。またも海底にぶつかった。くわえ込まれたら、助かる道はない。海の底に抱きつかれることはなく、進む。

水深三〇。三六。よし。もうちょい、左だ。取り舵。針路二〇度。水深四〇。四五。それだ。深度下げろ。よし。原針路に舵を戻せ。水深四八。防潜網の下をくぐり抜けた。

突破成功！　と艦内放送があり、皆が笑顔を交わす。

肌着が湿っているのにミヒャエルは気がついた。艦内の温度は低いのに、緊張のあまり汗をかいていた。

有頂天になる者はいない。この先もう一度、海中に機雷が漂う封鎖線を突破せねば帰投できないと、皆承知している。安全な位置を保って航行するのは艦長の判断に任せるほかはない。平の水兵にできるのは恐怖を耐えることだけだ。

29 Untergrund

盲目に加えて聾啞の状態で、我々の乗る Unterseeboot は海中を進む。艦そのものが Untergrund に重なる。

あのとき君と私は二本の前脚と四本の後脚を持った双頭の獣となって、進んだ。いま、君と私は巨大な鉄魚の内臓の一部分だ。私は不要な一部だ。艦の航行に私は何の貢献もしない。救出を待つ者がハンス・シャイデマンであることを私は確認した。それで私の役目は終わった。

ミヒャエルがいるのだから、私は本来、乗艦する必要さえなかった。君も、捕虜収容所脱出、U13自沈の任務を果たした。帰投したら、私はベルリンの王立図書館に戻る。君はドイツ帝国海軍のUボート乗りとして海の戦場に戻る。君の艦U13は自沈したから、このU19に所属替えになるのかもしれないな。君は不死身ではない。

初めて爆雷を投下されたUボート乗員たちは、恐怖をおぼえたようだ。君は平然としていた。第二次ウィーン包囲が私にとっては数少ない戦闘体験の最後だったが、君は数世紀の間に幾つもの血みどろの戦闘に従事し、おそらくその都度、死と生との狭隘(きょうあい)な境に立っている。乗員たちが青ざめ、錯乱しかけた者もいるなかで、ミヒャエルに怯えた様子がないのを、私は見て取った。往路の潜舵故障で、恐怖の体験をしている。あれで鍛えられたのか。いや、シュテファン、君がいるからだ。経験を積んだ艦長にもまして、君を信頼している。

12 U―Boot

潜望鏡深度で、ドーヴァー・カレー海峡を潜航する。いったん把握した裂溝からはずれることなく北海側の封鎖線に達するべく、艦長と先任は海図を睨みつつ指揮し、次席が潜望鏡をのぞき込む。

二つの封鎖線の間は英仏の船が往来するのだから、むやみに海中機雷を設置することはない。洋上を最速で航行するなら、グリネ岬からダンケルクまで二時間もあれば通過できるが、潜航する場合、最高速度は半減する。しかも、最高速で航行したらバッテリーがもたない。

敵のただ中にいる。ミヒャエルは、往路の潜舵故障を思い重ねる。あれを切り抜けたんだ。これも切り抜けられるさ。と言っても、彼自身は何も寄与していない。艦長を信じ、その命ずるままに動く——あるいは静かにしている——だけだ。

「カレー沖通過」

伝声管からの声をミヒャエルは聞く。

ようやく航程の半分ほどを過ぎた。

30 Untergrund

伝声管から声がひびいた。

「第二封鎖線突破、成功！　我々は、北海にいる」

歓声が沸いた。

「浮上する。戦闘配置はそのまま」

私は甲板に出るべく、狭い通路を抜けた。発令所では、おそらく徹夜したのであろう艦長と先任そして機関長が、頭を寄せ海図に視線を落としていた。日数にすればさほど長くはない航行の間に、艦長の頬は面変わりするほどこけた。

シュテファン、君は世紀を越えて、死を賭した戦闘を数多く経てきたのだな。私なら耐えきれない。ひたすら閉じ籠もることによって、己を護ってきた。君がもはや自分を語ろうとしない理由を、私は幾分理解できる……ような気がする。激しい生の最中(さなか)にあるものは、語らない。書かない。

U19乗艦以来、一つの文字も記していない。心に思うのみだ。心の中でシュテファン、君に語りかけるのみだ。

下士官や兵が数名当直の任に当たる艦橋に、私は立った。

往路、艦橋当直につくミヒャエルと並んだときに見た朝焼けは、ホメーロスの言葉そのまま、〈目覚めたばかりの若い娘のようなみずみずしさ〉であった。

そんな穏やかなものではなかった。このとき私を包んだ空は。

ホメーロスは、かくも凄まじい朝焼けを見たことはなかったのではないか。

音無き雷鳴。炸裂する空。幾重にも群がる黒い雲の間を深紅の光が八方に走る。脳裏に浮かぶ言葉ときたら、こんな陳腐なものだ。

一瞬、私の体内は白熱し、内部の何かが広がった。もう、その感覚は消えた。

眼が視たもの、躰が感じたものを、言葉は語り得ない。

今、私は、艦内にあって、あの朝焼けを思い返しつつ、声には出さず君に語る。

今、私は理詰めで考える。

かくも荘厳峻烈な——何と言えばいいのか、光景か、気象の状態か——を、人は作り得ない。最近急激に発達している科学なる学問は、気象の変化がいかにして生じるかを綿密に分析し説明するが、それを創り出すことはできない。

私は神を否定してきた。だが、教会が説きクルアーンが教える神とは異なる、何か、人の言葉でいえば神としかいいようのない、何か、が遍在する。あの瞬間、私はそれと融合した。

人は生命をつくり得ない。〈無〉から、と言い添えよう。まったくの〈無〉から何かを創出することはできない。空無（くうむ）に最初の天体を創出したのは、如何（いか）なる力か。水を、土を、創り出したのは、生物に命を、さらにその幾つかの種には感情を、与えたのは如何なる力か。私は宗教を否定し、人が説く神を否定するが、人の智を超えた何かを否定することはできない。

悪は、いつ生じたのか。生命はその原初においてすでに悪を有しているのか——何を以て悪と呼ぶのか——。

一人でそこに在るには壮絶にすぎた。艦橋に佇（た）つのは、私だけではなかった。が、彼らはたちまち老い、生を終える。新たに生まれた者がその空白を埋める。私と〈時〉を同じくするのは、君だ。

「雨になるな、これは」

誰かの声がとどいたために、私は異様な恍惚から解き放たれたのだった。

別の声が、「確実に」と応じた。

ぬめぬめと雫を垂らす備砲——イギリス海軍の囮船に最後のとどめを刺した砲だ——を拭い獣脂を塗りたくる作業に従事している数人の水兵たちだ。

つづいて、艦橋からの叫び声が耳を打ったのだ。

13 U—Boot

「右舷四ポイントに、海面機雷!」

艦は北西に変針した。ベルギー沿岸との間をすり抜けるほうが近道だが、その一帯は砂州が多く水深が浅い。

海面機雷は最後の封鎖線であった。

これを避けきり、東に変針し、オランダの海岸線から二十海里以内を北上する。

安全圏内に入った。安堵感が乗員の間にただよう。

艦橋当直はもちろんだが、非番の者も食事の後、甲板に出てきて外気を吸う。

だが、朝焼けが消えた後の空はたちまち暗くなった。孕んだ鮫の腹のような雨雲が畳み重なり、糸一筋の陽光もない。夜を抜け出たら、また、夜だ。

腹は裂け、溜めこんだ雨を一気にぶちまけた。海と空の区別がつかなくなった。潜航するほかはない。

潜望鏡深度ではまだ波の影響を受ける。深度三〇まで沈下する。

皆、だらけている。危険はことごとく脱した。陽光を浴びて航行したいのに、また穴蔵みたいな海中だ。

隅々にまで詰め込まれていた食糧が減ったので、だいぶ隙間ができた。吊床によじ登るのも面倒で、ビアホフ一等水兵が腰掛けている下段ベッドにミヒャエルは並んだ。ハンスと客人が上下にいるベッドからは離れている。客人フリードホフがいっそう不気味になったようにミヒャエルは感じる。皮膚の上を蠟で塗り固めたみたいだ。

「基地に帰投するとよ」経験ゆたかな先輩として、ビアホフは得々とミヒャエルに教える。「戦友たちが勢揃いで、埠頭で出迎えてくれる。司令官とか、偉いさんまでだぜ。そしてよ、何たって、女たち。海軍病院の看護婦たちが花束抱えてさ、俺たちを待ち受けている」

「負傷者のためにきてるんだろ」

「負傷者のためだけに花束持つか。まあ、聞けよ。艦が埠頭に横付けになるとさ、ずらっと並んだ軍楽隊が、俺たちのためにやってくれるわけだ。勇壮なのをさ。埠頭に下りると、看護婦たちが一人一人に花束を渡しながら、キュッセだ。おい、キュッセだぜ。それからよ、慰労の食事会だ。こういうとき当直に当たる不運な奴もいるんだな。艦に居残りだぜ。テーブルにはシャンパンと、おまえ、こんなでかい豪勢な海老までおいてあるんだぜ。そしてよ、次から次へと、料理が」

ミヒャエルの口腔内に溢れるほど唾がわき出す。

「何しろ、俺たちゃあQシップを撃沈したんだぜ。そんで、敵の船長を捕虜にしたんだ。大殊勲だ。いつも以上の大宴会になるぜ。艦長のスピーチなんて、陸上勤務のお偉方の他は、誰も聞いてねえや。こっちゃあ飲んで食ってさ。シャンパンの壜が空になるころ、おい、聞いてるか、手紙の束だぞ。俺たちが海に出ている間に基地に届いていた手紙の束が、それぞれに配られるんだ。俺にはもちろん、ローザからだ」ローザ、とビアホフは唇をすぼめ、鳴らした。

俺に手紙をくれる女の子……。いないな。悲惨だな。

だけどさ、と、口を挟んでみる。「無線機が壊れたままだろ。U19が任務を果たして帰投するって、わかるかな。前もってわかってないと、花束持った看護婦さんたちとか軍楽隊とか、用意できないんじゃないか」

「わかるさ。基地の監視塔がU19を視認したら、すぐに連絡して万事ととのえるさ」

「潜航していたら視認できない」

「基地が近くなったら浮上するさ。沈んだままじゃ、接岸できねえだろうが。そんでよ、パーティが終わったら、繰り出すんだ。おまえ、溜まってるだろ。海軍さんは優遇されるんだぜ。その前に、宿舎で垢を洗い流して髭を剃ってな。いくら洗ってもUボート乗りは臭いって言われるんだが、それでも歓迎されるぜ」

手の空いたフィンケがやってきて、ミヒャエルの隣に腰を下ろした。二人に挟まれ、窮屈だ。「戦争が終わって除隊したら」フィンケは言った。「俺んとこで働かないか」

戦争が終わるとか、除隊とか、新米水兵ミヒャエルはまだ考えていなかった。目先のことで精一杯だ。

「おまえは筋がいい」

揺れる艦内で、手を切らずにジャガイモの皮を剥いたからか？

嵐はおさまったのか、艦は上昇中だ。もうすぐ、基地だ。海老、でかいの。看護婦、キュッセ。手紙の束——これは俺には関係ないか——。シャンパン、あと、何だ。繰り出すんだ。女たちが歓迎してくれるんだ。まず、髭剃って……

いきなり、身体が跳ね上がり、狭い発射管室の前のほうに、他の者と一塊になった。押し潰される。誰かの臀（しり）が顔の上にある。はねのける。彼の下にも誰かいる。ぐいぐい下から押し上げてくる。

轟音を聞いたような気もする。全身に衝撃を受けたのは確かだ。ようやく、人間の塊がほぐれた。

海中機雷か。ドイツの領海内だぞ。敷設してないはずだ。基地はすぐそこだ。

皆、気が緩んでいたところに、不意打ちだ。基地が敵の手に落ちたのか。こんなところで敵襲を受けるのか。

不安な数十分。いや、ほんの数分か。やや前傾していた床が、逆に艦尾のほうが下がりはじめる。

「全員、発令所に集合！」

縺れあいながら走る。狭い区域に乗員が押し合いへし合いする。

その間に、機関長は配下を指揮し、すべての浮力タンクに圧搾空気を送り込み、艦尾が破損し浸水しつつある艦を浮上させるべくつとめる。

「後部に残っている者はおらんな」先任が確認する。「後部隔壁の扉を閉めろ」

「完全には閉まりません。どこか不具合が生じています」

「全員、救命具着用。脱出」

艦橋上に通じるハッチの蓋が開く。黄色い救命胴衣を着用し筒口から息を吹き込んで膨らませながら、嵐の後の青黒さを残した空の小さい欠片を、司令塔の開口部の向こうにミヒャエルは一瞬、見た。

甲板は水の下だから、もう一つのハッチは開けられない。ただ一つの出口への梯子に全員が殺到する。

先を争って梯子を登る乗員たちの頭の陰に、空は隠れた。

「急げ」「壊れている!」「Life jacket! Give it to me!」「どけ」「壊れてるんだ、俺のは。おい、別のをよこせ」「もたもたするな」「Give it to me!」「邪魔だ」「早く上れ」

31 Untergrund

私は今、思う。この戦争も、やがておびただしい過去の戦争と同じく、史書の数ページあるいは数冊に、数字や事実——とされること——が記録されるだろう。が、その中で生き、その中で死ぬ一人一人は、忘却される。そう思えば、シュテファン、数百年の昔を記した君と私の手稿が残るのは、ささやかながら意味あることなのかもしれない。いずれ反故として破棄されるとしても——海軍大臣が、金地金を戦費に流用するという誘惑に勝つ可能性は少ない。所有者である私がそれを許しているからには——。

来訪の前触れは受けていた。ヴィルヘルムスハーフェンUボート基地司令官の秘書が電話で告げてきた。司令官自身はすでにベルリンに向かっているということであった。

深更、司令官はティルピッツ海軍大臣私邸に到着した。長時間にわたる会議と執務で疲労しきっているティルピッツは、不機嫌な顔で迎え入れた。

「U19が使命を果たし、ハンス・シャイデマン二等水兵を救出しました。シャイデマンは、U13の自沈に成功しております」

司令官は、まず、そう告げた。

「大成功だな」と言いながら、ティルピッツは険しい表情をゆるめず報告の先を待つ。大成功なら電話一本でとりあえずの報告は済む。司令官の表情も、大成功を伝えるそれではなかった。

そもそもU13に関しては、海軍大臣が勘案するまでもなく司令部で処理すべきことであった。ハンス・シャイデマン救出に王立図書館員を差し向けたのがティルピッツだから、司令官は即刻報告の必要があると思ったのだろうか。

「シャイデマン二等水兵は、収容所内で得た貴重な情報をU19艦長バウマン大尉に伝えました。

さらに、任務を果たしての帰途、U19は敵の囮船を一隻撃沈し、囮船船長である英海軍士官を捕虜にし、あたうかぎり情報を取得しました」

「素晴らしい！」

「U19は」と司令官は続けた。「基地より三海里半ほどの地点で、沈没しました」

「何があったのだ」問うティルピッツに、「乗員はほぼ救出できましたが」司令官の声が重なった。

重大な故障を抱えながら何とか航行し、力尽きて沈んだか。

「公にするのを憚る事故でありまして、とりあえず私の判断で、原因の公表は伏せ、箝口令を敷きました」

基地の近くで、複数のUボートが潜航と浮上攻撃の訓練を実施しておりました、と司令官は抑揚を抑えた声で告げた。「嵐の過ぎた後で海は荒れていましたが、戦闘は波静かな好天の日とは限りませんから、決行しました。潜航中の練習艦が、これも潜航中のU19の艦尾に衝突したのです。練習艦は衝突箇所がやや凹み塗装が剝げた程度でしたが、U19の艦尾は甚だしく破損し、浸水しました。辛うじて司令塔上部が露出するまで浮上し、ほぼ全員が脱出するのと前後して沈没したそうです」

ティルピッツが激昂して難詰する前に、「U19から帰投中という連絡はなかったのです」司令官は言い添えた。

「なぜ、連絡を怠った」

「英仏海峡の封鎖線を突破する直前、U19は駆潜艇を発見、沈下したのですが、爆雷攻撃を受け――閣下、敵の爆雷は威力を強めつつあるようです――直接の被害はなかったものの無線装置に不具合が生じ、通信の授受ができなくなった。基地に連絡することも連絡を受けることもできない状態であったのです」

「馬鹿げた話だ。UボートがUボートを」

「練習艦艦長を責めるわけにもいかんのです。練習艦同士の位置、針路は前もって取り決めてありました。しかし、U19が針路上にいるとは予測できません」

「無様(ぶざま)だ」

「我が海軍全体の士気を損なう事件です。また、Uボートが国民の信頼を失います。不可抗力による事故ではありましたが……。U19はディンギーを一艘備えていましたが、海面に下ろすことは不可能でした」

「まったく醜態だ」

「閣下もご承知のように、去年開戦に至ったときは、年内、クリスマスまでに我がドイツの勝利によって戦争は終決すると、誰しもが期待しておりました。しかし、思いのほか長引き、海外からの補給路を断たれ物資が欠乏し……」

司令官にことさら言われるまでもない。食糧が不足がちになり、国民の間に不満が鬱積しつつある。ちょっとしたきっかけで、まだ姿を明瞭にしない厭戦気分があらわになる。社会主義者どもの暗躍もある。

Uボートが Uボートを沈めた。醜聞だ。

ティルピッツは即断した。

「姑息（こそく）な隠蔽（いんぺい）は憶測を呼び、デマの拡散を助長する。正式に公表せよ」

司令官は表情で不服をあらわした。

「どちらにも落ち度はない。不慮の事故であった。U19は責務を果たし、英仏海峡の封鎖線突破という成果をあげた。封鎖を無力化したのだ。これは、我がほうの士気を高揚させる。その上、囮船を撃沈という大いなる勲功もある。全国民に知らしめるべきだ」

「練習艦の不手際も公に……」

「練習艦に非がないことは、国民も理解するだろう。理解させよ」

「U19艦長バウマン大尉の報告によりますと、救命具をつけた乗員が波の間に漂って救助を待っている、そこに、艦尾にぶつかった練習艦も浮上し、突っ込んできたのだそうです。様子がわからなかったとみえます。U19艦長らが手を振りエンジンを止めるように命じ、ようやく事態を把握した練習艦長は、無線で他船や基地に救援を求めるとともに乗員の救出に当たりました。連絡を受けた救助船がもう一隻加わり、乗員を収容しました」

「未熟な行動はことさら公表せんでよい。U19の敵中突破を大々的に知らしめよ。その際無線機を破損したため不幸な事故が起きたが、練習艦はU19乗員をことごとく救出した。その救出成功のほうを大きく報じよ」

「任務遂行の往路、機関兵の一人が事故で――今回の事故とは別件です――死亡したそうです。その遺品は、艦長が身につけ、持ち帰りました。沈没する艦から脱出という危急存亡のときに、バウマン大尉は部下の遺品を忘れずに持ち出したのです。国民を感動させる行動です。新聞には、遺族の感謝の言葉などを記載させましょう」

「細かいことは、司令部内で決めよ」

苛立った指で、ティルピッツは机を叩いた。

「その機関兵の他は、全員無事なのだな」

「いえ、犠牲者皆無というわけには」

15 U—Boot

「沈み始めたぞ」「早くしろ」「Life jacket!　I have none!」「けつをどけろ」「押すな」「馬鹿野郎」「I have none!」「慌てるなって」「割り込むな、この野郎」「How can I get it?」「急げ」「壊れてるんだ」「間に合わねえぞ。沈むぞ」「My life jacket!」「どけ、くそ」

人の波に揉まれる。わめき声は、行き交う砲声のようで、ミヒャエルは意味を聞き取るどころではない。まして、英軍捕虜が何を叫んでいるのか、まるっきりわからない。

「壊れてるんだよ、俺の」「急げ」「Damn!」「けつにぶちかますぞ」「沈むぞ」「壊れてる」「のろま」「Holy shit!」「どけ」「ぐずぐずするな」「Dirty Hun!」「落ち着け。一人ずつ上れ」「Bloody hell!」「まだ、もつぞ」「壊れているんだ」「大丈夫だ。落ち着いて行け」「I need it!」「地獄に落ちろ！」「沈む！」

「よこせ！」

ミヒャエルは、ぐいと引っ張られた。救命具の肩紐をだれかが強く握ったのだ。

「よこせ！」

眼を剝いたフィンケの顔が迫っていた。

「壊れてるんだ、俺のは」

「いやだ」

笑顔が剝がれ生存本能をむき出しにしたフィンケの形相が、ミヒャエルの視野を占める。

「いやだ」

「壊れてるんだ」「よこせ」の二語を、絶対的な権威のある勅令みたいに喚きながら、フィンケは片手をミヒャエルの喉にかける。「邪魔だ」後ろから押される。「どけ、くそ野郎」

両腕の自由がきかない。死にもの狂いで、ミヒャエルは目の前にあるものに嚙みつく。前歯を噛み合わせる寸前、相手の躰が大きく動き、ミヒャエルの歯はむなしくカチリと鳴った。何か怒鳴り散らしていた英軍捕虜だ。黄色くない。つまり、こいつは救命具をつけていないのだ。イギリス野郎はフィンケを突き飛ばしたが、助けてくれたわけではなかった。替わって、ミヒャエルの救命具を奪いにかかる。膝で相手の股間を狙い打った。急所は外れたが、どこかに当たり、攻撃力が止まった。逃げようにも、まわりはごった返している。フィンケが再び襲ってきた。

不意に襲撃が止まった。ミヒャエルは前にいる水兵たちの間にもぐりこんだ。かきわけて進む。「割り込むな」ようやく手摺をつかめた。前の奴のけつを頭で押し上げ、直立する梯子をのぼる。

目の前が明るみ、呼吸が楽になる。

艦橋は海面とすれすれだ。高波が頭上を越える。先に脱出した者たちは救命具の浮力に助けられ、波間に漂っている。ミヒャエルもその一人になった。思考力が失せていた。氷の中にいるようだ。風が顔を切る。波の下で腹や腿が削られていく。

救助のUボート甲板に引き上げられたときは朦朧(もうろう)としていた。乾いた服を貸与され、温かい飲み物を支給された。コーヒーの味、香りより、躰に浸(し)みひろがる温かさが嬉しい。喉を通り、胃のあたりがほうっと温まり、痺れて感覚のなくなった手足の指先まで流れていく。

ベッドも提供され、横になった。狭い前部発射管室の上段だ。馴染んだU19の内部とほとんど変わらない。下段ベッドはほぼ埋まり、後からきた者が上段にのぼる。後からの者のほうが消耗していないのは、冷たい水に漂う時間が短かったからだ。その分、沈没間近な艦内ではらはらする時間は長かったわけだが。

このころになって擦り傷や打ち身の痛みを感じるようになった。喉が痛いのはフィンケの奴に絞められたからだ。

向かい側の上段ベッドによじ上ろうとしているのが、そのフィンケだ。背中をミヒャエルは睨みつけた。

「パン屋」ミヒャエルは声を投げた。ベッドに横たわったフィンケの顔がミヒャエルのほうを向いた。

「やあ、お互い、無事でよかったな」フィンケは言い、背を向けた。

怒りは滾(たぎ)っているのだが罵倒する気力がない。ともあれ助かったのだ。安堵感に身を浸した。

やがて、エンジンの音と震動が止まった。

「上陸！」

軍楽隊も花束を持った美女たちの出迎えもなく、誰もが敗残の兵みたいに背を丸め、よろよろした足取りで宿舎に向かう。英海軍捕虜は数人の憲兵に囲まれ、どこかに連れ去られた。

地面は動かない！　艦内は絶えず揺れていた。沈座しているときでさえ。腹に伝わり始終全身を刺激していたエンジンの響きもない。頼りないのだか頼もしいのだか。

営舎内の食堂での夕食に、司令部の誰か、ちょっと偉そうなのが慰労のスピーチをした。フィンケとミヒャエルの席が離れているのは、誰にとっても幸いなことであった。食卓にでかい海老は飾られていなかったが、Uボート内での食事にくらべたら、王侯の晩餐だ。塩漬けではない肉！　たっぷりと厚みのあるやつ。蛆がいっしょに焼かれていることもない。黴の臭いのしないパン。新鮮な果物。かぶりつく。

「この不幸な事故について、詳細な調査の結果を司令部が発表するまで外部の者に喋らないように」

偉いさんの訓示は耳を素通りする。

手紙の束は配られなかった。予告なしの帰投だから、準備がととのわなかったのだろう。

16　U—Boot

「点呼をとり、練習艦と救助船の収容人数を合わせた結果、二名不足していることが判明しました。消息不明です」

「全員脱出を確認しないで艦長は離脱したのか。そんな無責任な男か、バウマン大尉は」

「先任から、艦内には誰も残っていないと報告を受けたとバウマンは主張しました。先任ジングフォーゲル中尉にも問い質しました。彼もしっかり確かめたと言っています」

便所にでも入っていたか。ティルピッツは自問自答する。いや、一刻を争う危急のときに、のんびり便所を使う奴はいない。垂れ流してでも脱出する。しかも、一人ならともかく、二人だ。

少し言い淀んでから、司令官は、行方不明者二名は今回の殊勲者ハンス・シャイデマン二等水兵とその確認に赴いたヨハン・フリードホフ氏であることを伝えた。

苛立たしく机を叩いていたティルピッツの中指の動きが止まった。

名前を聞き返した。

「収容所脱出の英雄が国民の前に姿を見せることができないのは、きわめて遺憾であります」

「二人は、どうして」

「わかりません。艦を脱出したものの救命具に不備があり、溺死したのではないかと、バウマンは推察し先任も同意しました」

「二人の救命具がどちらも故障ということはあるまい」

「私もその点を指摘しました。どちらかの救命具が壊れて役にたたず溺れる。もう一人が救助しようとして、うまくいかず、共に溺死した。そういう状況であったのではないか、というのがバウマンの推察であります。妥当だと私も思います」

君は、ハンス・シャイデマンを知っているな。

はい、私の半身です。

「出航前に、救命具の点検はしてなかったのか」

「誰か係の者が点検したはずです」

「杜撰(ずさん)であったな」

「まことに。いえ、救命具の不備かどうか、不明でありますが。まだ、乗員の一人一人に質問してはおりません。調査は日数がかかります。結果がまとまり次第、ご報告します」

ティルピッツの指はふたたび机を叩いていた。

「艦長バウマン大尉は、U19の速やかなる引き上げを望んでおります。新造艦の完成を待っていては、何ヶ月も任務に就けない。U19を引き上げ修理するほうが早いと彼は判断したのです。自分が乗艦できないでいる間に、他のUボートに獲物を撃沈されてしまうと案じていました。根っからのUボート乗りですな」

「Uボートが沈没した場合、内部にいる者は、どのくらいの時間生存できる?」

「状況によりますが」司令官はたやすい問題を解くように答えた。「深度が一〇〇を超えると船体がきしみ、二〇〇以上になれば、水圧によって潰れます」

「それは知っておる」

「U19が沈没した場所の水深は七〇ほどで、短時間なら船体に影響がでるほどではありませんが、長期間となると、ハッチの蓋などが水圧に耐えられず、壊れて海水が流入します。問題はまず、空気です。六時間から八時間ぐらいは酸欠状態にならずにすむでしょう。二人だけであれば、もっと保つでしょう。酸素ボンベを開栓し酸素を放出することによってさらに十時間ぐらいは延ばせます。しかし、それ以上はだめです。呼吸困難になり意識を失います。そうして、死に至ります」

「乗員四十人で八時間なら、二人である場合は単純に計算して百六十時間、酸素放出でさらに十時間。一週間の余は保つ。早急に、引き上げに着手せよ」

「困難です」司令官は応じた。「私とて、もちろん、艦内に残っている者があるなら救出したいと切望します。率直に申しますが、困難というよりは、不可能です。クレーン船は調達できます。しかし、水深七〇となると、潜水夫および潜水服の能力を超えます。熟達した潜水夫でも、水圧に耐え得る深度は四〇でぎりぎり、それも十分がせいぜいです。水深七〇の海中で、鋼索を船体に固定する作業ができる奇跡のような潜水夫がいるとしても、残存者の生存可能な時間には間に合いません。クレーンが艦底を持ち上げるに至るまでにかなりの日数を要するでしょう。重いUボートを基地まで曳航するのも多大な時間がかかります。緩慢な速度でしか動けません。破損箇所を外側から修理し、艦内の水を排水するのは、基地の港に入ってからです。引き上げ開始から艦内の点検ができるようになるまで、半月以上かかります」

私の肉体も、時間の経過によって次第に老います。その速度が普通より遅いだけです。そう、ヨハン・フリードホフは言った。不死者ではありませんよ、とも言っていた。時間が肉体に与える影響がどうであろうと、酸素の欠乏が肉体に及ぼす作用は常人とひとしいか。いや、艦内に残ったかどうかすら未確認なのだ。

ティルピッツは棚の置き時計に目を向けた。

「詳細が判明するまで、発表は待て」

32 Untergrund

王立図書館という、権力者に庇護された壁の中で、特権的に時を過ごしてきた。ほとんど他と関わることなく。

ある書物で、人間は同類である人間を殺すことに強い抵抗感をおぼえる、という説を読んだ。誰の著書で何というタイトルであったか、わからない。〈時〉がはじめもなく終わりもなく、すべてはすでにある、という私の感覚を私が受容するなら、今の私にとって未来であるときに著される書かも知れない。

人間は先天的にその抵抗感を持つか？　そうであれば、かつてのあの鏖殺(おうさつ)は。今も行われている鏖殺の応酬は。

私は危害をもたらした者を殺すとき抵抗感をおぼえなかった。〈哀しいことだ。〉いいや、それは後から言い添えたに過ぎない。この書の主張を肯うなら、私は人間ではない。別にかまわないが。肉体の重要な一部を奪われたとき、私は、より大切なものをも失ったのかも知れない。やはり哀しいことか。

17 U―Boot

翌日、Uボートの乗員はそれぞれ司令部の上官たちに呼ばれ、事故当時の模様を訊かれた。ミヒャエルの聴き取りにあたった係官は、犯罪者を訊問するように威圧的であった。

「わかりません」「知りません」「気がつきませんでした」

貴様は馬鹿なのか。臆病者なのか。

フィンケが救命具を奪おうとしたことは黙っていた。俺とフィンケ、二人の間の問題だ。こんな奴にあれこれ言われるのはごめんだ。

自分の記憶がどれだけ正確か。自信が持てなくもある。

明瞭に意識せずとも視覚は捉えていた情景が脳裏に浮かぶ。まわりは黄色だらけだった。黄色の救命具をつけた者たちが押し合っていた。その中で、一つの救命具が奇妙な動きをした。まるで宙を行くようだった。もう一つの救命具がそれに続いて動いた。

ハンスとフリードホフの姿を、ついに見ない。昨日の豪華な夕食の席にもいなかった。ハンスは殊勲者だし、フリードホフは海軍大臣の特命を受けた民間人だから、別の場所で士官たちと一緒に特別な待遇を受けているのだろうと思っていた。

だが、くそ野郎と呼びたい係官の言葉の端々から、行方不明者が二名いるとわかった。

今朝方から脳裏に薄く浮かんでいる情景。フリードホフが無造作に自分の救命具をはずし、脱いだ上着をフックにかけるみたいに、フィンケのほうに軽く投げる。蠟で塗り固めたようなフリードホフ氏の頰が、このとき、やわらかみを帯びていた。そして、ハンスが、同じように無造作に脱いで放った。イギリス野郎の手が引っ摑んだ。

ハンスの視線が、ミヒャエルを捉えた。言いようなくやさしい笑顔をミヒャエルに向けた。瞬きする間に二人は消えた。そんなふうなのだが、それは目に映った断片を自分が納得できるように繋ぎ合わせたものかもしれない。

昨日は浮かばなかった――思い返したくもなかった――。だから、夢でみた光景が頭の中に残っているんじゃないかと思いもする。

夢じゃない。と、次第に記憶が明確になる。

やさしい笑顔とともに、ハンスはさりげなくくちびるの前に指を立てた。フリードホフがミヒャエルに目を向け同じ仕草をした。フリードホフ氏の笑顔をミヒャエルはこのとき初めて見たのだった。ハンスほどやさしい表情ではないが、たしかに微笑んでいた。

沈黙せよ？　いつまで？　この先もずっと？

「行方不明者は、フリードホフ氏とハンス……ハンス・シャイデマン二等水兵ですか」

思い切ってミヒャエルは問うた。

「質問するのは俺だ。貴様が求められているのは、質問に正確に答えることだ。なぜ、名前がわかる？」

「二人がいないからです」

ハンスとフリードホフが救命具を自ら外し、他者に与えた。自殺と同じ行為だ。救命具をつけなくても岸まで泳ぎ着ける自信があったのか。ハンスは、あったのかもしれない。キールの港湾労働者で泳げない者はほとんどいない——泳げても、俺の親父みたいに足場から落下、溺死、という者もいるが——。フリードホフさんは泳げそうもないな。いや、見かけによらず武器の扱いは慣れていた。泳げるのかもしれない……けど、どうしてフィンケみたいな奴に救命具を渡したんだ。ハンスは何だってイギリス野郎に自分のを渡したんだ。……沈黙を守れ。

二人はもしかしたら、他の船に助けられたかもしれない。今日あたり、連絡がくるかもしれない。いや、本人たちがこの営舎に戻ってくるかも……。

守護天使。ミヒャエルは一応プロテスタント——教会などろくに行ったことがない——だけれど、カトリックが説くこの言葉が、ふと浮かんだ。

係官がまじまじと見つめている。その顔がぼやけた。

洟をかむ間、係官は黙っていた。ミヒャエルが汚れたハンカチをポケットにしまうと、「行け」と顎をしゃくった。

33 Untergrund

海底に沈座している。深度不明。降下中に深度計の針はでたらめな動きをするようになり、5のあたりで止まったままになった。

動かせる物をありったけ二人がかりで前部発射管室に運び入れ、床が水平になるようつとめた。

静かだ。チリチリというような音が絶えず耳の奥に届くのだが。耳鳴りか。人気のなくなった艦内は、のたうつパイプだの犇めく計器だのが精気を帯び、私が幼い子供であったら彼らが襲いかかると脅えたことだろう。それらもじきに錆び朽ちる。

頭上の電灯は点灯されたままだ。いつまで保つか。

床は水浸しだ。ハッチを閉ざす前に大量の海水が艦内に雪崩れ落ちている。その上、後部隔壁の扉が完全には閉まらないため、艦尾から機関室まで満たした海水が少しずつ侵入し、水かさは増えつつある。部下たちを脱出させ、自分も艦橋に上った後、艦長はすぐにハッチの蓋を閉めさせた。全員の安全が確保されるまで、少しでも長く艦を浮上させておくためであった。おかげで艦内がただちに海水で満たされる状態にはならないが、すでに溜まった水を排することはできない。あのとき、君が私と同じ行動をとるとは予期しなかった。君と私は言い合わせたように前部発射管室の物陰に身を潜めていた。姿を見せれば、艦長は自分の救命具を私たちのどちらかに渡さねばならなくなる。乗員を見捨てて我が身の安全を図る艦長がいれば、卑怯者と弾劾される。弾劾する者の大部分は、そういう立場に身をおいたことのない連中だ。

君は、なぜ、あのイギリス人に救命具を渡した？

私はなぜ料理人――烹炊員（ほうすいいん）と呼ぶのだったな――に、救命具を渡したのか。説明できない。私は彼に何の関心も持っていなかったのだ。理で考える前に躰が行動していた。ごく自然な行為であった。自殺願望はない。とった行動の結果が死に至ることを理性は承知していたが、怖（おそ）れは生じなかった。臆病で決断力に欠けると自覚しているのに。そうして人間の――生き物すべての――生き続けたいという本能の何にも勝る強さが私にも確実に在るのに、なぜその力が発動しなかったのか。なぜ、葛藤を覚えなかったのか。いま、いささかの不安といえば、酸素が欠乏したときの苦痛がどれほどのものか見当がつかないことだ。私は未経験だが、聞いた話では、まず不快感に襲われ、次いで強烈な倦怠感で身動きできなくなるという。不要な苦しみだ。思いついて、艦長室の専用洗面台の上にあるロッカーの扉を開けた。期待どおりに救急用の薬品箱がおかれ、包帯やガーゼ、ピンセット、スポイト、希釈ヨードチンキなどに混じってアヘンチンキの小壜が見つかった。酒も艦長の管理下にある。下の戸棚に保管し、彼が許可したときだけ取り出される。屈みこみ把手を引いてみたが、施錠されていた。どけ、とシュテファンが仕草で示し、思い切り扉を蹴飛ばした。狭い場所なので十分な体勢になれないが、二度三度と繰り返すと鍵が壊れた。衝撃で壜も割れ、流れ出た酒は床に溜まった海水に混じった。ガラスの破片も押し流されてきた。無傷なのが一本残っていた。

小さいデスクにモーゼルワインとアヘンチンキ、大小二本の壜を並べた。それに棚にあったアルミニュームのコップ二つ。コップに私はワインを注いだ。君がアヘンチンキをスポイトで吸い上げ、ワインに垂らす。快い眠りをもたらす適量を君は知っていた。戦場にいれば自ずと覚える、と君は言った。重傷者の手術に用いる。そのせいで中毒になる者もいる。そんなことを言葉少なく語った。もっと大事なことを話し合いたいのだが、それが何なのか、私にはわからない。眠りから無に移行する準備はととのった。

君が便所に行き、戻ってきた。司令塔ハッチの蓋に不具合があるようだ、と君は言った。上から雫が垂れている。そのうち、完全に壊れて、水が流れ入るだろう。

いずれ、魚の群れがこの中を泳ぎ回るだろう。産卵の場所となるだろう。私も次いで便所を使った。磁器製の便器は大きい亀裂が入っている。爆雷攻撃を受けたとき、罅が入った。今度の衝撃がそれを拡大させた。屈辱の細管をもちいるのはこれで最後だ。流すわけにはいかない。今度弁を開いたら海水とともに艦内に逆流する。汚物入れに捨てた。

衰亡の途にあるオスマン帝国は……と、思った。私の知る情報は少ないが、公にされたところでは、ドイツ側に立って参戦し、ロシアを攻撃した。コーカサスの戦闘で大敗を喫し、ますます弱体化しているという。

金の細管は、オスマンの栄光と権力の象徴だ。細管を捨てるとき、スルタン・アフメトと少年皇帝オスマン二世の顔が脳裏に浮かんだ。金属が一瞬私の手に貼りつくような気がしたが、錯覚に過ぎなかった。人が生まれ、死ぬように、国も、あるいは王朝も、生まれ——征服し、栄え、衰え——、死ぬ。

艦長室に戻り、君と並んでベッドに腰を下ろした。水の溜まった靴を脱ぎ捨て、滴るほどに水を含んだ靴下を絞って雑巾代わりにし、油混じりの水が粘りつく足指の間を拭いた。君は溜まり水を探ってガラスの破片を幾つか拾い上げ、戸棚に投げ入れて扉を閉めた。壊れた扉は、きっちりとは閉まらないが、危険物を幽閉することはできた。私に軽くうなずき、そうして少し笑った。じきにすべて終わるというのに、濡れた足やガラスの破片など些細なことに気をつかっていることが可笑(おか)しかったのだろう。私も苦笑した。

君はもう一度席を離れた。戻ってきたときは、両手に空の木箱を一つずつ提げていた。厨房で食糧入れに使っていたものだ。底を上にして一つを私の足もとに置き、もう一つを自分用にした。オットマンの代わりだ。のびのびと足を置いた。床の溜まり水に浸らなくてすむ。箱もじっとり湿っているが、そのおかげで、ささくれが足を傷つけることがない。

艦長室と物々しく呼ばれるが、発令所の前の空間をカーテンで仕切っただけの場所だ。艦の命運を独りで担う者が休らっていたのが、此処だ。普通の人間が一生の間に担う責任の重みに数倍する重量を、哨戒任務に就くたびに担うUボート艦長という職務に、私は深い敬意を払う。責任を一切負わず、何もなさず、生を終えるものとして。責任を負うとは、何かを是とすることだ。私は、社会をも国家をも肯定しない。ひいては世界全体を、肯定しない。なによりまず、己自身を、否定する。艦長は艦の乗員だけでなく、国を肯定する。敵を敵として肯定する。いや、肯定とは言わない。認識する、だ。

私は支離滅裂なことをまた思っているようだ。酸素の不足が思考力を低下させ始めているのか。

すべてを否定するのは、すべてを肯定するのと同じではないか。私が否定しようと肯定しようと、私が存在しているのは否定しようもなく……また、私は混乱している。錯乱しているのか。

もう少しまともなことを考えよう。君が置いてくれた木箱の上に投げ出した足の先が冷たい。鉄の柩の中は冷たい。腹の中から凍ってゆく。艦内の温度は、通常、外気より高いというが。無限の空無の温度はどうなのだろうか。物質をおけばたちまち氷と化すほどか。空無には、温度さえ——マイナスであろうと——存在しないのか。躰の左側だけが冷気を感じない。そこに君がいる。

電球のフィラメントが切れかかっているのか、明滅する。

蓄電池が切れるのとフィラメントの死滅と、どちらが早いか。

気分に何の変化もない。どのくらい時間が経ったのか。私の懐中時計は捩子を巻き忘れ止まったままだ。艦内の生活は命令によって動くから、時計を見る必要もなかった。どのくらいの時間、生存できるのか。知りたくはある。自ら決することもできる。目の前にそのためのものがある。

倦怠感は生じない。退屈なだけだ。

まだ電灯は灯っている。蓄電池は切れないようだ。永久運動？

18 𝔘―Boot

「キールの造船所で建造中の新艦が完成次第、我々は新たな任務に就く。それまで長期休暇だ」

艦長バウマン大尉の訓示に、ホールに集まった乗員たちはどよめき、歓喜の声を上げた。

「新しいUボートで、また会おう。解散」

ビアホフがミヒャエルの肩を叩いた。「お前、キールで過ごすのか」

フィンケはミヒャエルと目を合わそうともしない。

「一度、おれんとこに遊びにこいよ。ラボーだ」湾を挟んでキールの向かい側だ。「ローザを引き合わせるから。ひょっとすると、休暇中に式を挙げるかもしれねえな」

ミヒャエルは艦長のもとに走り寄った。

「U19の引き上げは行われないんですか」

「司令部から許可が下りなかった」

「ハンス……シャイデマン二等水兵は、艦内に残りました」

「どうしてそう断言できる。脱出したものの、救命具の不具合から溺死したということも考えられる」

沈黙せよ。なぜ？　いつまで？　この先もずっと？

「救命具が壊れていたのは、フィンケです。フリードホフ氏が彼に自分の救命具を与えました」

信じられんという表情を艦長は浮かべた。

「ほとんど同時に、ハンスが英海軍捕虜に自分の救命具を与えました。捕虜は救命具がなかったんです」

「なかった？」

「数が足りなかったんです」

艦長は何度も大きくかぶりを振った。

「なぜ、すぐに報告しなかった」

「艦長殿に話す機会がありませんでした」

「係官たちが当時の状況を乗員それぞれに質問したはずだ。まとめた報告を私も受けている。なぜ、係官に言わなかった」

「あのときはまだぼんやりしていて……。後で思い当たったのです。二人は、沈んだU19の中にいます。艦長殿が引き上げを申請されたと聞いて、ほっとしていたのです。なぜ却下されたのですか。艦内に生存者がいるんです。救助をお願いします」

「沈没からすでに四日経っている」

「二人だけですから、空気は保ちます」

「水深七〇の水圧下で長時間にわたり作業を行える潜水夫はおらんそうだ」

シャイデマンは、と艦長は確認した。「オズボーン……あの英海軍捕虜に、救命具を渡したのだな」

「そうです」

「まずい。それは、まずい。国民はそれを賞賛すべき行為とは思わんだろう。それどころか、怒りは捕虜ひとりに集中する。何らかの処置をせねばおさまらぬほどになるだろう。他言したか」

「ハンスもフリードホフ氏も、沈黙せよと身振りで示しました。でも……」

口外するな、と艦長は語調を強めた。彼自身の落ち度になるからか。ミヒャエルはそう思い、少し幻滅した。ハンスとフリードホフ氏が口止めしたのは、艦長に責めを負わせたくなかったからか。

もしかしたら……と、ミヒャエルはさらに思った。自己犠牲の美談として喧伝されるのを二人は嫌ったのかもしれない。ハンスは人目に立つのを好まなかった。フリードホフ氏の内心はわからないが、見た限りの印象では、やはり陰にひっそり佇むのを好んでいそうだった。救われた一人が敵の捕虜であったために、公表できず、二人の望むとおりになった。フィンケの野郎、ぬけぬけと、とまたむかっ腹が立った。

34 Untergrund

凄まじい朝焼けを見た。あの一瞬の感覚の中で終えるべきであった。終えるにもっとも適した瞬間というのはあるものだ。

だが、あの瞬間があったから、私は躊躇(ためら)いなく救命具をはずせた。神を感じることがなかったら、私は生にしがみついていただろう。

君は？　シュテファン。君はあの光を見ていない。それでも自ら終わりを選ぶことができるのか。

鉄の柩の外にあるのは、土ではなく海水だ。人間は、と、またしても思う。海水から、あるいは地の層から、塩を採取することはできる。だが、まったくの無から塩そのものを創ることはできない。

私は左手の先端が欠けた指に目を投げた。

潰れた肉片は、巌のように硬い岩塩の層の間に今も残っているだろうか。塩は肉の腐敗を防ぐ。が、塩に吸収され尽くし、かげも止(とど)めていないだろう。

岩塩鉱——かつて海であった場所——で与えられた生命。今、君と私の柩の外はその生命が満ちている。死も亦(また)、満ちている。死と生が分かたれることなく融合した場所に、柩は静かにとどまる。

君も私の左手に目を向け、とうに癒えている傷口に軽く指を触れた。

二人の間に、ミハイがいた。シュテファン・ヘルク、君は言い、ファルカーシュ・ヤーノシュ、私は言い、ミハイ・イリエとミハイは自分の胸を指し、すてきな笑顔を見せる。

長い——長すぎる——歳月を経ても、私は変わらない。君は変わった。

「君は変わった」声に出た。

「そうだな。子供のころは、〈いつか……〉と思った。いつか、本物の書物を造るようになりたい。いつか。いつか……」

「いつから、そう思わなくなった?」

君はまともに私の顔を見た。

不意に言った。

「塩素ガスだ」

「どうしてわかる?」

「臭いだ。感じないか。鼻の奥が痛くないか。眼は」

蓄電池の液が漏れると塩素ガスが発生する。それが強烈な毒性を持っているということは、艦内で過ごす間に聞き知っていた。巨大な蓄電池は艦尾のセクションに備えられている。

「機関室はたぶん、塩素ガスがすでに充満している。隔壁の扉が完全に閉まっていないから、少しずつこっちに流入してくる。緩慢な拷問だな」

二つ並んだアルミニュームのコップの一つに右手をのばす。もう一つのに君は左手を。一つの躰の両手のような動きだ。

𝔘—Boot 19

Uボート用の桟橋にミヒャエルは立つ。波は穏やかだ。風は臭い。キールでも嗅ぎなれた悪臭だ。タール、オイル、塗料、死魚、海藻。

一つおいて向こうの桟橋には、バルト海での猛訓練を終え帰投したUボートが停泊している。司令塔はところどころ塗料が剝げ落ちて下塗りの赤が剝き出しになり、甲板は貼りついた海藻のせいで暗緑色だ。小さい人影が幾つか動いている。新兵たちだろう。柄の長いブラシで海藻を搔き寄せ海中に棄てる。

水平線より遠い場所の海底に、U19は沈座している。

人の気配を感じ、振り向いた。とっくに家族の元に帰るべく出立したと思っていた艦長バウマン大尉が傍(かたわ)らに立っていた。水兵がよく使う大きい厚手の布袋を肩に引っかけていた。ミヒャエルの肩を軽くつかみ、二、三度ゆすり、「また会おう」と言って歩き去った。

長い休暇。新しいUボートが完成し、乗艦の日が決まるまで。

陽が落ちるまで、ミヒャエルは埠頭にいた。風がきりきりと冷たくなった。

35 Untergrund

闇。

灯りがいっせいに消えた。いままで電気系統が生きていたのが不思議なくらいだ。

思った。原初の空無には、〈時間〉も存在しなかった。時の経過によって変化する生物が生じたことによって、一定の方向に流れる〈時間〉も生まれた。
コップを持ち上げ、君のほうに寄せる。金属の触れあう音。響く手応え。
時間の無いところに移る。

20　U-Boot

何日経ったか、ミヒャエルは数えていなかった。その間に、何隻かのUボートが出撃した。任務を終えた別のが一隻、帰投した。ビアホフが言ったとおり、軍楽隊と花束を持った女たちが賑やかに出迎えた。大食堂で宴会も行われた。その夜、ミヒャエルはキール行きの夜行列車に乗った。

造船所に行き、下働きでいいから、休暇中、仕事をさせてくれと頼んだ。物好きだと呆れられた。遊ばないのか。遊ぶのは怖かった。贅沢はできないまでも金銭に不自由してはいなかった。水兵の給料は悪くないし、哨戒任務に就くと別の手当が出る。ハンス救出に一役買っているのでそれに対する賞与も出た。女に溺れて使い尽くすことだってできた。歯止めがきかず、底なしの沼に落ち込みそうな気がした。足に鎖をつけておきたかったのだ。海軍の身分証明書があるし、U19の沈没事故に関する報道の扱いはごく小さく、原因は伏せられていたが一応知られてはいるので、怪しまれることはなかった。ハンスとフリードホフのことは全く報道されていない。とんでもなく安い日給で雇われ、工員用の食堂で雑用をした。ジャガイモの皮剝きは断った。工員宿舎の大部屋に寝泊まりした。

新しい艦はほどなく完成し、進水式の後、ヴィルヘルムスハーフェンのUボート基地に向けて出航した。その新造艦にミヒャエルは乗った。基地には、通達を受けた艦長はじめU19の乗員だった仲間が顔を揃えていた。あらわれないのはフィンケだけで、以前何度も食糧をくすねていたことがばれて譴責を喰らっていると、ビアホフが教えた。ミヒャエルはいっそう憂鬱になった。オレンジの砂糖漬けをくれたときのウインクが浮かんだ。すぐに、救命具を奪おうとした顔に変わった。

テスト、就役巡航、戦闘訓練。新しい艦の甲板は、たちまち海藻で埋まる。浮上したときに、ミヒャエルたちはブラシで掃き落とす。濃緑の海藻は夕陽を浴びて濁った朱色に変わる。砲身に獣脂を塗る。

いったん基地に戻り、新造のUボートは哨戒任務に就くべく、あらためて出航した。

Ⅳ

21 U―Boot

ドイツ帝国宰相ベートマンがもっとも憂慮しているのは、アメリカが連合国軍の側について参戦することであった。ルシタニア号の後も、交戦海域を航行するアメリカ船舶を、Uボートは何隻も撃沈している。

武装商船のみを無警告攻撃の対象とせよ。ベートマン宰相はそう主張した。それではUボートは囮船の餌食になると、ティルピッツは激しく抗議してきた。非武装中立をよそおった商船はいくらでも軍需物資をイギリスに運び込める。

一九一六年。ついに無制限攻撃は中止と決定され、断固反対するティルピッツは海軍大臣を解任された。それでも、北海に、大西洋に、Uボートは出撃する。性能を高めつつ。敵の対Uボートの戦術、武器も向上する。多くのUボートが爆雷攻撃によって沈んだ。Uボートは哨戒中、敵に現在位置を知られぬように、無線の傍受はしても自ら発信することは少ない。そのため、撃沈されたことすら、当座はわからないことが多い。U19の艦長以下が乗り組んだ新造艦も、出撃と帰投を重ねた後、目下消息不明である。おそらく海底にある。

陸では、フランスのヴェルダンで苛烈な攻防戦の最中であった。

この年の一月に大洋艦隊司令長官に任命されたシェーアは、大胆な作戦をたてた。温存されてきた大艦隊を出動させる。

ドイツ艦隊の現有数は、弩級戦艦十六隻、巡洋艦五隻、その他七十八隻。

それに対しイギリスは、弩級戦艦二十八隻、巡洋艦九隻、その他百十四隻という圧倒的な大艦隊を有する。

まともに衝突したら、数において大きく劣るドイツに勝機はない。敵艦を個々に孤立した戦闘に誘い込み、撃沈する。シェーアはそう目論(もくろ)んだ。

ティルピッツはこれを知らされはしたが、口を出す権限はなくなっていた。もたらされる詳報を待つばかりだ。

六月始め。

戦果の発表にドイツ国中が沸き立った。

自邸の居間にあって、暖炉の前の椅子に身を沈め、ティルピッツは新聞に目を通す。

ドイツ大洋艦隊は、ユトランド沖でイギリス艦隊に甚大な被害を与えた。

巡洋戦艦三隻、巡洋艦三隻、駆逐艦八隻を撃沈した！　総数十四隻！

我がほうの損失は、十一隻に過ぎない。

敵の半分強に過ぎない戦力で、我が大洋艦隊は、敵をたたきのめした！

大勝利！　と新聞はかき立てるが、ティルピッツの心は晴れない。

イギリス側はドイツの動きを察知したかのように、強力な艦隊を勢揃いさせていた。個々に撃破というシェーアの企みは、最初から破綻していた。作戦が事前に漏れていたのか。そうであれば由々しい事態だ。

しかも、敵を再起不能にしたわけではない。それ以上の海戦は続けられず、ドイツ艦隊は撤退している。つまり退却したのだ。

撃沈した艦の数より、残った数を勘考すべきだ。ティルピッツは強くそう思う。彼我(ひが)の戦力の差はほとんど縮まっていない。もともとの数の少ないほうが、受けた打撃は大きい。

その後、イギリスは相変わらず海上封鎖を続けている。大海戦以前と状況は何も変わってはいない。

カナダやアルゼンチンから輸入していた小麦の供給が途絶えて久しい。肥料の輸入もなく、この年、農家は大凶作であった。小麦粉にジャガイモの粉を混ぜたパン。そのジャガイモも不足し、代用品のさらなる代用として蕪が多用される。蕪のスープ。蕪粉入りパン。

蕪の冬。積もる疲弊。

翌一九一七年二月、無制限潜水艦作戦が再開された。海上封鎖を無効にするためには、それ以外の手段がないと参謀次長ルーデンドルフが主張し、宰相ベートマンの反対を押し切り、皇帝の許可を得た。

今さら、遅きに過ぎた、とティルピッツは憤懣の思いに堪えない。中断せず、徹底的に商船撃沈を続け、それによってイギリスへの軍需物資補給を断ち、海上封鎖を解かせるべきであった。

戦争は金を食う。一部の軍需産業は栄えるが、国家財政は逼迫し、物資は不足し、ティルピッツはライヒスバンクの保管庫にある金地金を思わざるを得ない。託された鍵をもちい、一度、実物を確認している。あの奇妙な男は純金の価値をまったく知らないのかと、呆れた。よほど高価な宝石を鏤めた造本にでもしなくては、使い尽くせない。Uボートの建造費に充てて、なお余りある。Uボートの建造費は駆逐艦のほぼ三分の一と安価だが、消耗が激しい。爆雷の性能が上がっている。補充が追いつかない。

奇妙な男ヨハン・フリードホフは言った。「閣下がドイツ帝国のために資金を流用なさるのであれば、それはそれでかまいません。草稿を王立図書館の、私の私室に戻しておいてくださ い。誰の目にも触れぬまま、いつか失せるかも知れませんが、どのみちシュテファンも私もそのときはすでに非在なのですから」

シュテファン——ハンス・シャイデマン——も、不老の司書フリードホフも、非在だ。

大臣職を解任されたとき、ティルピッツは執務室においてあった私物を自邸に持ち帰った。あずかった手稿の束が戸棚にしまい込まれている。私家版を少々作り、莫大な残余を戦費に充てる？　煩わしいことだ。秘書にでも一任すればよいのだが、いきさつを説明するのも面倒だ。国家の関係は複雑になっている。ロシアでクーデターが起き、過激な共産主義者らが政権を奪取した。帝政ロシアは崩壊し、アメリカがこれを好機に参戦してきた。

若者はすべて戦争に従事し、印刷所も人手が足りない。私家版を作るなど贅沢なことは、戦争終了後だ。とりあえず、すべてを軍費に充てる。扉を閉ざした戸棚を一瞥し、ティルピッツは椅子に戻り司令部から送られてきた報告書に目を通した。すでに彼の任務ではないが、海軍の動向は気に掛かっていた。

ドイツは餓える。ドイツは凍える。

一九一八年十月、オスマン帝国は瓦解する。

同年十一月、皇帝は退位し、ドイツ帝国は共和国となる。ドイツは降伏する。ドイツはなおも餓え、凍え、とほうもない賠償金を負わされ、とほうもないインフレーションがのさばりかえる。卵一つ買うのに手籠からあふれこぼれるほどのマルク紙幣が必要だ。路上で死んだ馬に人々が群がり、肉を切り取る。

束の間の平和。享楽と退廃。

一九三三年、ヒトラーが政権を獲得。その三年前にティルピッツは没している。遺品の整理に際し、明らかにティルピッツの筆跡ではない手稿がどうなったか、知るものはいない。

一九三九年、ドイツ軍はポーランドに侵攻。ふたたび世界の国々を巻き込む大戦となる。

Uボートは新たな艦を次々に新造し、その多くが戦果を挙げ、また多くが撃沈される。

一九四三年以降、制空権を握った英米の容赦ない大空襲によって、ハンブルクを始め、ベルリン、ドレスデン、ミュンヘン、と、大都市はすべて瓦礫となる。

一九四五年、ドイツは降伏した。

ドイツは二分され、ふたたび餓え、そうして凍えた。翌年も、その翌年も。

エピローグ

〈水中でうしろからなにかにつかまえられたような感触があった。左ひざのほんの少し上のところをやわらかくだが、はっきりとつかまれた。

（中略）

「出ていらっしゃい」と彼女はそこで叫んだ。水が彼女の足もとからやわらかく自分のからだを撫でて上へとあがってくるのを感じた。そしてすぐに若者の頭が水面に浮かび出た。〉（「海から来た若者」ハンス・エーリヒ・ノサック）

裸身にまつわる海藻は落日を浴びていた。

この人、灯台のように立っていると、十三歳の少女は思った。岸に向かって二人は波をわけ、進んだ。

浜に上がり、寝泊まりしている小屋に、彼を連れて行った。タオルを貸してやると、肌にまとった。彼女も着替えた。その間、彼女は喋った。彼は何も答えない。それでも、喋った。父さんは東部戦線で戦死したの。兄さんはほんとはUボート乗りなの。だけど、乗っていたのが壊れて、新しい艦ができるのを待っているとき、陸戦隊としてベルリン防衛につかされたの。うじゃうじゃしている赤軍に飲み込まれて戦死したの。うちは空襲で潰れたの。壁が崩れて母さんは押し潰されたの。姉さんは行方不明なの。だれかがわたしをここに連れてきて、置いていったの。それは何？

固く握りしめている左手の指を、彼は少しやわらげた。貝殻かそれとも小さい骨片か。夕陽を反射した一瞬の光だけを彼女は見た。拳はふたたびかたく握りしめられた。

お魚だとよかったのに。小さい吐息をついた。捕まえようと思って海に入ったの。でも、みんな素早く逃げてしまう。食べられるのはいやなのね。あなた、おなか空いてないといいんだけど。村の人が食べ物をくれるけれど、今日の分はもう、ないの。

相手は少し微笑み、かぶりを振った。

休みたいでしょ。それを使っていいわ。少し壁のほうに寄ってくれれば、わたし、空いたところで寝られると思うの。幾つかの空き箱の上に板をのせ、古い毛布で覆ったベッドは、村の人たちが作ってくれた。空襲に遭っていない村は、〈物〉が少しはあった。

傍(かたわ)らに身をおいた。タオル越しに温かさが伝わった。からだを隔てるタオルが乱れることはなかった。

翌朝目覚めたとき、彼はいなかった。からだの左側に温かみが痣(あざ)のように残っていた。海辺に行った。背後の空は明るみ始めていたが、海はまだ夜を残していた。靴を脱ぎ、裸足で波打ち際に行った。打ち上げられた海藻が足の指に触れた。漁網のように、海藻は魚たちを絡め取っていた。

海と空が弧を描く一線で触れあい、その境界にわずかに残る夜が目の前で消えた。あの人も消えた。手の甲でちょっと瞼を拭(ぬぐ)い、何尾もの魚を海藻ごと両手でかかえた。小屋の前に人影を見た。こっちに手を振っている。母さん？　母さんは潰れた。姉さん！走った。幻？　ほんとは誰もいない？

誰も、いない。海の底の古いおびただしい骨は細かい砂になる。音にはならない叫びが満ちた深海に沈座した艦は、朽ちる。新たな海戦が生んだ新たな骸(むくろ)たちは、その中で静かに腐爛する。

主要参考資料

『Uボート部隊の全貌』ティモシー・P・マリガン　並木均訳（学研パブリッシング）
『Uボート入門』広田厚司（光人社）
『大西洋の脅威U99』テレンス・ロバートソン　並木均訳（光人社）
『Uボート、西へ！』エルンスト・ハスハーゲン　並木均訳（潮書房光人社）
『鉄の棺』ヘルベルト・A・ヴェルナー　鈴木主税訳（中央公論新社）
『ルーマニア史』アンドレイ・オツエテァ編　鈴木四郎／鈴木学共訳（恒文社）
『ルーマニア史』ジョルジュ・カステラン　萩原直訳（白水社）
『トランシルヴァニア』コーシュ・カーロイ　田代文雄監訳　奥山裕之／山本明代訳（恒文社）
『プロイセンの歴史』セバスチァン・ハフナー　魚住昌良監訳　川口由紀子訳（東洋書林）
『オーストリア＝ハンガリーとバルカン戦争』馬場優（法政大学出版局）
『イスラームから見た「世界史」』タミム・アンサーリー　小沢千重子訳（紀伊國屋書店）
『オスマン帝国　イスラム世界の「柔らかい専制」』鈴木董（講談社）
『オスマン帝国衰亡史』アラン・パーマー　白須英子訳（中央公論社）

『オスマンvs.ヨーロッパ』新井政美（講談社）
『ハプスブルクとオスマン帝国』河野淳（講談社）
『トプカプ宮殿の光と影』N・M・ペンザー　岩永博訳（法政大学出版局）
『ハーレム――ヴェールに隠された世界』アレヴ・リトルクルーティエ　篠原勝訳（河出書房新社）

ネットに公開された資料
「オスマン朝宮廷における小姓たちの生活――Ali Ufki Bey の手記を中心に――」三澤志乃富（平成十九年度卒業論文）
トプカプ宮殿の生活　上記論文に付された同氏による全訳
三澤志乃富様のご連絡先が大学に問い合わせても不明でしたので、この場で明記し、深謝いたします。

エピローグは、ハンス・エーリヒ・ノサック『死神とのインタヴュー』（神品芳夫訳　岩波文庫）所収の短編の引用とその変奏で成り立っています。

初出「オール讀物」二〇一六年十月～二〇一七年八月号

皆川博子（みながわ・ひろこ）

1930 年京城生まれ。東京女子大学中退。73 年「アルカディアの夏」で第 20 回小説現代新人賞を受賞。85 年『壁——旅芝居殺人事件』で第38 回日本推理作家協会賞、86 年『恋紅』で第 95 回直木賞、90 年『薔薇忌』で第 3 回柴田錬三郎賞、98 年『死の泉』で第 32 回吉川英治文学賞、2012 年『開かせていただき光栄です』で第 12 回本格ミステリ大賞、同年に第16回日本ミステリー文学大賞を受賞した。15 年には文化功労者に選出された。ミステリーから幻想小説、時代小説など幅広いジャンルにわたり活躍を続ける。

U（ウー）

2017年11月25日　第1刷発行

著　者　皆川博子（みながわひろこ）

発行者　大川繁樹

発行所　株式会社 文藝春秋
〒102-8008 東京都千代田区紀尾井町3-23
電話　03-3265-1211（代）

印刷所　凸版印刷

製本所　加藤製本

組　版　言語社

定価はカバーに表示してあります。
万一、落丁乱丁の場合はお取替えいたします。
小社製作部あてお送りください。

ISBN978-4-16-390759-8